SCIENCE-FICTION

*Collection dirigée par Jacques Goimard*

MERCEDES LACKEY

&

LARRY DIXON

*LA GUERRE DES MAGES*

# LE GRIFFON NOIR



POCKET

Titre original :
*THE BLACK GRYPHON*

Traduit de l'américain par
Anne-Virginie Tarall

Ouvrage proposé par
Marc Duveau

Si vous souhaitez recevoir régulièrement notre zine **« Rendez-vous ailleurs »**, écrivez-nous à :

« Rendez-vous ailleurs »
Service promo Pocket
12, avenue d'Italie
75627 PARIS Cedex 13


ISBN 2-266-08874-2

MERCEDES LACKEY ET LARRY DIXON

La première nouvelle de Mercedes Lackey, *A Different Kind of Courage*, fut publiée en 1985 dans l'anthologie de Marion Zimmer Bradley *Les Amazones libres de Ténébreuse*, et son auteur s'est révélé ensuite très prolifique puisque, depuis 1987, Mercedes Lackey a signé plus de quarante volumes, de la fantasy au polar fantastique, de l'humour à l'horreur, de la science-fiction aux mythes de la terre américaine, seule ou en tant que coauteur, avec Anne McCaffrey, Piers Anthony, C. J. Cherryh et bien d'autres.
Dans le domaine du fantastique, elle s'est illustrée avec les aventures de Diana Tregarde, sorcière et détective spécialisée dans les enquêtes occultes. Dans celui de l'humour et de la fantaisie légère, sa série la plus célèbre est celle du *Bedlam's Bard* commencée en 1990 avec Ellen Guon et poursuivie avec Rosemary Edghill ; on y découvre un Los Angeles perméable à la magie et envahi par des elfes malfaisants.
Le cycle des *Hérauts de Valdemar* (plus de vingt volumes parus depuis 1987) eut un succès immédiat et la rendit célèbre du jour au lendemain. La trilogie de *La guerre des Mages*, dont *Le Griffon noir* est le premier volume, en fait partie, mais décrit un passé très lointain, avant les Hérauts et Valdemar.
Larry Dixon est illustrateur, spécialisé dans les animaux sauvages, les autos et le domaine militaire. Il est aussi l'époux et le collaborateur de Mercedes Lackey. Il a signé avec elle plusieurs romans, dont la trilogie de *La guerre des Mages*.

DU MÊME AUTEUR
*CHEZ POCKET*

*LES HÉRAUTS DE VALDEMAR*

1. SŒURS DE SANG
2. LES PARJURES
3. LES FLÈCHES DE LA REINE
4. L'ENVOL DE LA FLÈCHE
5. LA CHUTE DE LA FLÈCHE
6. LA PROIE DE LA MAGIE
7. LES PROMESSES DE LA MAGIE
8. LE PRIX DE LA MAGIE
9. PAR LE FER
10. LES VENTS DU DESTIN
11. LES VENTS DU CHANGEMENT
12. LES VENTS FURIEUX

*Dédié à Mel,*
*Femme Coyote blanche,*
*Légende dans le cœur*
*de ceux qui la connaissent.*

# CHRONOLOGIE OFFICIELLE DE I

## *Par Mercedes Lackey*

**1000 AF** — *Préhistoire*
*Les Guerres Magiques*
*Ère du Griffon Noir*

**0** — *Fondation de Valdemar*

**750 PF** — *Règne d'Elspeth la Pacifique*

LA TRILOGIE DU DERNIER HÉRAUT-MAGE
La Proie de la Magie

**798 PF** — *Règne de Randale*

LA TRILOGIE DU DERNIER HÉRAUT-MAGE
Les Promesses de la Magie
Le Prix de la Magie

**AF : Antérieur à la Fondation**
**PF : Postérieur à la Fondation**

# ÉRIE DES HÉRAUTS DE VALDEMAR

***Le déroulement des événements selon la chronologie de Valdemar***

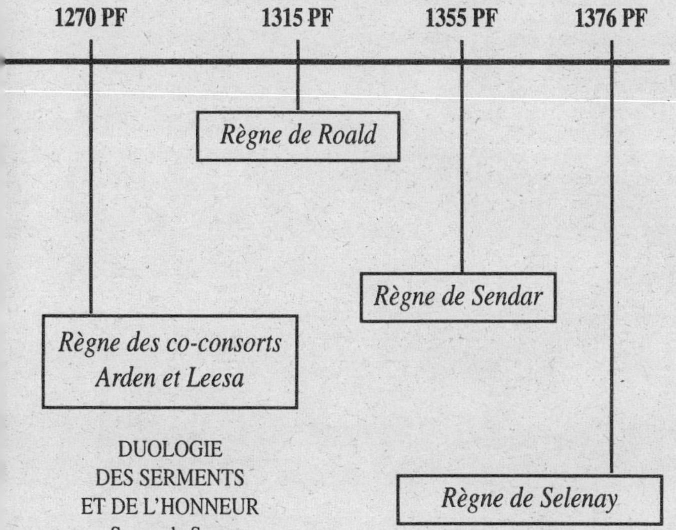


DUOLOGIE
DES SERMENTS
ET DE L'HONNEUR
Sœurs de Sang
Les Parjures

LA TRILOGIE
DES HÉRAUTS DE VALDEMAR
Les Flèches de la Reine
L'Envol de la Flèche
La Chute de la Flèche

Par le Fer

# CHAPITRE PREMIER

*Silence.*

Les plumes de Skandranon étaient agitées par un vent aussi glacé que l'âme des créatures qu'il surplombait. Les cœurs de ces assassins pompaient un sang noir et épais réchauffé uniquement quand leurs commandants les envoyaient en mission.

Ils avaient le sang froid, certes, mais Skandranon Rashkae le savait plus chaud que celui de leur créateur, un homme qu'il combattait depuis qu'il pouvait voler. Si les makaars étaient violents et rusés, leur cruauté n'était rien en comparaison de celle de leur maître.

*Silence. Reste immobile.*

Skandranon n'était pas seulement furtif. Le silence qui l'entourait devait tout aux pouvoirs de son maître et ami, Urtho. Il lui avait d'ailleurs valu son surnom : le Mage du Silence. Ainsi, le champion d'Urtho échappait à toute détection magique…

Les ennemis d'Urtho ayant usé de leurs pouvoirs pour lui arracher ses terres — sans succès —, ils utilisaient désormais des méthodes plus directes.

Skandranon gardait les ailes repliées et la tête baissée. Il importait, y compris à cette distance du campement, de rester discret. Le voyage avait été long et fatigant, même s'il était en forme. Alors mieux valait se reposer un peu. Il faisait froid pour la saison, mais cela avait un avantage, car les makaars n'étaient pas très résistants aux frimas.

Il les regarda s'agiter dans leur sommeil. Savaient-ils qu'ils n'étaient que des créatures éphémères ? Que leur maître les avait créés avec une espérance de vie très courte, pour que les générations se succèdent et que leur monstruosité se développe ?

En dépit de leur horrible apparence et de leurs serres mortelles, ils étaient pitoyables. Leur reproduction étant forcée, jamais ils ne connaîtraient les caresses d'un compagnon attentionné. S'ils échouaient, ils étaient mis à la torture. Paresser au soleil avec un ami ou voler avec des frères d'aile… autant de choses qu'ils ne feraient pas !

L'idée de risquer leur vie pour une juste cause ne leur viendrait jamais à l'esprit. Voilà pourquoi ils étaient à plaindre : ils ne pouvaient pas être brisés parce qu'ils n'avaient ni volonté ni honneur.

Les makaars et les griffons étaient très dissemblables, en dépit du désir de leur maître d'imiter le chef-d'œuvre d'Urtho. Les uns étaient aussi mal dégrossis que les autres étaient gracieux. Les griffons se montraient intelligents et habiles ; les makaars, conditionnés et serviles.

Et si on demandait à Skandranon qui était le plus beau, il répondait : « Moi. »

*Oiseau vaniteux ! Tu ferais une dépouille superbe sur le mur d'un commandant ennemi.*

La cachette de Skandranon surplombait le Col de Stelvi. L'ennemi l'avait conquis au prix de quelques centaines de vies, deux fois rien comparé aux milliers de pertes dans les rangs d'Urtho. Plus loin, dans la vallée, la petite ville de Laisfaar — autrefois prospère — servait de garnison à l'armée d'invasion. Ses habitants avaient été réduits en esclavage.

Les makaars pouvaient dormir tranquilles. Les mages ennemis avaient protégé la vallée contre la vision à distance. Pour les espionner, il fallait venir sur place, une action risquée, voire suicidaire.

Mais Skandranon s'était porté volontaire.

*Vole vers la mort en riant, oiseau vaniteux. Tu as plus de courage que de bon sens. Tes belles serres puissantes creuseront ta propre tombe...*

Son entretien avec Urtho avait été court. Le mage lui avait proposé une garde armée, ou une amélioration de ses sorts défensifs, mais Skan avait refusé. Il n'avait demandé qu'une chose : des sens magiques plus aiguisés, car sa mage-vision avait perdu de son acuité à force de n'être pas utilisée. Urtho s'était exécuté en souriant. Puis le griffon s'était envolé du haut de la Tour.

C'était trente-six lieues et quatre repas plus tôt. L'armée alliée avait commis une grave erreur en permettant à l'ennemi d'approcher autant de la Tour d'Urtho. Car il n'allait pas s'arrêter là.

Les makaars avaient été affectés dans deux des trois parties du campement. Au milieu se dressait la tente du maître d'armes, flanquée de deux chariots bâchés.

*Attends un peu. Il y a une ville de garnison tout près et le maître d'armes dormirait sous une tente ?*

Chaque camp avait des voyants et des devins susceptibles de faire tomber à l'eau les plans les mieux conçus. La nuit précédant la prise du Col de Stelvi, une voyante s'était réveillée, criant qu'une nouvelle arme écraserait la garnison. Une arme magique, manipulée par de simples soldats. Cet avertissement n'avait pas échappé au griffon, qui se montrait très prudent.

Dans une guerre magique, le nombre limité de Maîtres et d'Adeptes simplifiait le travail des tacticiens. Nul besoin de savoir qui commandait pour estimer les ressources de l'ennemi, il suffisait d'étudier sa stratégie.

Skandranon s'inquiétait de savoir des troupes entières équipées d'armes magiques. Un Maître pouvait invoquer la foudre et les éclairs... Mais il restait un homme et un *seul* ! Si un Adepte armait ses soldats ainsi et s'il avait découvert un moyen pour qu'ils puisent de l'énergie dans les nodes…

Une perspective horrifiante ! Skandranon avait rencontré l'Adepte commandant en chef de l'armée ennemie, le Kiyamvir Ma'ar, voilà près de deux ans. Il était revenu brisé et avait eu des cauchemars pendant des mois. Les sorts de l'Adepte avaient écorché vifs ses compagnons d'aile, lambeaux par lambeaux, se jouant sans peine de ses contre-sorts.

Skan ne cauchemardait plus, mais il se souvenait. Et il avait décidé de protéger les fidèles d'Urtho des cruautés du Kiyamvir.

Il se concentra sur Laisfaar. La garnison d'Urtho n'était pas composée que d'humains. Il y avait des hertasis, des tervardis et trois familles de griffons. Il scruta les remparts et vit les repaires de ses semblables avec les nids des petits, les rampes d'accès… les plumes brûlées, les taches de sang et la cage thoracique à nu.

*Qu'ils soient maudits !*

La femelle griffon qui gisait sur le sol était morte peu de temps auparavant de la torture et de ses blessures précédentes. Les makaars haïssaient les griffons et leurs maîtres les récompensaient parfois en leur en livrant un vivant. Comme cette jeune femelle. Les autres avaient eu les ailes coupées, puis ils avaient été envoyés à Ma'ar. À moins que le mage soit occupé ailleurs, ils mourraient avant la nuit.

Skandranon ne pouvait pas les sauver. Mutilés, ils seraient incapables de fuir. Mais il pouvait leur assurer une mort rapide.

Le griffon se remit en mouvement, rampant ventre à terre, comme un chat. Pas une feuille ne bougea sur son passage. La tente du maître d'armes était bien gardée, mais le terrain accidenté lui donnait l'avantage. Les makaars surveillaient le ciel, au-dessus du camp, et les soldats avaient formé un périmètre de défense. Personne n'avait envisagé la possibilité qu'une créature volante atterrisse derrière les sentinelles et continue à pied...

Sans doute parce qu'aucune créature ne le pouvait... sauf un griffon ! Ou qu'aucune n'aurait eu le cran d'effectuer une telle manœuvre... sauf Skandranon ! Il n'y avait pas de défense antigriffon, ce qui en disait long sur le commandant du camp. Mais Ma'ar était le seul, parmi leurs ennemis, à mesurer leurs capacités. La plupart de ses subordonnés les considéraient comme une variante de makaars.

Voilà pourquoi Skandranon avançait furtivement, sans quitter les zones d'ombre — un comportement aussi éloigné que possible de celui d'un makaar.

Le temps ne signifiait rien. Il était prêt à y passer la nuit. Même dans l'armée la plus organisée, la discipline se relâchait toujours après une victoire. Le sachant, Skan avait fait coïncider sa visite avec cette période.

*Pas de sentinelle à l'intérieur du camp et les commandants, comme leurs hommes, sont invisibles.*

Skandranon enregistrait tout ce qu'il voyait. S'il mourait et si son corps était retrouvé par ses amis, Urtho pourrait lire dans son esprit — du moins s'il avait eu une mort rapide, car les tortures détruisaient tout.

Conséquence logique, les siens prenaient parfois des risques fous pour récupérer un cadavre.

Les dépouilles des griffons étaient d'extraordinaires sources d'informations.

Certains captifs étaient utilisés comme appât. L'ennemi ne reculait devant rien et les privait de leur résistance pour arracher à leur esprit toutes informations sur les Alliés. Mais Skandranon était armé d'un sort de mort afin de donner le coup de grâce aux prisonniers.

Il espérait ne jamais plus avoir besoin de l'utiliser.

À mi-chemin de son objectif, il se figea, entendant des pas approcher des hautes herbes qui le dissimulaient. Sa cachette, qui avait semblé sûre un instant plus tôt, lui parut soudain bien dérisoire…

*Oiseau malin, qui se cache dans l'herbe... Il ne te reste plus qu'à espérer qu'il n'y aura pas de coup de vent !*

Les pas étaient mal assurés. Skan retint son souffle pour ne pas trahir sa présence, une de ses pattes avant en l'air. Pour voir l'humain, il aurait dû tourner la tête.

Il se contenta d'attendre.

L'homme s'arrêta. Le griffon l'entendit défaire ses vêtements, puis reconnut le bruit d'un filet de liquide arrosant le sol. Quand il eut fini, le soldat se reboutonna et s'éloigna en titubant.

Skandranon reprit sa route.

Il atteignit un bosquet et s'y cacha pour attendre l'aube. Des insectes grimpèrent sur lui. Malgré une envie folle de crier et de les écraser, il se tint tranquille. D'ailleurs, son irritation était une bénédiction, car elle le tenait éveillé.

Son plan était simple : attendre la nuit pour explorer le camp. Certains guerriers pensaient que la magie d'Urtho lui avait conféré son agilité. Mais son créateur niait farouchement y être pour quelque chose, affirmant que l'obsession de Skan pour la danse en était à l'origine.

Le mage avait souvent regardé le griffon imiter des mouvements de danses humains, tervardis et hertasis. Skandranon s'était entraîné rigoureusement, appliquant ses connaissances au vol, au combat et à l'art de faire l'amour. Grâce à cela, il était aussi silencieux qu'un souffle d'air.

*Le silence seul n'est pas tout. Urtho l'a appris à ses dépens. C'est seulement quand nos terres ont commencé à être grignotées peu à peu que nous avons pris les armes. Mais le Mage du Silence n'a jamais voulu devenir archimage. Il est plus doué pour créer que pour déployer des bataillons.*

Quel dommage qu'un homme si bon ait dû devenir

un seigneur de la guerre... Mais mieux valait un combattant comme lui qu'un monstre sans cœur.

*Si j'avais le choix, je ferais des petits.*

Mais le monde n'était pas assez sûr pour y élever des enfants. Pour l'heure, Skan devait attendre...

Un cri retentit. Le griffon lutta pour ne pas bouger.

*Il y en a une qui vit toujours. Tiens bon, mon amie. Ce ne sera plus très long. Attends... Mais je n'ai moi-même plus la patience d'attendre !*

Skandranon se redressa et regarda autour de lui. Il avait trop souvent entendu ce genre de cris.

Il prit son envol, le vent lui brûlant les narines.

*Ton plan, c'est d'attraper l'arme et de t'enfuir à tire-d'aile, n'est-ce pas, oiseau stupide ? Tu vas mourir en héros. Et pourquoi ? Parce que tu n'as pas pu supporter d'entendre hurler une de tes semblables ?*

Skan approchait de la tente. Il y avait des alarmes magiques. Y avait-il aussi des pièges ? Les armes qu'il cherchait étaient-elles un appât, ou était-ce la femelle griffon torturée ?

*Quelle importance ? Tu es bien trop prévisible, Skan, bien trop sensible. Elle va mourir, alors pourquoi risquer ta vie ?*

Il plongea vers la tente.

*Il faut bien mourir un jour. Autant mourir pour une bonne cause...*

*Stupide griffon !*

Il était trop tard pour reculer. Skan s'occupa des alarmes magiques, jetant un sort simple qui leur ferait surveiller un autre endroit. Puis il passa... sans déclencher de piège. Il resta néanmoins très vigilant : invisible à la magie, il n'en demeurait pas moins visible à l'œil nu. Si un soldat ou un makaar apercevait sa forme noire, il donnerait l'alerte.

Peu importait qu'il fût découvert après avoir rempli sa mission. Mais être repéré entraînait certains inconvénients... comme les carreaux, les flèches et les éclairs magiques...

Skan atterrit en projetant des cailloux dans toutes les directions. Il tourna la tête à droite, à gauche. Rien. Mais cela pouvait changer d'un instant à l'autre. Il pénétra sous la tente par l'arrière *(personne ne garde jamais l'arrière)* et, roulant sur le dos, commença à s'attaquer au plancher du chariot. Il n'avait pas osé découper la toile avec ses serres — qui luisaient faiblement — l'expérience lui ayant appris que les défenses les moins solides étaient truffées d'alarmes.

Encore un effort et il pourrait arracher une planche en étouffant tout bruit d'un sort de silence... Il commença à le réciter mentalement, puisant l'énergie en lui-même et prenant soin de ne pas toucher le véhicule avec.

Skan espérait que les mages de Ma'ar ne surveillaient pas le camp. Jusqu'ici, tout allait si bien. Il enfonça ses serres dans les fentes qu'il avait pratiquées. Une partie du plancher tomba à terre...

... en même temps qu'un maître d'armes réveillé en sursaut et de fort méchante humeur. L'homme sortit quelque chose — sans doute une arme — de sous son matelas. Dès qu'elle fut pointée vers le griffon, elle commença à luire.

Skan saisit la tête du maître d'armes et enfonça sa serre droite dans une de ses orbites. À l'intérieur de la bulle de silence, un cri retentit, suivi par le bruit écœurant d'une serre se retirant d'un fourreau de chair et de matière grise.

L'arme échappa au soldat mort. C'était une sorte de bâton poli, enroulé dans du cuir, avec une pointe luisante. Quand elle toucha le sol, la pointe disparut à l'intérieur du bâton.

*Sur le dos, coincé sous un chariot, tu tues un maître d'armes d'une seule main ? Personne ne voudra jamais te croire !*

*Bon sang, c'était moins une, stupide griffon.*

*Allez, prends ce truc et file !*

Skan se glissa tant bien que mal à l'intérieur du chariot. Il y faisait sombre, mais il vit aussitôt les caisses ouvertes. Pleines d'armes comme celle qu'avait essayé d'utiliser l'humain. Elles n'étaient pas plus grandes que ses serres... mais bien plus mortelles. Pas besoin de sort pour savoir qu'elles étaient magiques. La puissance qu'elles contenaient lui hérissait les plumes. Il tendit la main et faillit en toucher une, mais une voix, dans son crâne, hurla : *Non !*

*Le maître d'armes en avait une pour garder les autres... qui doivent être piégées.*

Un fil d'énergie rouge courait entre sa serre et la toile du chariot, confirmant ses soupçons.

*Une seule n'est pas piégée...*

Il se déplaça lentement, les ailes si près du corps que c'en était douloureux. Pour se retourner, il dut se dresser. Puis il retomba à quatre pattes pour fouiller les débris du plancher. Un maître d'armes ne songeait jamais à piéger son arme personnelle.

*Première... et dernière erreur de sa part !*

*Tais-toi, stupide griffon ! Tu fais le malin parce que tu as réussi à survivre jusque-là, mais ta chance pourrait tourner !*

Il trouva le bâton. En dépit de l'épaisseur de sa « peau » de cuir, il était tiède. Le griffon recula, faisant attention à ne rien renverser ni toucher, puis il porta sa prise de guerre à son bec et se laissa tomber par l'ouverture.

*Bien. Que peut-il m'arriver de pire, à présent ? Vais-je libérer l'énergie contenue dans les armes en touchant la toile ? Ce serait bien de Ma'ar ! S'il ne peut pas avoir une chose, personne ne l'aura...*

Skandranon allait écarter la toile quand une silhouette se découpa dessus.

L'homme jura.

*Maintenant !*

Le griffon bondit au moment où l'ennemi entrait. Il s'en servit comme d'un tremplin pour s'élancer dans les airs, l'écrasant contre la paroi du chariot. Alors le dernier piège entra en action. Un cercle de feu se répandit autour du véhicule.

Les makaars s'éveillèrent.

*Fini la belle vie, crétin de griffon ! Mais au moins, tu peux jeter ton sort avant de mourir... Trouve la femelle...*

Skan battait furieusement des ailes pour s'éloigner du camp. Mais il lui restait une chose à faire avant de partir la conscience tranquille. Son esprit sonda les environs...

Il la trouva tandis qu'il survolait la corniche. On eût dit que le corps de la femelle avait été transpercé par des milliers d'aiguilles chauffées à blanc et découpé par une centaine de chirurgiens fous. Mais elle vivait toujours. Sa souffrance était telle que Skan faillit se laisser tomber comme un caillou.

*Tue-moi !* hurla-t-elle mentalement. *Arrête-les. Peu importe comment...*

*Ouvre-toi à moi et fais-moi confiance...*, répondit-il. *Au début, ce sera douloureux, puis tout deviendra noir. Tu voleras de nouveau, selon le désir d'Urtho...*

Elle cessa de crier, reconnaissant le code du sort de mort. Skan se retira en lui-même un instant, afin de stabiliser son vol, puis il jeta le sort, arrachant l'esprit de la femelle à son corps torturé. Le cœur de la malheureuse s'arrêta.

*Je suis désolé... Après la Longue Nuit, tu voleras de nouveau...*

Il abandonna au vent l'esprit lié au sien.

Dans la ville occupée, le corps mutilé tressaillit, puis ne bougea plus. Skandranon s'enfuit à tire-d'aile. Les sept makaars lancés à sa poursuite lui interdisaient de s'abandonner à son chagrin.

Le général s'était enfin endormi.

Ambredragon voulut se lever, puis il se laissa retomber sur sa chaise. Corani s'était réveillé en sursaut. Sa peine était tangible. Pour un Empathe de la puissance d'Ambredragon, elle équivalait à un coup de poignard en plein cœur.

En attendant que le général parle, Ambredragon lui transmit du réconfort. Des senteurs apaisantes flottaient dans la chambre : la camomille de l'huile de massage, le jasmin qui parfumait la potion soporifique… Il ignora sa migraine, les contractions douloureuses de son estomac et le sentiment de désastre imminent qui s'était abattu sur lui quand il avait été convoqué. Il était un *kestra'chern* et son client avait besoin de lui. Il devait être le roc sur lequel on pouvait s'appuyer. Corani et lui ne se connaissaient pas et c'était bien ainsi : un homme de pouvoir se confiait plus facilement à un étranger.

La suite du général était située dans la Tour d'Urtho. Il n'était pas difficile, ici, de fermer les rideaux pour se couper des horreurs du monde.

Corani ne l'avait pas convoqué personnellement. Chaque fois qu'il avait eu recours à un *kestra'chern*, le général avait fait appel à Riannon SilKedre. La jeune femme, moins douée qu'Ambredragon, était très respectée.

Il était venu à la demande d'Urtho, qui lui avait envoyé un de ses aides dans le plus grand secret. Au moment de son arrivée à la Tour, le mage était toujours en grande conversation avec son général, qui n'avait pas semblé surpris de le voir. Sa détresse était visible. Ambredragon avait lutté pendant des heures avant de le convaincre de se confier à lui.

Le *kestra'chern* savait pourquoi c'était lui qu'Urtho avait fait venir. Il s'avérait parfois plus facile pour un homme de se confier à un autre homme… Et Ambredragon était fiable. Il jouait bien des rôles auprès de beaucoup de gens. Ce soir, il avait été à la fois un Guérisseur, un prêtre et une oreille attentive.

— Je vous déçois, n'est-ce pas ? murmura le général. Vous devez me prendre pour un faible…

Ambredragon entendit ce que le militaire *voulait*

dire : *Je vous inspire du dégoût. Vous me trouvez méprisable, indigne de ma position.*

— Non, répondit-il d'une voix égale.

Il préférait ne pas songer à ce que représentait pour lui l'effondrement du général. Et il refusait de se souvenir des prémonitions qui, la nuit précédente, avaient tiré les Guérisseurs et les *kestra'chern* les plus doués d'un cauchemar commun peuplé de sang et de feu. Si le fils de Corani s'était enrôlé dans l'armée alliée, sa femme et toute sa famille vivaient toujours à Laisfaar…

Laisfaar où Skandranon s'était rendu sans un adieu.

— Non, répéta Ambredragon, prenant la main tendue du général avant que celui-ci ne se ravise, et commençant à la masser. Je ne suis pas si stupide. Vous n'êtes qu'un homme ! Nous sommes le résultat de nos moments de force *et* de faiblesse. Tout le monde peut craquer. Il n'y a pas de honte à ça. Aujourd'hui, c'est votre tour.

Au fond de lui, Ambredragon se demanda si ce n'était pas aussi le *sien*. La pression montait et il craignait de perdre toute maîtrise. Il n'était pas imbu de lui-même au point de croire qu'il n'avait besoin de l'aide de personne. Mais où en trouverait-il en ces temps troublés ? Les Guérisseurs et les *kestra'chern* étaient déjà bien trop sollicités…

Alors, être sur le point de craquer ne faisait aucune différence…

Beaucoup trop de ses patients étaient partis se battre et n'étaient jamais revenus. Et Skan… Le griffon aurait dû rentrer ce matin.

Pour l'heure, il devait laisser de côté ses angoisses et ses problèmes et se consacrer à son client. Quelque chose avait mal tourné au Col de Stelvi, mais le général ne lui avait pas dit ce qui s'était passé. Le col et Laisfaar étaient tombés. Avec la famille de Corani ! Et il valait mieux pour ces gens être morts plutôt qu'entre les mains de Ma'ar.

Corani, en général aguerri, l'acceptait, comme il avait accepté le réconfort d'Ambredragon. Pour le moment du moins. C'était un des talents du *kestra'chern* : gagner du temps pour guérir…

— Mon fils…, souffla le général.

— Urtho lui a envoyé de l'aide, répondit Ambredragon, sachant que c'était vrai.

*Skan…*

Il maîtrisa aussitôt son anxiété. Le thé soporifique commençait à faire effet. Corani luttait pour garder les yeux ouverts, comme il avait lutté contre les larmes. Mais Ambredragon avait fait pression sur lui jusqu'à ce qu'il s'y abandonne. Le *kestra'chern* savait se montrer extrêmement persuasif…

— Il est temps de dormir, dit-il.

Corani le regarda en clignant des yeux.

— Quand je vous ai vu, j'ignorais à quoi m'attendre. Avec Riannon…

— Riannon vous a donné ce qu'il vous fallait sur le moment, répondit Ambredragon d'une voix douce, lui posant une main sur le front. J'ai fait de même. C'est le travail du *kestra'chern*.

— Donner à son patient ce qu'il lui faut et pas ce qu'il veut ?

Ambredragon secoua la tête.

— Non, général, ce qu'il *croit* vouloir. Votre cœur désire parfois une chose alors que votre tête en veut une autre. Le *kestra'chern* est là pour demander à votre cœur de s'exprimer.

Corani acquiesça en soupirant.

— Vous êtes un homme fort et un bon chef, général Corani, continua Ambredragon. Mais personne ne peut être à deux endroits à la fois. La guerre a ses propres lois. Vous avez fait ce que vous pouviez et vous avez bien agi.

Corani lutta encore une fois contre les larmes. Il menaçait de s'effondrer. Cela ne devait pas arriver. Il fallait qu'il se repose.

— Il est temps de dormir, répéta Ambredragon, profitant que son patient était réceptif pour ajouter un ordre mental aux effets du thé.

Quand Corani fut endormi, le *kestra'chern* se leva.

Gesten devait toujours attendre le retour de Skandranon aux abords de l'aire d'atterrissage. Ambredragon sortit du camp au coucher du soleil et décida de l'y rejoindre.

Il se sentait déprimé et cela ne s'arrangea pas quand il vit que l'hertasi était seul.

— Cette fois, murmura Ambredragon, il ne reviendra pas.

Gesten leva ses yeux expressifs et soupira bruyamment.

— Il reviendra. Il revient toujours.

Ambredragon souhaitait de tout cœur que le petit hertasi eût raison. Le Col de Stelvi était à moins d'une journée de vol et le griffon manquait à l'appel depuis plus de quarante-huit heures. Or, il n'était jamais en retard…

Gesten avait disposé des pots à fumée colorée sur l'aire pour que le griffon retrouve son chemin et il s'apprêtait à faire du feu. Ambredragon voulut l'aider, mais le gêna plus qu'autre chose.

— Urtho a convoqué le Conseil. Deux griffons venant de Laisfaar sont arrivés à la Tour. Deux heures plus tard, Urtho m'a envoyé chercher pour aider le général.

Gesten hocha la tête. Il comprenait. Depuis deux semaines, le général était un des résidents permanents de la Tour. Et il n'avait cessé de réclamer une protection pour le Col de Stelvi. C'était de notoriété publique.

— Que peux-tu me dire ? demanda Gesten, sachant qu'Ambredragon était tenu par le secret professionnel. De quoi Corani avait-il besoin ?

— De sympathie, Gesten. Il s'est passé quelque

chose de terrible, j'en suis sûr. Il n'a pas arrêté de parler de *lacunes*. Il était prêt à s'effondrer, ce qui ne lui ressemble pas.

« Et Skan qui ne revient pas...

Il lissa la soie de son caftan. Les traits de son visage — que même ses ennemis ne pouvaient s'empêcher de trouver beau — reflétaient son angoisse.

— Il ne reviendra pas, cette fois. Je le sens...

Gesten ramassa une bûche et la pointa vers Ambredragon.

— Il *reviendra*. Je le sais, Ambredragon, et je ne tolérerai pas que tu dises le contraire. Il revient toujours. *Toujours !* Compris ? Et quand il atterrira, je serai là pour l'accueillir.

Ambredragon recula, un peu surpris par tant de véhémence. Gesten le regarda sévèrement un moment, puis il jeta la bûche dans le feu.

— Je suis désolé, Gesten, souffla-t-il. C'est juste que... Tu sais ce que je ressens pour lui.

— Je sais. Tout le monde sait ! Tu sembles être le seul qui l'ignore.

L'hertasi ouvrit une boîte et, avec des pincettes, en sortit un morceau de charbon ardent.

— Si tu t'écoutais parler ! C'est le meilleur, mon ami ! Il reviendra... Dans le cas contraire, il sera mort comme il l'a toujours voulu.

Ambredragon se mordit la lèvre. Comme d'habitude, Gesten pensait avoir raison et n'admettrait pas d'être contredit. Mais l'hertasi voyait juste sur un point. Skan était mort comme il l'avait toujours souhaité...

— Très bien. Je garderai mon calme... jusqu'à ce que nous sachions.

— Tu as intérêt ! Et maintenant, retourne chez toi. Je suis certain que tu peux t'occuper de tes clients sans mon aide.

Ambredragon repartit vers les tentes installées au pied de la Tour. Il s'arrêta une seule fois, pour jeter un dernier regard à la silhouette solitaire de son ami.

Gesten attendrait jusqu'à la fin des temps que le Griffon Noir revienne.

Le cœur du *kestra'chern* était d'autant plus lourd qu'il se refusait à laisser éclater son chagrin.

*Non, pas maintenant ! Je n'avais pas besoin de ça...*

Skandranon luttait contre la gravité, serrant sa prise entre ses mâchoires. Son cœur battait si fort qu'il menaçait d'exploser. Pourtant la chasse ne faisait que commencer... Il avait à peine dépassé la corniche et les makaars gagnaient du terrain. Ils étaient plus rapides que les griffons et, comme si cela ne suffisait pas, ils les surpassaient en endurance. Il leur suffirait de lui couper la route et de le forcer à voler en cercle pour l'achever.

*Et c'est bien leur intention...*

Mais il avait un avantage : pouvoir gagner et perdre de l'altitude plus rapidement. Et s'il se montrait rusé, il les forcerait à *réagir* au lieu d'agir. On ne pouvait pas dire qu'ils étaient terriblement organisés...

*Si Kili était là, ce serait différent.*

Skandranon tourna la tête pour regarder ses adversaires... et aperçut la silhouette familière du vieux makaar.

Celui-ci prit de l'altitude, criant des ordres à sa formation.

Trois makaars plongèrent, gagnant en rapidité ce qu'ils avaient perdu en altitude. Quelques instants plus tard, ils l'eurent dépassé. Les trois autres les suivirent.

Skan tourna la tête dans tous les sens pour ne pas les perdre de vue.

*Pourquoi font-ils ça ? Ils savent que l'altitude est essentielle pour battre un griffon...*

Cette pensée lui avait à peine traversé l'esprit quand il comprit. Repliant son aile droite, il roula sur lui-même... et le vieux makaar le rata d'un cheveu.

Kili hurla de rage. Skan piqua vers le sol... et vers les six autres makaars.

*Le salaud ! Il a eu l'audace de m'imiter !*

Le griffon replia ses ailes et dispersa la formation de makaars qui suivaient Kili. Les chances de survivre à cette manœuvre étaient minimes, mais il avait compté sur sa vitesse et ils ne lui arrachèrent que quelques plumes.

*Voyons s'ils vont pouvoir m'attraper !*

Kili était si près qu'il fut tenté de l'attaquer. Mais il ne devait pas oublier sa mission : survivre pour ramener l'arme à Urtho. Déjà, les deux formations de makaars regagnaient du terrain.

Le griffon dépassa leur chef, qui essaya de lui porter un coup vicieux, lui faisant perdre de la vitesse. Le vieux makaar revenait à peine dans la course quand l'air déplacé par ses compagnons le déstabilisa de nouveau.

*Stupide griffon !* se morigéna Skandranon, approchant de Laisfaar. *Tu dois t'éloigner de cette ville, pas y aller !*

La chaîne de montagnes était proche. Skandranon se concentra sur la paroi rocheuse, en face de lui, étudiant les rigoles qu'y avait creusées l'érosion. La respiration laborieuse, il luttait contre l'épuisement. À la limite de son champ de vision, il vit la formation de makaars plonger à sa suite dans le col.

*Essayons de leur faire croire que j'ai l'intention de prendre de l'altitude...*

Continuant en ligne droite, Skan sentit la présence des makaars se faire de plus en plus insistante. La paroi se rapprochait de lui à une vitesse vertigineuse. Puis elle emplit totalement son champ de vision...

*C'est le moment...*

Le griffon exécuta une manœuvre désespérée. Il replia vivement les ailes, leurs bouts se touchant. Aussitôt, il partit en vrille, décrivit un arc... et tomba comme un caillou vers le sol.

La gravité sembla s'inverser. Son corps malmené roulait sur lui-même. Sa tête fut projetée contre sa poitrine. Détaché, il s'avisa que la douleur cuisante qu'il ressentait avait pour source l'endroit où son bec avait pénétré sa chair. Désorienté, il put tout juste serrer les dents tandis que tout devenait noir.

Il se demanda combien d'os brisés lui coûterait sa témérité.

*Allez oiseau stupide... Allez !*

Il tendit les pattes arrière et déploya sa queue. Le vent s'engouffra dans ses plumes...

Une fraction de seconde plus tard, il fut entouré de makaars, trois au-dessus de lui, trois en dessous, qui le regardaient fixement et ne semblaient plus faire attention à la paroi rocheuse...

*Ça va marcher... stupide griffon chanceux...*

Les makaars crièrent quand leurs corps percutèrent la paroi. Touchant la roche du bout des pattes, Skandranon s'en servit comme d'un tremplin.

L'étrange manœuvre le stabilisa et lui donna une chance de redéployer ses ailes pour ralentir sa chute et la transformer en piqué.

Mais le sol était si proche...

*Redresse, oiseau stupide, redresse...*

Le cœur battant la chamade, les ailes douloureuses, il réussit à éviter le pire, effleurant la roche du bout des ailes. Alors il se servit de son élan pour bondir de nouveau vers le ciel. Tout ce qui restait de ses poursuivants, comme il put le constater en survolant le lieu de l'« accident », c'était des traces sanguinolentes.

*Et maintenant, file d'ici, idiot !*

Il fit demi-tour, tournant le dos au col. Puis il regarda en bas...

... où des centaines d'arbalètes étaient pointées sur lui.

Ses ennemis ne pouvaient pas le voir, mais ils savaient qu'il était là, quelque part. Donc, ils tireraient, espérant qu'un carreau — ou une pierre — ferait mouche. Un rapide coup d'œil à droite et à gauche lui apprit qu'il était pris en tenaille entre deux formations de makaars qui volaient au-dessus de lui.

Kili ne devait pas être loin.

Sa seule chance de s'en sortir, cette fois, c'était de prendre les makaars de vitesse avant que les archers tirent une première volée de…

Trop tard.

Des sifflements retentirent et l'air fut bientôt rempli d'une pluie de plus en plus dense de carreaux et de pierres. Le griffon vira sur l'aile afin d'offrir une cible aussi petite que possible.

Il ne ressentit pas la douleur, seulement l'impact du projectile. Du coin de l'œil, il vit du sang gicler de son aile droite, qui se rabattit.

Alors il eut mal. Très mal, même.

Skan partit de nouveau en vrille, contrôlant à peine sa chute, et hurla sans desserrer le bec. Il avait à peine réussi à se redresser quand deux autres projectiles le percutèrent. Déstabilisé, il fit un ou deux tonneaux. Cette fois, il n'y avait pas de corniche pour lui permettre de reprendre son élan.

Il replia son aile gauche, cassant sa vrille. Mais il tombait toujours. Il n'osa pas essayer de freiner en écartant complètement les ailes. La droite, sérieusement endommagée, ne tiendrait pas le coup et il se retrouverait dans une situation pire encore…

Le griffon se contenta de les déployer juste assez pour transformer sa chute en piqué serré, selon un angle qui le ramènerait en territoire ami.

Une seconde après avoir exécuté cette manœuvre, il vit Kili fendre l'air à l'endroit où elle aurait dû l'amener.

*Un peu plus loin… Juste un peu plus loin…*

Le sol se rapprochait.

*Oui !*

Il était au-dessus des terres d'Urtho, de l'autre côté des lignes ennemies. Pourtant, il ne voulut pas prendre le risque de déployer entièrement ses ailes. Son piqué était un rien trop rapide, mais c'était quand même un piqué, pas une chute.

Le sol ne lui avait jamais paru aussi accueillant. Ni aussi dur.

*Ah*, sketi, *ça va faire mal…*

# CHAPITRE II

Épuisé, Ambredragon savait qu'il n'aurait servi à rien qu'il reste étendu les yeux fermés mais l'esprit en éveil.

Quand il arriva à la lisière du camp, il vit que la lune se couchait. Bientôt, l'aube viendrait. Gesten attendait toujours. Son dernier client parti, le *kestra'chern* avait décidé de rejoindre son ami, mais celui-ci n'était pas d'humeur à bavarder.

Quand il était préoccupé, l'hertasi se taisait. Ambredragon avait tendance à faire de même, à cause de son entraînement.

Il était de son devoir d'afficher une expression de sollicitude sereine. Ces temps-ci, ses clients étaient souvent mal en point et la sympathie fonctionnait mieux que l'empathie.

Ils n'avaient pas besoin de savoir qu'il se débattait contre ses propres problèmes.

Puisqu'il ne pouvait pas s'en débarrasser, il ne devait pas les montrer. Cela faisait partie du jeu. Il avait réussi à l'accepter et cela ne lui valait plus qu'une douleur diffuse, comme s'il ne souffrait pas vraiment.

*Comme si la douleur était celle d'un autre et que mon empathie me la fasse partager…*

Chaque rumeur aggravait sa dépression. Skan n'avait jamais eu autant de retard. Même Gesten devait se douter, désormais, qu'il ne reviendrait pas. Ils avaient souvent plaisanté de la rapidité du griffon à rentrer de mission, avide de recevoir les honneurs qui lui étaient dus.

Les nouvelles les plus alarmantes circulaient sur le Col de Stelvi. Mais personne ne paniquait. Ambredragon se demanda si quelqu'un savait que la garnison avait été écrasée.

La nuit se rafraîchissait et son cœur se glaça. Sa couverture n'y changea rien.

Gesten n'avait toujours pas desserré les lèvres. Incapable de supporter plus longtemps son silence, Ambredragon se leva et s'éloigna. Il avait la gorge nouée par les larmes qu'il n'osait pas verser... De peur de ne plus pouvoir se contrôler !

Des larmes pour Gesten... et pour Skan.

Attendre plus longtemps ne servirait à rien. Skan ne reviendrait pas. La guerre continuait, ignorant les morts et ceux qui les pleuraient. Comme beaucoup de Kaled'a'in, Ambredragon la considérait désormais comme une entité vivante. Ceux qui lui obéissaient et ceux qu'elle entraînait sur son passage devaient continuer à vivre... Même s'ils avaient le sentiment d'être à bord d'un bateau qui coulait.

Les dons d'Ambredragon étaient aussi précieux en temps de paix qu'en temps de guerre. La souffrance ne s'arrêtait pas à ce genre de considération. Il s'était résigné depuis longtemps à se sentir responsable de ceux qui avaient besoin de lui... Non, pas de lui, de ses *talents*. Et c'était cette idée qui, près du feu, lui avait glacé le cœur.

Gesten ne servait que Skandranon et lui. Ambredragon pouvait se passer de son aide pour un temps. Mais personne ne se passerait de la sienne...

*Voilà ce qui arrive quand on tient à quelqu'un... et qu'il meurt.*

N'ayant pas de lien magique avec le Griffon Noir, il

n'avait pas senti sa fin. Mais ses déductions étaient hélas logiques.

Il entra dans le camp. Aussitôt, il afficha un léger sourire et adopta une démarche confiante. Il connaissait bien son métier. Même si peu de soldats étaient déjà levés, il fallait les rassurer.

Un Guérisseur soucieux la fichait mal. Tout comme un *kestra'chern* malheureux. On pouvait penser qu'un de ses clients lui avait confié un secret si terrible qu'il avait réussi à ébranler sa sérénité. Or Ambredragon, un *kestra'chern*, avait la réputation d'être d'une sérénité à toute épreuve. Peu importait que son visage lui semblât un masque de pierre.

Urtho exigeait que le camp soit en ordre et bien éclairé. Tous ceux que le *kestra'chern* croiserait le verraient clairement. Il fallait donc donner l'impression que tout allait pour le mieux.

Mais il devait faire face à ses peurs et à son chagrin. Sinon, il ne serait plus en mesure d'assumer sa charge.

Il prit le chemin du quartier des Guérisseurs, ne titubant qu'une seule fois. Une infime partie de lui eut honte de ce faux pas. Mais n'avait-il pas dit à ses patients qu'il n'y avait pas de déshonneur à craquer ?

L'aide dont il avait besoin n'était plus très loin. Il lui suffisait de demander. Même si une petite voix lui soufflait de serrer les dents, il n'était pas fier au point de refuser une main tendue. Surtout dans son état actuel ! Ç'aurait été suicidaire. Il savait reconnaître les signes avant-coureurs d'un effondrement psychologique et il ne pouvait pas se payer ce luxe.

Les Guérisseurs étaient occupés à raccommoder des vêtements et à fabriquer du matériel chirurgical. Devant leurs tentes, des oiseaux-messagers dormaient sur leurs perches, la tête sous l'aile. À leurs pieds, des kyrees ronflaient doucement. Comme il était étrange que de tels moments de paix puissent exister au milieu du chaos...

Le Guérisseur Tamsin et son épouse, dame Cinnabar,

étaient de garde de nuit. Il les trouverait sans doute dans la tente de chirurgie de la « Colline des Guérisseurs ». En des temps meilleurs, certaines avaient accueilli les fêtes kaled'a'in. Aujourd'hui, les cris qui y retentissaient n'avaient plus rien de joyeux.

Des ombres mouvantes apprirent à Ambredragon qu'il y avait quelqu'un. Il poussa le rabat de toile et entra. Tamsin et Cinnabar soignaient un mercenaire. Le *kestra'chern* vit une tête de loup sur son écusson. Un des Loups de Pedron. Urtho n'engageait pas de mercenaires à la légère et ceux-ci avaient bonne réputation. Même les griffons les appréciaient.

Skan lui-même...

Sketi, *Ambredragon ! Tu es parti en vrille et il est temps de redresser... Ou tu vas t'écraser.*

Il s'appuya à un piquet et s'assura que son bouclier mental l'empêcherait de communiquer sa détresse aux autres. Mais Tamsin et Cinnabar étaient des collègues et ses meilleurs amis...

... en dehors de Skan et de Gesten.

Sans tourner la tête, Tamsin lança au mercenaire :

— Tout ce dont vous avez besoin, maintenant, c'est de quelques jours de repos. Voilà votre carré vert.

Le Guérisseur signa le rectangle en bois et le tendit à son patient.

— Trois jours d'arrêt et six d'activité réduite.

Puis Tamsin sembla remarquer la présence d'Ambredragon.

— Un de mes amis paraît avoir besoin d'aide, souffla-t-il.

Le mercenaire leva la tête à son tour.

— Merci, maître Tamsin. Envoyez-moi la note !

L'intéressé rit de cette blague éculée tandis que le mercenaire quittait la tente en saluant de la tête le *kestra'chern*. Celui-ci alla prendre la place que l'homme venait d'abandonner, se fichant de froisser son caftan. Dès qu'il fut allongé, il se cacha le visage derrière les bras, serrant les poings. Les Guérisseurs considéraient qu'un poing fermé portait malheur, mais son esprit était loin de ces considérations.

Il entendit ses amis se laver les mains, les essuyer, puis ranger leurs instruments. Quand ce fut fini, ils tirèrent le rideau autour d'eux.

— Les rumeurs au sujet de Stelvi sont vraies... Et cette fois, Skandranon n'est pas rentré.

Il sentit une main se poser sur sa joue et une autre prendre une des siennes. Cela suffit à libérer le chagrin qu'il avait réussi à contenir.

— Ne pleure pas un être qui pourrait être encore en vie, fit gentiment Tamsin. Attends de savoir si...

Mais si Skandranon avait été encore en vie, il serait revenu depuis des heures. Ou il aurait envoyé un message. Tamsin déglutit bruyamment, comme pour ravaler des propos qu'il savait stupides.

— Le pire, c'est de n'être pas sûr. Nous aussi nous l'aimons, Ambredragon... Mais nous avons vu revenir tant de personnes portées disparues. Skandranon...

— N'a jamais failli à sa mission de sa *vie* ! cria Ambredragon, sa voix tremblant de colère et de chagrin. S'il n'a pas... S'il n'a pas pu...

Le reste fut perdu dans un torrent de larmes. La paillasse crissa quand les deux Guérisseurs s'installèrent près de lui. L'un d'eux l'embrassa sur le front et l'autre le prit dans ses bras.

— C'est trop ! Attendre ici en se demandant qui va revenir blessé... ou ne va pas revenir du tout. Ne pas être à leur côté quand ils souffrent et meurent !

— Nous savons ce que tu ressens, murmura Tamsin. Oui, nous le savons...

— Mais le reste ? Savez-vous ce que c'est de réconforter ceux qui reviennent alors que je pleure ceux qui manquent à l'appel ?

Ses amis ne trouvèrent rien à répondre.

— J'en ai assez de faire comme si j'étais imperméable à tout ! Ils viennent me voir pour oublier leur peine, mais quand suis-je autorisé à exprimer la mienne ?

Tamsin et Cinnabar se turent, se contentant de le serrer dans leurs bras tandis qu'il pleurait. Car *ils* étaient la réponse à sa question.

Quand Ambredragon se ressaisit, ils purent parler plus calmement.

— Tu le sais déjà, mais je vais te le répéter quand même, dit Cinnabar. Nous sommes là pour t'aider, tout comme tu es là pour aider les autres. Tu as tout encaissé, dans cette guerre, et bien mieux que quiconque. Personne ne t'a jamais vu craquer. Mais te montrer surhumain n'est pas une obligation.

— Je sais. Dieux, c'est exactement ce que j'ai dit, il y a quelques heures à peine, à un de mes patients.

« Mais cette fois, il s'agit de Skan… Il était ma seule *constante*. J'ai toujours cru que je pouvais l'aimer sans prendre les risques habituels, parce que je pensais qu'il serait toujours là. La pire chose qui lui est arrivée, c'était de perdre des plumes !

Cinnabar écarta les cheveux humides d'Ambredragon de son front avec le linge que son compagnon était allé chercher.

— Et voilà que je l'ai perdu… Je ne pourrai pas le supporter. Ça fait trop mal !

Des sons leur parvenaient, étouffés par la toile de tente. N'était-il pas un peu tôt pour tout ce raffut ? Le temps avait peut-être passé plus vite qu'ils ne le pensaient…

— Que pourrais-je te dire que tu ne saches déjà ? demanda Tamsin. Ta tâche est plus ardue que la nôtre… Nous rafistolons les corps ; toi, ce sont les cœurs et les esprits. Le seul réconfort que je puisse t'apporter, c'est de t'assurer que tu n'es pas seul. Nous aussi nous avons du chagrin. Skandranon était notre ami et il…

Les bruits qu'ils entendaient n'avaient rien à voir avec le brouhaha normal d'un camp qui s'éveille.

On aurait dit une foule en marche…

Ambredragon enleva le linge humide posé sur ses yeux et s'assit. Au même moment, un cri de douleur retentit, déchirant l'air… et ses tympans. Les trois amis furent aussitôt en alerte.

Tamsin bondit sur ses pieds, suivi par Cinnabar. Les rabats de toile s'écartèrent pour laisser passer des porteurs… chargés d'un griffon pris dans les branchages, le tout recouvert de boue. Ambredragon n'aurait pas identifié Skandranon s'il n'avait reconnu ses plumes noires et son vocabulaire imagé.

Il se leva de la paillasse. Gesten fit installer le griffon sur une des tables. Puis il se retourna, cherchant des yeux un Guérisseur, et vit Tamsin, Cinnabar et Ambredragon.

— Vous trois, vous ferez l'affaire ! ordonna-t-il.

*Dieux, s'*il *commandait l'armée…*

Les trois compagnons s'étaient déjà mis au travail. Tamsin alla chercher le matériel chirurgical, Cinnabar appela leurs aides et Ambredragon écarta les porteurs pour approcher du griffon.

Il le toucha et fut agressé par sa douleur. C'était le risque, quand on soignait un ami. Il abaissa un peu son bouclier mental, mais pas trop. La douleur était son alliée.

Pendant que les assistants de Cinnabar lavaient la boue, Ambredragon leur signalait les endroits à ne pas malmener, afin de ne pas faire plus de dégâts. Sa respiration était devenue haletante. Ses pupilles dilatées indiquaient qu'il s'était ouvert à la double vision.

Une éternité passa avant qu'ils aient réussi à débarrasser Skandranon des restes de l'arbre sur lequel il s'était écrasé. Il leur en fallut une autre pour nettoyer la boue et voir apparaître les blessures.

Tamsin et Cinnabar laissèrent à Ambredragon le soin de s'occuper des ailes. Au camp, il était une des rares personnes à connaître parfaitement l'anatomie des griffons.

L'aile droite avait été déchirée par un carreau et saignait toujours. La gauche était cassée en plusieurs endroits. Ambredragon demanda à Gesten d'appuyer sur la blessure pendant qu'il réduisait les fractures. Comme ceux des oiseaux, les os des griffons se ressoudaient aussitôt. Plus vite il s'en occuperait, moins il aurait d'os à briser de nouveau pour qu'ils le fassent correctement…

Skandranon gémissait doucement. Un quatrième Guérisseur, les paupières encore lourdes de sommeil, s'approcha et le plongea dans un profond sommeil.

Ambredragon rassemblait les petits bouts d'os, puis les maintenait avec ses mains. Quand c'était fait, son esprit forçait ces fragments à reprendre leur place. Il ne restait plus alors qu'à poser une attelle. Entre deux fractures, il s'essuyait les mains, pour que le sang séché ne le gêne pas.

— Ambredragon ? demanda Gesten.

— Oui ?

— Je crois que tu devrais te dépêcher.

Le petit lézard n'eut pas besoin d'en dire plus. Ambredragon confia le soin de bander l'aile à un des assistants et fit le tour du patient. Un seul regard lui suffit pour comprendre. La blessure était terriblement proche de la grosse veine qui traversait l'aile, et celle-ci menaçait de se déchirer sous son propre poids, entraînant une fracture ouverte et une hémorragie massive…

Il ordonna au hertasi de se placer sous l'aile blessée et rapprocha les bords de la plaie. Fermant les yeux, il examina la plaie avec sa double vision. Il ressouda les fibres musculaires et les vaisseaux sanguins déchirés, les aidant à guérir à une vitesse des milliers de fois supérieure à la normale. Une infection menaçait ; il l'élimina, fortifiant les muscles sains pour ménager les autres.

Ensuite il trouva de minuscules fractures et des blessures auxquelles il n'avait pas fait attention. Il s'en occupa, sans oublier de vérifier qu'il n'y avait nulle part de caillots risquant de gêner la circulation du sang.

Skandranon gémissait toujours et se raclait la gorge, comme si quelque chose y était coincé. Sa respiration redevint régulière un instant, quand le quatrième Guérisseur le replongea dans un profond sommeil. Puis il fut pris d'une telle quinte de toux qu'ils durent l'empêcher de tomber de la table. Du coin de l'œil, Ambredragon vit Tamsin enfoncer un bras dans le gosier du griffon pendant qu'un des assistants lui maintenait le bec ouvert. Quand il l'eut retiré, le blessé lâcha une sorte de sifflement, puis se rendormit.

Pendant qu'Ambredragon réduisait les fractures des pattes antérieures, les assistants administrèrent au patient des potions fortifiantes.

Quand tout fut terminé. Ambredragon s'écarta de la table d'opération en titubant. Il vit Cinnabar donner des ordres aux porteurs de civière qui allaient emmener Skandranon. Tamsin n'était nulle part en vue. Les rayons du soleil levant pénétraient la toile épaisse de la tente.

Le sol était couvert de sang, de plumes cassées, de feuilles et de morceaux d'écorce. Sur une table épargnée par le carnage, Ambredragon vit ce qui restait d'un carreau et une sorte de bâton recouvert de cuir.

*Ce doit être ce qu'il avait en travers de la gorge. Mais comment est-ce arrivé là ?*

Il cligna des yeux puis chancela.

— Non, pas question !

Gesten quitta le chevet de Skandranon et vint se glisser sous le bras du *kestra'chern.*

— Au lit, Ambredragon ! Skan va bien maintenant… Toi, tu devrais t'allonger avant de t'évanouir.

Ambredragon trouva la force de laisser échapper un petit gloussement.

*Skan va bien. Il est revenu.*

Le froid qui l'avait envahi disparut, en même temps que la sensation de vide.

*Skan est revenu !*

Avec l'aide de Gesten, il descendit la colline et revint dans le quartier des *kestra'chern*, juste à côté de celui des Guérisseurs. Trop fatigué, il réalisa à peine qu'il était de retour chez lui. Mais l'odeur de l'encens et des parfums le lui rappela.

Dans sa chambre, il s'écarta du petit hertasi, tituba jusqu'à son lit et se jeta dessus.

Dès son réveil Ambredragon capta la souffrance et la frustration de Skandranon. Même après des heures d'un sommeil mérité, il sentait toujours une douleur diffuse aux endroits qu'il avait traités sur le corps du griffon.

Y compris sur ceux dont il n'avait pas d'équivalent, tels la queue et les ailes. C'était le « contrecoup » bien connu des Guérisseurs, qui apprenaient très vite à vivre avec. Mais il semblait quand même étrange d'avoir mal à des membres qu'on ne possédait pas. Les « ailes » d'Ambredragon, à savoir ses omoplates et ses bras, le faisaient atrocement souffrir.

Un peu comme après une crampe, lorsque le muscle est toujours endolori.

Ambredragon s'était réveillé avec l'impression d'avoir couru une semaine avec un sac sur le dos. Il n'aurait pas été plus mal en point s'il avait dû travailler deux jours entiers sans se reposer...

... Bref, s'il avait dû s'occuper de sa clientèle habituelle le jour et rafistoler un griffon sérieusement blessé la nuit !

Gesten — ce cher Gesten — avait tiré les rideaux avant de sortir, pour que la lumière n'empêche pas le *kestra'chern* de se reposer. L'hertasi avait également dû prévenir les clients de son absence.

Ambredragon repoussa les couvertures et se leva en s'aidant de l'anneau fixé dans le montant de son lit. Il se lava rapidement et avala son petit déjeuner. Puis il enfila le caftan que Gesten avait sorti pour lui. Enfin, il consulta la liste de ses rendez-vous de la journée. Tous étaient barrés, sauf un. Mais il lui restait encore deux heures avant de recevoir ce client.

Ambredragon quitta sa tente, qui comportait plusieurs « pièces » et était protégée du bruit par magie, un luxe nécessaire quand on pratiquait un travail comme le sien.

Dehors, le soleil brillait. Des oiseaux-messagers multicolores voletaient en piaillant gaiement. De la fumée montait des feux et se dissipait dans l'air tiède. Trois enfants couraient en riant aux éclats. Un kyree les suivait.

*C'est comme ça que devrait être la vie...*

Ambredragon s'étira, puis se passa une main sur le menton et sur les joues. Il devrait se raser ! Dès qu'il se serait assuré que Skandranon allait bien, il rentrerait pour se préparer. Il ne pouvait pas recevoir un client dans une tenue aussi négligée ! Et il se sentait toujours mieux quand il était impeccable de la tête aux pieds.

Il se fraya un chemin parmi la foule qui déambulait entre les pavillons et les abris et retourna à la grande tente où il avait laissé le griffon. À la lumière du jour, le camp semblait plus accueillant en dépit de la tension qui y régnait.

Des assistants Guérisseurs et des aides faillirent bousculer Ambredragon quand il pénétra sous la tente. Tous s'affairaient. Ils devaient s'acquitter des tâches administratives et réunir le matériel nécessaire avant l'urgence suivante.

Seuls les dieux savaient quand arriveraient les prochains blessés. La guerre laissait peu de répit aux Guérisseurs. Avec les membres des clergés et les fossoyeurs, ils étaient occupés à temps plein. Car la guerre dévorait les corps et les âmes. Et elle avait un appétit féroce.

Mais elle avait aussi rapproché les individus et les espèces comme rien, en temps de paix, n'aurait réussi à le faire. Elle avait fait naître d'étranges amitiés et de curieuses amours.

L'affection qu'Ambredragon portait à Gesten, et réciproquement, n'avait rien d'inhabituel. Les Kaled'a'in et les hertasis vivaient en harmonie depuis longtemps. S'il n'y avait pas eu la guerre, le *kestra'chern* aurait eu plusieurs représentants du peuple-lézard à son service. Mais avec tous ces soldats, les petites créatures avaient trop à faire.

Le lien qui existait entre le Griffon Noir et lui... Voilà une chose qui ne se serait jamais produite en temps de paix ! Les griffons n'étaient pas une espèce naturelle, mais une création d'Urtho, le Mage du Silence. Et ils n'avaient jamais approché des plaines des Kaled'a'in. Au moins, pas depuis sa naissance.

Urtho avait prévu de les implanter dans les parties les plus sauvages des montagnes, créant ainsi une nouvelle population intelligente non humaine. Ses prédécesseurs avaient parfaitement réussi avec les hertasis et les kyrees. Mais la guerre entre les Grands Mages avait réduit en cendres ses projets.

Urtho avait fait de son mieux pour rester à l'écart du conflit... Mais le mal était venu à lui. Ambredragon se demandait parfois si le mage regrettait d'avoir attendu. Au début de la carrière de Ma'ar, Urtho aurait pu lui infliger une défaite cuisante.

Qui aurait pu prévoir que de telles atrocités germaient dans l'esprit du Kiyamvir ? Urtho n'était pas responsable.

Au milieu du chaos et de la peine, on pouvait encore éprouver de la joie grâce au lien qui se formait entre deux êtres, comme une fleur sauvage pousse sur un champ de bataille...

Ambredragon poussa un léger soupir. Il aimait Skan comme s'ils avaient été élevés dans le même nid ou dans le même foyer. Mais il ignorait si le griffon partageait ses sentiments. À cause des têtes de rapaces de ces créatures, il n'était pas facile de lire leurs expressions.

Et puis Skan était... Skan. Peu démonstratif, il dissimulait ses sentiments sous des plaisanteries et des sarcasmes... ou des plaintes et des colères feintes. S'il avait de l'affection pour quelqu'un, il le cachait bien. Et il était tout aussi prompt à se moquer qu'à encenser.

Oui, avoir de l'affection pour lui avait ses inconvénients.

Ambredragon longea les rangées de tentes où étaient logés les blessés. Celles des griffons avaient une armature renforcée spécialement conçue pour permettre aux Guérisseurs de placer leurs membres blessés en extension.

Il aperçut Gesten, qui sortait d'une des tentes. Le petit hertasi avait l'air de bonne humeur. Ses yeux brillaient de malice et il portait la queue haute.

— Son Altesse Royale à une migraine atroce et prétend être trop malade pour manger, dit-il au *kestra'chern*. Cinnabar dit que c'est parce qu'il a eu une commotion cérébrale. Et sa gorge est irritée parce qu'il a fourré n'importe quoi dedans. Puisque je n'ai pas réussi à le convaincre d'avaler quelque chose, elle voudrait que tu essaies...

— Q'avait-il dans le bec ? demanda-t-il. Je n'ai pas arrêté de voir cet objet en rêve.

— Une arme magique qu'Urtho l'avait envoyé chercher... Après ton départ, celle-ci a attiré pas mal de monde. La moitié des mages de la Tour sont venus la voir quand Urtho a découvert que notre ami était rentré.

« L'un d'eux a réveillé Tamsin et a essayé de lui reprocher de ne pas avoir rapporté la nouvelle.

L'emploi du verbe « essayer » n'échappa pas à Ambredragon.

— Dois-je comprendre que Tamsin lui a dit sa façon de penser ?

Gesten gloussa joyeusement.

— J'étais aux premières loges ! Il s'est montré *presque* aussi bon que toi quand un imbécile t'ennuie.

— C'est donc une arme magique. Je suppose que nous n'en saurons jamais davantage…

Il lui vint à l'esprit que cette arme avait pu causer la perte de Laisfaar. Ou être déterminante dans la bataille. Dans ce cas, les magiciens d'Urtho l'examineraient soigneusement pour trouver une parade. Voilà pourquoi Skan avait été envoyé à sa recherche…

Mais le griffon, même s'il savait quelque chose, resterait muet comme une tombe. Moins les gens en savaient, mieux ça valait. Il était tellement facile pour un espion de se glisser dans le camp d'Urtho — simplement parce que les troupes du Mage du Silence étaient moins barbares que leurs ennemis. Et, comme il avait pu le constater la nuit précédente, les cancans allaient bon train et faisaient le tour du camp en moins de temps qu'il n'en fallait pour le dire.

Ambredragon s'était résigné depuis longtemps à entendre des centaines d'histoires qui, séparées de leur contexte, ne signifiaient rien. Ce genre de choses faisait partie de sa profession.

— Donc, si tu peux convaincre messire Mauvaise Humeur de…

— *J'ai entendu*, gronda une voix venant de la tente des patients.

— … messire Contrariété de manger quelque chose, continua Gesten sans se démonter, je préparerai tout pour ton rendez-vous.

— Je m'en charge. Et puisque sa gorge est irritée, je devrais pouvoir le soulager.

— Ne te fatigue pas trop, l'avertit Gesten en entrant sous la tente. Ce n'est pas ton seul patient. Et en plus, il ne *paie* pas.

Cette dernière remarque était adressée à Skandranon.

Le griffon se contenta de lever la tête et de lâcher d'un ton plein de dignité et un rien maussade :

— J'ose espérer que ce genre de traitement est

considéré comme une « juste rétribution pour service rendu ».

— Tout à fait, dit Ambredragon.

Le *kestra'chern* utilisa ses pouvoirs et ne trouva rien de plus que des os et des blessures en train de guérir… et une commotion cérébrale, elle aussi en voie de guérison.

— Comment va ta tête ? demanda-t-il.

Il « plongea » dans la gorge de son patient et soulagea l'inflammation causée par l'objet qu'il avait ingéré.

— J'ai une migraine terrible, merci, répondit le griffon. J'ose espérer que tu vas faire quelque chose pour ça.

— Désolé, Skan, répondit Ambredragon. J'aimerais pouvoir t'aider… Mais je ne suis pas spécialisé dans ce genre de douleur. Je pourrais te faire plus de mal que de bien en intervenant…

Il dirigea sur son ami un fin rayon d'énergie, faisant bien attention à ne pas se surmener. Une fois déjà, il avait trop tiré sur la corde. Il ne voulait pas recommencer. Deux Guérisseurs étant nécessaires pour ranimer un confrère imprudent, il ne pouvait pas leur faire défaut en temps de guerre.

Il lui fallut un court moment pour que la chaleur qui signifiait « irritation » disparaisse.

— Je suppose que tu ne partiras pas d'ici tant que je n'aurai rien avalé, dit Skan sans une once de gratitude. Bien, puisque c'est le seul moyen de me débarrasser de toi…

Ambredragon se contenta de tendre au griffon d'énormes bouchées de viande. Comme tous ceux de sa race, Skan l'aimait crue et très fraîche, même s'il pouvait s'accommoder d'autres nutriments — il avait notamment un faible pour le pain et les pâtisseries.

Gesten lui avait laissé un grand bol de morceaux de viande. Skan ne s'arrêta que lorsqu'il fut vide, même semblant dire au jeune homme qui lui donnait la becquée : « Je te croquerais bien une main au passage. »

Ambredragon lutta pour ne pas se sentir blessé par l'attitude du griffon. La plupart des hyperactifs devenaient grognons quand ils étaient obligés de rester immobiles. Skan ne pouvait pas utiliser ses pattes de devant et sa tête devait le faire beaucoup souffrir... Tout bien considéré, il se comportait convenablement...

Mais Ambredragon était son ami et Skan le traitait plus mal qu'un esclave.

Gesten revint au moment où Skan avalait sa dernière bouchée de viande et il lui suffit d'un regard pour évaluer la situation. Il entreprit aussitôt de sermonner le griffon.

— On pourrait penser que le griffon le plus intelligent de l'armée d'Urtho aurait un soupçon de bon sens, non ? Et croire que ce même griffon se rappellerait que son ami Ambredragon a rafistolé ses ailes, dépensant son énergie sans compter, au risque de perdre conscience lui-même ! Et qu'il ressent encore des douleurs fantômes aux endroits qu'il a guéris. Mais tout ça demande du bon sens et de la courtoisie, deux choses dont notre griffon est dépourvu. Alors quand Ambredragon se précipite à son chevet, *sans avoir pris le temps de se raser*, tout ce que sait faire messire griffon, c'est bouder et se plaindre... Bref, jouer les enfants gâtés !

Skan se montra on ne peut plus contrit. Ses oreilles, déjà basses, s'étaient complètement aplaties sur son crâne. Il prit un air chagrin et repentant.

Un silence pesant suivit le sermon de Gesten, qui adressa au griffon un regard courroucé qui disait : « ne fais pas l'imbécile. »

— Je suis désolé, Ambredragon. Je me suis montré très grossier. Je...

Skan était d'humeur à s'excuser pendant les deux

prochaines heures, tout en s'irritant un peu plus à chaque mot.

— Ce n'est pas grave, Skan, coupa Ambredragon. Après tout, tu ne t'es pas montré plus grossier que certains de mes clients. J'ai l'habitude. (Il réussit à émettre un petit rire.) Je suis moi-même un très mauvais patient. Demande à Gesten, si tu ne me crois pas.

L'hertasi leva les yeux au ciel mais ne fit aucun commentaire.

— Ne t'inquiète pas. Nous sommes contents que tu sois de retour.

Ambredragon enfouit ses mains dans les plumes du cou du griffon et gratta les endroits que Skan ne pouvait pas atteindre — ou ne pourrait pas atteindre avant longtemps.

Le griffon soupira d'aise. Il reposa la tête sur ses pattes avant et ferma les yeux.

— Tu es beaucoup trop patient, Ambredragon.

— En fait, si je ne l'oblige pas à sortir d'ici tout de suite, renchérit Gesten, il sera en retard. Un patient t'attend, *kestra'chern*. Il va falloir que tu te montres à la hauteur, histoire de faire oublier que tu as annulé tous tes rendez-vous de la matinée.

— Tu as raison.

Ambredragon se leva et lissa son caftan.

— Et il faut que je me lave et que je me rase avant ce rendez-vous. Combien de temps me reste-t-il ?

— Pas beaucoup, étant donné l'état dans lequel tu es... Aussi faudra-t-il te dépêcher.

Un peu plus tard, Ambredragon se demanda pourquoi il s'était donné cette peine. Il n'était pas face à un client régulier et il aurait tout aussi bien pu être un bout de bois, tant l'homme lui portait peu d'attention.

C'était un mage mercenaire, un de ceux qu'Urtho avait engagés quand ses alliés et ses apprentis s'étaient révélés trop peu nombreux pour tenir tête aux sorciers que Ma'ar leur opposait. Sans doute était-il beau, mais cela ne se voyait pas en cet instant. Son expression semblait aussi figée que s'il avait porté un masque. Et ses besoins étaient pour le moins banals.

En fait, s'il voulait vraiment ce qu'il prétendait vouloir, il n'aurait pas eu besoin de venir voir Ambredragon. Il aurait pu s'adresser à un de ses collègues de rang inférieur, ce qui lui aurait fait économiser de l'argent. Prendre rendez-vous chez un *kestra'chern*, c'était s'offrir un moment de luxe et de confort, entre les mains d'un expert de la relaxation et du plaisir... Ce qui poussait certains à croire, comme ce mage, que les *kestra'chern* étaient des partenaires sexuels à vendre. Si c'était tout ce qu'il voulait, il pouvait l'obtenir de différentes façons, y compris — mais cela semblait peu probable — en gagnant le respect de quelqu'un.

Ambredragon fut tenté de le mettre à la porte. Il était aussi insultant de lui demander cela que d'exiger d'un maître queux qu'il prépare du porridge !

Mais comme il l'avait dit au général, ce que la tête d'un patient voulait n'était pas toujours ce que désirait son cœur. Or, ce qui faisait de lui un expert, c'était de savoir écouter ce dernier.

Comme ses questions ne rencontraient qu'un « Contentez-vous de faire votre travail ! », il se leva et regarda l'homme de haut.

— Je ne peux pas faire mon travail d'une manière qui nous satisfasse tous les deux si vous êtes tendu. (Il tapota la table de massage.) Venez vous installer.

L'homme se leva de mauvaise grâce. Gesten apparut et le déshabilla, puis il sortit les huiles de massage. Ambredragon en choisit une parfumée à la camomille et aux herbes relaxantes. Ses talents de *kestra'chern* renforcés par ses dons de Guérisseur, il dénoua les muscles de son patient... ce qui eut pour effet de lui délier la langue.

— C'est à cause de Bichehivernale ! Elle s'éloigne de moi et je ne sais pas pourquoi ! Je lui ai dit que si c'était comme ça, j'irais voir ailleurs !

Ambredragon devina que « Bichehivernale » était l'amante du mage. Bizarre. Ce genre de nom était kaled'a'in, un peuple qui s'associait rarement aux autres races.

— Pourquoi êtes-vous venu ici ? demanda-t-il. Vous auriez pu trouver quelqu'un... de moins cher.

L'homme grogna.

— Parce que l'armée entière vous connaît. Tous ceux de ma section sauront que je suis allé vous voir et *pourquoi*.

Cet homme avait l'esprit retors. Et ses motivations étaient complexes.

Il désirait blesser sa compagne en se rendant chez un *kestra'chern* connu — voire célèbre, selon certains. Mais sous ce désir pervers se cachait une certaine dose de flatterie. Comme s'il voulait dire à la femme que seul *cela* pouvait la remplacer.

En même temps, il la rabaissait au rang d'une amante qu'on paye. Une nouvelle insulte...

Ambredragon n'était pas un prostitué, mais un *kestra'chern*, membre d'une profession qu'Urtho et les généraux de son armée tenaient en très haute estime. Dans son peuple, il incarnait ce qu'il y avait de plus sacré après une personne touchée par la Déesse. Le mot *kestra'chern* avait des connotations évoquant la guérison de l'âme et l'amitié. Ce qui supposait chez le mage un certain désir d'impressionner « Bichehivernale », qui qu'elle fût.

— Vous devez savoir que le traitement est toujours adapté au cas de mon patient, dit Ambredragon pour éclaircir la situation.

Si tout ce que le mage voulait était un certain « exercice », il devrait aller voir ailleurs.

Ambredragon lui massa les pieds, modulant la pression et la chaleur afin que son client se détende sans qu'il ait besoin d'utiliser ses dons de guérison. Ses détracteurs prétendaient qu'il travaillait moins bien parce qu'il pouvait y recourir. Un *kestra'chern* n'avait généralement que son talent et ses sens pour bien faire. Ambredragon pouvait guérir, mais il ne le faisait qu'en cas d'urgence. Ou si le client le méritait.

Ce n'était pas le cas du mage. Et il méritait encore moins qu'il s'abaisse à lui rendre les services d'un *perchi*.

— C'est... ce que j'ai entendu dire, répondit le mage, comme s'il avait du mal à le croire.

— Si cela ne vous convient pas, je peux vous suggérer le nom d'un ou deux *perchi* accoutumés à une clientèle de haut rang.

Inutile qu'il vexe le mage. L'homme avait déboursé une belle somme pour ce rendez-vous, et s'il n'était pas content, il ferait des histoires.

— Ce que vous faites... ah... n'a pas vraiment d'importance, répondit le mage. Tout ce qui compte, c'est ce que croira Bichehivernale... Et son imagination est débridée. Je crois savoir que vous êtes tenu au secret...

Ambredragon fut pris de l'envie irrésistible de jeter ce mufle dehors. Son plan était terriblement cruel.

Mais Bichehivernale méritait peut-être un tel traitement...

Ambredragon soupira. Parce qu'il avait sa fierté, il en donna à l'homme pour son argent... en s'assurant de le surprendre le plus possible.

## CHAPITRE III

— J'espère que c'est terminé pour ce soir, Gesten, dit Ambredragon. Je suis épuisé. Cet homme voulait un massage aux marteaux doux… et une dispute. Il avait pourtant prétendu venir chercher des conseils…

— Oui, répondit Gesten. Mais tes deux derniers clients étaient payants, ce qui compense un peu nos pertes. Si j'avais su, je t'aurais averti de ce que voulait cet homme. J'aurais même fait tiédir les marteaux. Mais il était plutôt secret…

— Je ne te reproche rien. Tu l'aurais probablement envoyé ailleurs s'il avait parlé. Et il aurait considéré ça comme une insulte…

Ambredragon n'en dit pas plus. Gesten, qui venait souvent voir si tout allait bien, savait déjà tout.

L'hertasi se contenta de placer sur la table une assiette de pain et de fromage. Il était rare de trouver des mets délicats en ces temps troublés. Quand Ambredragon parvenait à mettre la main sur des denrées précieuses, il les gardait pour ses clients. La plupart réagissaient bien à ce genre de traitement.

Au moins ne manquaient-ils pas d'eau chaude. Un bain attendait le *kestra'chern* dans un coin de la chambre.

— Merci, Gesten, dit-il, reconnaissant.

Ambredragon se débarrassa de ses vêtements en soie

trempés de sueur et se glissa dans l'eau. Il tressaillit, car elle était très chaude. Dans quelques minutes, il aurait l'air d'avoir bouilli, mais cela l'aiderait à se détendre.

Avant de se réfugier ici, les Kaled'a'in avaient créé des sources chaudes partout où ils dressaient leurs tentes. Mais tout cela appartenait au passé. Ce genre de fantaisie aurait demandé une trop grande dépense d'énergie magique.

Ambredragon et tous ceux qui soutenaient les soldats combattaient la guerre elle-même et non des sorts, des hommes ou des makaars. Elle dévorait tout sur son passage. Voilà pourquoi Urtho avait évité de s'en mêler… jusqu'à ce qu'elle frappe à sa porte.

L'armée de Ma'ar avait bien sûr rencontré une farouche opposition.

En temps normal, Ambredragon aurait fait profiter son peuple et quelques riches étrangers de ses services. Mais il s'était porté volontaire pour les offrir aux plus méritants… et pour satisfaire ceux qui désiraient le meilleur.

Cette pensée le ramena au mercenaire. Il n'avait pas pu réchauffer son âme glacée. La plupart des mages qui avaient rejoint l'armée d'Urtho estimaient simplement que la cause du Mage du Silence était juste. Ou ils avaient un problème personnel à régler avec Ma'ar.

Cet homme, Conn Levas, ne s'intéressait qu'à l'argent. Il avait peu d'amis et ne se préoccupait que de lui-même. Une des personnes les plus narcissiques qu'Ambredragon eût rencontrées ! Tout ce qui comptait, c'était d'augmenter sa fortune et son prestige. À ses yeux, la guerre était la meilleure façon d'y parvenir.

Ambredragon se demandait comment une Kaled'a'in avait pu devenir la maîtresse d'un homme pareil.

Levas avait admis que sa froideur était en partie responsable du désenchantement de Bichehivernale.

Ambredragon savait que cet aveu était une concession majeure.

*Désenchantement...*

Conn Levas avait-il employé ce mot à dessein ? S'était-il servi d'un sort pour attirer Bichehivernale dans ses bras ? Si tel était le cas, le charme n'avait pas dû être très puissant, sinon n'importe quel mage s'en serait aperçu.

*D'accord, mais il aurait suffi d'une touche de magie au bon moment pour que la jeune femme pense avoir trouvé en lui le partenaire idéal...*

Certains mercenaires imaginaient qu'avoir une maîtresse kaled'a'in était le nec plus ultra. Ne représentait-elle qu'un trophée de plus ? Et...

Pourquoi s'inquiétait-il pour *elle* ? Il ne la connaissait pas. Tout ce qu'il savait, c'était que son nom *pouvait* être kaled'a'in. D'autres personnes portaient des noms imagés parce qu'elles les avaient choisis ou parce que leurs parents les leur avaient donnés.

Pourquoi perdait-il son temps à penser à Conn Levas ? L'homme en avait eu pour son argent. Et il ne reviendrait certainement pas. Le *kestra'chern* avait bien vu qu'il était gêné de s'être montré si bavard...

*Tu ne peux pas t'inquiéter pour chaque homme et chaque femme ! Tu n'as jamais vu cette Guérisseuse, Bichehivernale, alors pourquoi t'angoisser à son sujet ?*

Pour éviter de penser à Skan, bien sûr !

*Comme si je n'avais pas assez de problèmes comme ça...*

Skandranon était heureux d'être toujours en vie, d'avoir rempli sa mission et d'avoir été si bien soigné. On lui avait assuré qu'il pourrait revoler. Mais il souffrait beaucoup. Sa tête, surtout, ne lui laissait aucun répit. Et devoir se montrer reconnaissant lui donnait envie de mordre.

Il savait que c'était très mal de sa part... ce qui lui

donnait d'autant plus envie de mordre. Si seulement il avait pu passer ses nerfs sur quelqu'un… Par exemple, sur l'idiot qui avait assuré à Urtho que le Col de Stelvi n'était pas en danger. Ou sur l'imbécile de cuisinier qui lui avait envoyé du poisson cru pour son petit déjeuner au lieu de beaux morceaux de viande tendres et saignants…

Mais les seules personnes qui l'approchaient étaient celles qu'il était censé remercier. Après le sermon de Gesten, il s'était promis de leur exprimer sa gratitude.

Mais il n'en avait pas moins envie de mordre… et il céda à la tentation. On lui trouverait bien un autre oreiller, non ?

Si seulement il n'avait pas eu si mal au bec ! Mais il était couvert d'égratignures et ses sinus lui donnaient l'impression…

*… d'avoir percuté un obstacle très dur après une chute vertigineuse, oiseau stupide !*

Rester allongé dans une position inconfortable n'améliorait pas son humeur. Il savait que les Guérisseurs ne pouvaient pas ressouder les os d'une créature magique — comme lui — en une seule séance. Mais il n'ignorait pas qu'il n'était pas le seul blessé. Les Guérisseurs avaient besoin de conserver leur énergie pour les urgences et il n'en était pas une.

Il fut donc surpris de voir arriver Tamsin et Cinnabar, escortés par plusieurs hertasis chargés de matériel médical.

Comme à son habitude, Tamsin était vêtu d'une chemise et de braies vertes. Ses courts cheveux blonds et sa barbe bien taillée le distinguaient de ses collègues masculins, qui étaient toujours rasés de près et portaient les cheveux longs. Râblé et musclé comme un lutteur, il formait un contraste saisissant avec sa compagne.

Cinnabar était grande et élancée. Avec sa robe rouge coupée à mi-mollet dévoilant ses bottes et ses chevilles fines, elle était aussi élégante que si elle revenait de la cour. Ses manches serrées laissaient deviner ses bras sans pour autant exposer sa chair, ce qui n'eût pas été convenable.

Selon les critères humains, elle n'était pas belle. Mais avec son nez épais, tellement semblable au bec d'un faucon, il la trouvait très jolie. Et elle avait même une crête ! Ses cheveux étaient coupés courts sur les côtés et plus longs au sommet de son crâne. Le reste pendait dans son dos, sous forme de natte.

Les deux Guérisseurs semblaient reposés.

— Très bien, vieil oiseau, dit Tamsin d'un ton joyeux. Il faut que nous fassions quelque chose pour tes pattes pour que tu puisses t'en servir à nouveau. Crois-tu être prêt pour ça ?

— Penses-tu que je vais dire le contraire ? Je ferais n'importe quoi pour cela !

— N'importe quoi ? demanda malicieusement Cinnabar. (Puis, avisant l'expression de son partenaire, elle ajouta vivement :) Non, ne réponds pas à cette question. Tu es la créature la plus insatiable que je connaisse !

Skan voulut lui adresser un regard menaçant, mais il ne réussit qu'à gémir :

— S'il vous plaît !

En fin de journée, grâce à leurs efforts conjugués et à son entière coopération, les os de ses pattes étaient suffisamment ressoudés pour que le griffon fasse quelques pas. Désormais, il pourrait veiller à ses besoins personnels. Et se nourrir seul. Cinnabar avait soulagé ses maux de tête, et il mourait de faim.

La jeune femme paraissait aussi sereine après cette session de travail intense qu'avant. Tamsin était visiblement épuisé, mais il n'avait rien perdu de sa bonne humeur.

— Voilà, vieil oiseau, dit-il, lui flanquant une grande claque sur le flanc. Veux-tu d'abord dîner ou recevoir de la visite ?

— Les deux, répondit Skan, si mon visiteur peut supporter de regarder un griffon manger. Et si je n'ai pas envie de le voir, qu'il entre… pour me servir de dîner !

Ce soir, il ne mangerait pas de bouchées prédécoupées ! Cinnabar et Tamsin connaissaient les griffons — contrairement au cuisinier — et il allait sans doute recevoir un quartier de viande saignante dans lequel il pourrait mordre à belles dents… évacuant ainsi un peu de son agressivité. S'il avait de la chance, il aurait droit à une *moitié* de bœuf ou de daim… Et il était assez affamé pour ne pas en laisser une miette !

Quand un hertasi en livrée argentée apparut, tous ses congénères sortirent. Un instant plus tard, le rabat se souleva pour laisser entrer la personne que Skan aimait et respectait le plus au monde.

— Je pense que je peux supporter de regarder un griffon manger, dit Urtho, le Mage du Silence.

Il n'ajouta pas un mot, mais sa *présence* même était apaisante. Personne ne pouvait dire quel âge il avait. Soixante ou six cents ans ? Il était grand et mince, avec de longs cheveux argentés bouclés qui lui tombaient jusqu'à la taille, de grands yeux gris et un nez qui n'avait rien à envier à celui de dame Cinnabar. Bref, il ne correspondait pas à l'idée qu'on se faisait d'un mage. On eût dit un scribe ou un acrobate.

Skan pensait qu'il avait du sang kaled'a'in.

Urtho tint le rabat de la tente pour que deux hertasis puissent entrer avec un plateau. Dessus, il y avait un demi-daim : les pattes de devant et la poitrine, avec la peau. Mais sans la tête… Peut-être était-ce trop demander, la tête ?

Skan arracha une grosse bouchée de viande avant de saluer le chef d'une des deux plus grandes armées que le monde eût connues. Puis, secouant la tête, il l'avala sans mâcher. Comme les rapaces élevés par les Kaled'a'in, il avait besoin des poils et de la peau pour nettoyer son jabot.

— Voulez-vous vous joindre à moi ?

Urtho éclata de rire.

— L'invitation à déjeuner d'un faucon à une souris ?

Tamsin et Cinnabar s'inclinèrent avec respect puis sortirent. Le pouvoir d'Urtho avait tendance à intimider ceux qui ne le connaissaient pas très bien.

Il leur adressa un signe de la tête, puis s'assit à leur place.

Skandranon arracha une autre bouchée de chair fraîche. C'était délicieux. Il avala et sentit la viande saignante glisser le long de son gosier et atterrir dans son jabot.

— Eh bien, on dirait que j'ai survécu. J'espère que vous avez l'arme.

Urtho hocha la tête.

— Oui, tu as survécu. Et tu avais raison : tu étais le seul à pouvoir réussir un coup pareil.

— J'étais le seul assez stupide pour le faire, corrigea Skan, essayant de ne rien laisser paraître de sa fierté.

— Si je me rappelle bien, tu n'étais pas seulement volontaire, tu as *insisté* pour y aller !

Ce n'était pas une constatation. Le mage le défiait de prétendre le contraire.

— Votre mémoire vous joue peut-être des tours, suggéra le griffon.

— En effet... Ces temps-ci, j'oublie tout. Keleten en est très ennuyé.

— Vous devez vous souvenir de trop de choses, souligna Skan. Keleten est comme tous les hertasis : ils aiment faire une montagne d'un grain de sable. La prochaine fois qu'il se plaindra, dites-lui de tenir un carnet de rendez-vous, comme un *kestra'chern*.

— Parfois, j'ai l'impression d'être un *kestra'chern*. On attend de moi que je satisfasse tout le monde et généralement...

— ... vous faites plaisir à tous, coupa le griffon. Quelqu'un doit commander et je suis trop occupé !

« Au fait, que faites-vous ici ? N'y a-t-il pas une arme à étudier et un col à reconquérir ? Après tout, je ne suis qu'un griffon stupide...

— C'est vrai, mais tu n'en es pas moins spécial. Je voulais m'assurer que tu vas bien. Nous avons étudié l'arme et le sort du col est entre les mains de mes généraux. Donc je n'ai rien à faire.

Le visage d'Urtho était un peu plus émacié. Il ne devait pas avoir beaucoup mangé ou dormi, depuis la prise de Laisfaar. Skan pouvait comprendre qu'il ait eu envie de s'évader un peu de sa tour. Mais...

— J'espère qu'on sait où vous êtes...

— Keleten le sait. Si tout ça était terminé... ou si ça n'avait jamais eu lieu...

Skandranon s'essuya le bec sur la peau du daim.

— Urtho, non seulement il y a la guerre, mais elle est loin d'être finie. Nous combattrons ce vent ensemble... et nous l'empêcherons de devenir une tempête.

— Le simple fait que nous *existions* a poussé Ma'ar à donner l'assaut. Quand il était jeune, le pouvoir représentait déjà tout pour lui. Et il adore avoir du pouvoir *sur* quelqu'un. (Urtho secoua la tête, incrédule.) Il n'en a jamais assez. Il veut devenir le maître du monde !

— Il est fou !

— Pas exactement, répondit le mage, surprenant son interlocuteur. Ou plutôt si, pour nous, mais pas selon sa propre logique.

Ce que Skan savait de Ma'ar et de ses créatures ne lui laissait aucun doute : le Mage du Feu était maléfique et fou.

— Je l'aiderais si je le pouvais..., murmura Urtho.

— *Quoi ?* s'écria Skan.

— Oui, s'il acceptait de réfléchir à tout le mal qu'il est en train de faire. Mais n'y comptons pas ! Sinon, ce ne serait pas Ma'ar.

« Je le comprends mieux qu'il ne me comprend, Skandranon. Il pense que je suis un lâche et que je me rendrais pour que la tuerie cesse. Mais je ne suis pas dupe : me rendre ne servirait à rien. Il n'y a qu'une seule façon de mettre fin à ce conflit.

La détermination d'Urtho rassura le griffon. Le Mage du Silence n'était pas encore vaincu !

— Ma'ar est un chien enragé. L'unique façon d'aider un chien enragé, c'est de le tuer.

— Tu es dur, mon enfant.

Urtho aurait pourtant dû connaître la nature sanguinaire des griffons, depuis le temps...

Skan songea à ses congénères torturés au Col de Stelvi et siffla :

— Pas assez dur à mon goût. Je ne vous ai pas encore dit ce qu'ils ont fait à l'Aile de Stelvi. Tous sont morts sous la torture, même les petits.

Le Mage du Silence pâlit et Skan regretta aussitôt ce qu'il venait de dire. Urtho ne s'était jamais marié et n'avait pas de descendance, mais il considérait ses créatures intelligentes comme ses enfants.

Un silence gêné s'installa et Skan maudit sa fichue habitude de parler sans réfléchir.

*Stupide oiseau ! La prochaine fois, tourne ta langue sept fois dans ton bec avant de parler.*

Le silence dura suffisamment longtemps pour que les bruits du camp les atteignent et deviennent envahissants. Skan continua son repas en réfléchissant à la meilleure manière de s'excuser.

— Je suis désolé, Urtho, finit-il par dire. J'ai faim, je suis blessé et je suis un oiseau stupide.

— Mais tu as raison, Skan... En dépit de ce que je viens de dire, je ne parviens pas toujours à réaliser ce dont Ma'ar est capable. Ça dépasse mon entendement ! Et essayer de penser comme lui n'est pas une chose... que j'aime faire.

Skandranon ne trouva rien à répondre.

— Grâce à toi, sa nouvelle arme ne pourra plus nous nuire, continua le mage, changeant de sujet. Si je suis venu aujourd'hui, c'est pour te demander quelle récompense te ferait plaisir...

« Que veux-tu, mon ami ? Des petits ? Je suis certain que pas une femelle ne déclinerait l'honneur d'en donner un à la lignée des Rashkae... que je tiens à voir se perpétuer.

Qu'on lui propose une récompense ne surprit pas Skan mais entendre Urtho l'appeler « mon ami »... Pourtant, il n'aurait pas dû s'étonner. Le mage avait passé de longues heures en sa compagnie, lui parlant comme s'ils étaient des égaux. Skandranon était le seul griffon libre d'entrer et de sortir de la Tour quand bon lui semblait.

— Je vais y réfléchir. Pour l'instant, mon seul souhait est de guérir et de pouvoir encore voler.

Urtho acquiesça.

— Prends ton temps. Je sais que tu trouveras quelque chose. Mais, s'il te plaît, n'oublie pas que nos ressources sont limitées ! Nous ne pouvons pas transporter une bibliothèque !

Skan sourit. Le mage n'avait pas oublié son amour des livres.

— Oui, je trouverai quelque chose.

Urtho ne fit pas mine de se lever. Skan continua son repas tandis que le mage lui rapportait les derniers potins du camp.

Ce fut ainsi que le commandant Loren les trouva.

L'homme signala sa présence en s'éclaircissant bruyamment la gorge. Skan, qui ne savait pas encore de qui il s'agissait, dut faire un effort pour se détendre.

*Tu n'es pas en mesure de protéger Urtho !*

Mais le mage avait reconnu la voix. Comment faisait-il pour identifier celles de tous les commandants de son immense armée ? Skan l'ignorait, mais c'était une capacité qu'il lui enviait.

La mémoire d'Urtho était phénoménale et infaillible...

— Entrez donc, Loren, dit le Mage du Silence, si

l'affaire est assez importante pour que vous m'ayez poursuivi jusqu'ici.

Quand le commandant Loren poussa le rabat de la tente et entra, Skan le reconnut. Mais sans l'aide d'Urtho, il n'aurait pas pu associer un nom à ce visage et à ce corps d'acier. Loren n'était ni bon ni mauvais quand il s'agissait de déployer les griffons placés sous son commandement. Seul un talent particulier aurait pu attirer sur lui l'attention de Skan.

— Je suis venu vous demander de récompenser un griffon, seigneur Urtho. Je ne me serais pas permis de vous déranger si je n'avais pas voulu m'assurer que sa bravoure ne passe pas inaperçue.

— Ce griffon doit avoir fait quelque chose d'exceptionnel...

— Oui, continua Loren. La femelle était en patrouille dans un secteur supposé sûr. Elle a découvert et éliminé trois makaars.

*Trois makaars ?*

Skan lui-même en fut impressionné.

— Qui vole avec elle ? demanda-t-il. J'aimerais savoir qui les a rabattus.

Il fallait autant de talent pour rabattre que pour tuer tant d'ennemis à la fois.

— Sa prouesse, Griffon Noir, c'est d'y être parvenue sans l'aide de personne. Elle était seule. C'était censé être un secteur *sûr*. Nous les réservons aux jeunes griffons, afin qu'ils puissent s'entraîner... sans danger.

« Elle s'appelle Zhaneel.

Tuer trois makaars était exceptionnel. Dans une patrouille en solo, ça ne s'était encore jamais vu.

*« Zhaneel »*, songea Skan. *Pourquoi n'ai-je jamais entendu parler d'elle ?*

Il s'avisa de la surprise d'Urtho et en fut terriblement étonné. Le mage suivait de très près les progrès de ses créatures favorites et connaissait tous les jeunes à l'avenir prometteur. Mais il semblait ignorer l'existence de celle-là.

— Amenez-la ici, dit Skan avant qu'Urtho ait pu recouvrer l'usage de la parole.

Loren se tourna vers le mage pour obtenir sa permission. Sur un hochement de tête de son supérieur, le commandant sortit de la tente.

Il revint bien plus vite que Skan ne s'y attendait... mais pas assez à son gré.

Le griffon profita de son absence pour terminer son repas puis faire débarrasser les restes et allumer les lampes par les hertasis. Il voulait voir clairement sa visiteuse et se montrer à son avantage... en dépit des circonstances.

Grâce aux soins habiles de Gesten, il était aussi présentable qu'un griffon dans son état pouvait l'être.

*Tu veux être beau pour impressionner cette jeune dame, n'est-ce pas, oiseau vaniteux ? On dirait un collectionneur impatient de se procurer une nouvelle pièce...*

Il ne voulait pas qu'elle le prenne pour un sauvage, c'était tout ! Seuls les dieux savaient ce qu'elle avait entendu dire de lui ! Si la moitié des rumeurs qu'Ambredragon et Gesten prétendaient avoir entendues étaient vraies... Mais fallait-il croire ces deux-là ?

C'était une bonne chose que la tente, conçue seulement pour deux patients, ne fût occupée que par Skan. Dès que Loren eut fait entrer sa protégée, il ne resta plus beaucoup d'espace.

— Seigneur Urtho, Skandranon, annonça Loren, je vous présente Zhaneel, qui a tué trois makaars.

Pendant qu'Urtho félicitait la femelle griffon, Skan l'observa.

Elle était petite, avec une ossature légère et un poitrail étroit. Les touffes qui surmontaient ses oreilles étaient compactes et délicates, comme ses plumes lisses. Elle n'avait pour ainsi dire pas de collerette. Son plumage était d'un beau brun moucheté et ses rémiges rehaussées d'or. Comme tous les griffons appartenant à l'armée, ces dernières avaient été décolorées et peintes aux couleurs de son Aile — dans son cas, en rouge et or. Sa tête et son cou étaient striés de rayures plus foncées et ses yeux rehaussés d'un « masque » qui descendait sur ses joues, telles deux larmes.

Elle gardait la tête baissée, un peu de biais. Était-elle timide ou mal à l'aise en leur compagnie ?

Sur l'invitation de Loren, elle prit la parole, se limitant à des phrases courtes, ponctuées de sifflements et de trilles. Pourtant, elle n'était pas stupide.

— Ce n'était rien, souffla-t-elle. J'ai pris de l'altitude. C'est plus sûr ! Les makaars ne peuvent pas voler aussi haut. Je les ai vus, sous moi. Ils étaient trois.

Skan n'avait aucun mal à imaginer la scène. Avec des ailes comme celles-là — aux attaches étroites et aux longues rémiges —, elle devait pouvoir se déplacer très vite. Si elle volait aussi haut qu'elle le disait, les makaars ne l'avaient sûrement pas vue.

— J'étais trop loin pour venir faire un rapport, continua-t-elle. Ils n'auraient plus été là quand les renforts seraient arrivés. Je crois qu'ils cherchaient quelque chose. On les avait envoyés en reconnaissance. Ils auraient pu le trouver et repartir avec.

Skan acquiesça vigoureusement.

— C'est vrai ! tonna-t-il (ce qui fit sursauter Zhaneel), et ton devoir était de les arrêter.

Skan pouvait parler aussi bien qu'un humain, et en règle générale, il ne sifflait et trillait qu'en période de stress, ou en compagnie de ses amis.

— Comment les as-tu tués ? insista Urtho.

— J'étais très haut. Ils ne pouvaient pas me voir. J'ai fondu sur eux et j'ai frappé leur chef. Comme ça.

Elle leva une patte avant, poing serré.

— Je l'ai frappé à la tête. Il est tombé et il est mort.

Cela n'avait rien de surprenant. Avec autant d'élan, elle lui avait sans aucun doute brisé le cou. Le monstre était mort avant d'avoir touché le sol.

— Je l'ai suivi dans sa chute, puis quand les autres se sont lancés à ma poursuite, j'ai repris de l'altitude. Très vite ! Ils n'ont pas pu me rattraper.

Elle mimait chacune de ses actions et Skan remarqua ses serres très courtes. En contrepartie, ses doigts étaient très longs. Elle avait des « mains » ! Voilà pourquoi elle n'avait pas fondu sur sa cible pour l'éventrer en plein ciel — ce que n'importe quel autre griffon aurait fait.

— J'ai piqué sur le premier et je l'ai frappé aussi.

Elle s'assit et mima l'attaque avec ses deux drôles de pattes de devant.

— Je l'ai assommé. Il est tombé et s'est brisé le cou. Alors j'ai repris de l'altitude.

Incapable de croiser le regard de ses interlocuteurs, elle gardait les yeux rivés au sol.

— Le troisième a pris peur et il a fait demi-tour. Je suis montée aussi haut que possible, puis je suis redescendue en piqué. Il était rapide, mais je le suis encore plus. Je le frappe ! Il tombe !

Elle enfonça davantage la tête dans son cou.

— C'est tout. Je n'ai rien fait de spécial.

Rien de spécial ? Aucun griffon n'avait jamais employé une telle tactique... au demeurant très efficace contre les makaars. La plupart fondaient sur leur proie et l'attrapaient dans leurs serres pour la démembrer ou l'éviscérer en plein vol. Des techniques propres aux aigles, mais pas aux faucons. Zhaneel s'était battue comme l'aurait fait un faucon très affamé — et très brave — contre un oiseau plus gros que lui.

— Ton acte de courage, Zhaneel, a certainement sauvé la vie à bon nombre d'entre nous, dit Urtho. Je suis très impressionné et heureux que le commandant Loren ait pensé à t'amener devant moi. Je vais te donner, ma chère enfant, une rétribution amplement méritée.

Il sortit de sa poche une des récompenses qu'il utilisait en lieu et place des médailles. Les breloques ne servant à rien, Urtho les avait remplacées par des objets qui donnaient accès à des services utiles. Celui qu'il tendait à Zhaneel était la plus haute distinction : un carré doré frappé d'une épée sur une face et d'un soleil sur l'autre. Il le glissa dans la petite sacoche que tous les griffons portaient autour du cou.

La petite femelle pourrait l'échanger contre à peu près n'importe quoi : les services d'un hertasi pendant un mois complet, une plus belle tente. Ou elle pourrait la garder et l'ajouter à d'autres pour s'offrir un produit de luxe.

Skan avait quant à lui un compte ouvert auprès de Gesten, dont il partageait les services avec Ambredragon. À la fin de la guerre, le petit hertasi serait très riche.

— Je suis curieux, petite, dit Urtho. Qui sont tes parents ? En dehors d'eux, qui t'a entraînée ?

— Mes parents sont morts quand j'étais petite et je n'ai ni frère ni sœur.

La déception d'Urtho fut évidente. Il n'y aurait pas d'autres griffons comme Zhaneel avant qu'elle ne décide d'avoir des petits.

— Seigneur Urtho ! cria un homme en entrant dans la tente. La contre-attaque au Col de Stelvi…

Il n'eut pas besoin d'en dire plus. Urtho se leva et le suivit en courant.

Ce n'était pas la première fois qu'il laissait à Skan le soin de finir une conversation.

— Commandant, encore merci d'avoir signalé ce cas exceptionnel à notre attention, dit-il, inclinant la tête à l'attention de Loren. Vous avez fait plus que votre devoir. Urtho vous l'aurait dit s'il n'avait pas été obligé de nous quitter aussi précipitamment.

— Merci, Griffon Noir, répondit Loren. Il m'a fallu un certain temps pour comprendre comment utiliser efficacement mes combattants non humains. Mais le succès de Zhaneel m'ouvre de nombreuses perspectives.

« Je vous prierai de bien vouloir m'excuser... Les nouvelles qui viennent de nous parvenir vont certainement nous affecter tous et je dois retourner à mon poste.

Il se tourna vers Zhaneel.

— Éclaireuse Zhaneel, vous avez une permission de deux jours. J'informerai votre chef. Profitez-en bien.

Sur ce, l'homme leur tourna le dos et quitta la tente.

Skan avait espéré que le départ des humains aiderait la petite femelle à se détendre, mais ce ne fut pas le cas. Personne jusqu'à présent n'avait jamais eu peur de lui et surtout pas un de ses congénères !

*Et encore moins une femelle !*

Il gonfla ses plumes et laissa ses paupières retomber, espérant qu'un peu de détente amènerait Zhaneel à l'imiter. En vain.

— Bien, puisque Urtho est parti, je vais devoir le remplacer. Crois-moi, nous n'essayons pas de te mettre mal à l'aise avec nos questions. Tes réponses nous aideront à entraîner la nouvelle génération.

— Je n'ai rien fait d'exceptionnel. Et je ne me suis pas battue correctement. Personne ne le peut avec des serres aussi ridicules.

Dans sa vie, Skan avait suffisamment feint la modestie pour savoir que ce n'était pas le cas de son interlocutrice. Zhaneel semblait croire ce qu'elle disait.

— Tous les griffons ne sont pas grands et puissants, lui rappela-t-il. Et même pour ceux-là, il n'est pas toujours sage d'engager un combat rapproché. Qui t'a entraînée à te battre comme un faucon ?

— Personne, bredouilla-t-elle. J'ai fait ça parce que je suis trop petite et trop faible pour lutter comme un vrai griffon.

Elle était petite, mais sûrement pas faible. Et Skan préférait la jugeote à une abondance de muscles. Il avait dû sauver trop de ses camarades qui se croyaient invincibles.

Qui que fût son entraîneur, Skan allait faire un rapport sur Zhaneel. Une formation correcte aurait dû la débarrasser de ses complexes. Or, elle en était bourrée ! Sa détermination, son courage et son sens du devoir l'avaient sauvée. Mais elle ne se considérait pas moins comme un monstre.

Un souvenir remonta des profondeurs de sa mémoire…

Trois ou quatre jeunes griffons, visiblement de la même couvée, encerclaient une petite femelle et l'insultaient. Skan était intervenu en voyant que l'entraîneur n'avait pas l'intention de s'en mêler et que la petite ne pouvait pas se défendre.

L'incident s'était passé quelques années plus tôt. S'il s'en souvenait, c'était parce que la personne responsable des griffons n'avait pas fait son travail et que le bruit qu'ils faisaient l'avait agacé. Il y avait beaucoup de rivalité entre les jeunes. Les griffons n'étaient pas une race « finie », et seuls les meilleurs auraient la permission de se reproduire.

Si cette jeune femelle était bien Zhaneel, elle s'était plutôt bien débrouillée, puisqu'elle avait intégré une Aile. Mais elle souffrait toujours de ses *différences*. Comment le *trondi'irn* de sa section pouvait-il avoir ignoré cela alors qu'il était censé connaître son travail ?

*Eh bien, quelqu'un va prendre soin d'elle pour que son état psychologique s'améliore… Et son* trondi'irn *sera sévèrement réprimandé !*

— Si tu ne sais pas quoi faire de ta récompense, va voir Ambredragon, suggéra Skan. C'est le meilleur !

*Ambredragon l'aidera à se sentir plus sûre d'elle en moins de temps qu'il n'en faut pour le dire. Et quand Gesten et lui auront fini de la masser, de la brosser et de la parer, elle aura la moitié de son Aile à ses pieds. Voilà qui devrait lui remonter le moral.*

C'était le genre de miracles qu'un *kestra'chern* plein de talent et son assistant arrivaient à faire : transformer une personne commune en beauté fatale ! Beaucoup de griffons se payaient les services d'un *kestra'chern* avant un vol nuptial. Mais peu d'entre eux pouvaient se permettre ceux d'Ambredragon.

— Ce n'est qu'une suggestion, bien sûr, s'empressa-t-il d'ajouter. Tu as peut-être déjà une idée de ce que tu veux faire de ta récompense.

— Non. (Était-elle surprise par la suggestion ou par l'intervention de Skan ?) Si tu penses que c'est la meilleure chose à faire... C'est ma première récompense.

— Mais ce ne sera pas la dernière, alors autant dépenser celle-là pour te faire plaisir ! Je te promets que tu ne regretteras pas d'être allée voir Ambredragon.

Elle prit ses paroles pour une invitation à se retirer, ce qui n'était pas le cas. Après avoir bredouillé des remerciements, elle sortit en hâte. Skan songea un instant à la rappeler, mais elle devait avoir des choses à faire.

Il se demanda pourquoi Urtho avait semblé si fasciné par elle. Il avait montré plus qu'un intérêt poli, et il semblait que la femelle griffon et la façon dont elle s'était battue lui avaient rappelé quelque chose.

Une fois seul, Skan ne put lutter très longtemps contre la fatigue. Il ne souffrait plus autant et il pouvait à présent se coucher confortablement... Deux bonnes raisons pour rattraper le sommeil en retard.

# CHAPITRE IV

Gesten avait réaménagé l'emploi du temps d'Ambredragon pour y ajouter Skan comme client régulier. Le *kestra'chern* ne fit aucun commentaire.

Gesten aimait croire qu'il ressemblait à une créature sans cœur. Il essayait de le prouver en multipliant les commentaires acerbes et les remarques à double tranchant. Ambredragon n'était pas dupe, mais il jouait le jeu. Bien souvent, ce genre d'attitude était la seule défense que certains êtres pouvaient opposer au monde. C'était le cas de Gesten. Et de Skan !

Le griffon était le premier client sur son emploi du temps. Et Gesten lui avait attribué un temps conséquent. Tant mieux ! Ambredragon pourrait ainsi discuter à loisir avec lui.

Comme c'était intéressant ! Aujourd'hui, il allait commencer avec un griffon et terminer avec un autre. « Zhaneel » avait écrit Gesten, suivi de « femelle » et « récompense en or ». Il s'assurerait que l'hertasi avait préparé les décolorants et les colorants. Peut-être apprécierait-elle qu'il lui teigne les plumes ?

Un des talents d'Ambredragon — celui avec lequel il avait terminé son apprentissage — était la peinture sur plume. Skan refusait de le laisser en user sur les siennes. Le Griffon Noir devait rester le Griffon *noir* !

Mais les femelles, à qui la nature et Urtho avaient

donné des couleurs plutôt ternes, aimaient être mises en valeur. En temps de paix, elles arboraient des couleurs aussi voyantes et des motifs aussi élaborés que ceux des costumes kaled'a'in.

*Si elle a le plumage d'un autour, je pourrais peut-être la convaincre de se laisser peindre des motifs bleus et gris. En vol, elle aura un camouflage parfait et, de près, on verra des décors subtils...*

Oui, ce serait une manière très agréable de finir la journée.

Il se lava, se rasa, attacha ses longs cheveux noirs et enfila une tunique et un pantalon en coton blanc pour aller se restaurer. Il pouvait manger dans sa tente, mais tenait à partager au moins un repas par jour avec ses collègues. Quand les *kestra'chern* de haut rang se comportaient comme les autres, ces derniers avaient moins tendance à se quereller entre eux.

Dans le même esprit, Ambredragon prenait soin de s'habiller sobrement quand il ne travaillait pas, de partager ses connaissances et, s'il était obligé d'annuler un rendez-vous, d'en faire profiter ses collègues à tour de rôle. Sans doute séduits par ces manières, les autres *kestra'chern* l'avaient choisi comme porte-parole. Il ne tenait pas trop à cette position, mais mieux valait que ce soit lui plutôt qu'un autre. Il était le seul *kestra'chern* kaled'a'in qui ait accepté de travailler pour les troupes. Les autres réservaient leurs talents à leur peuple et intervenaient le reste du temps aux côtés des Guérisseurs.

Dans le pavillon, l'ambiance était plutôt calme. Les collègues d'Ambredragon étaient épuisés. Même ceux qui n'avaient pas d'ami ou de famille au Col de Stelvi subissaient le contrecoup de l'attaque ennemie.

Personne ne semblait d'humeur à converser. Mais personne ne regarda Ambredragon avec des yeux voulant dire : « Je n'en peux plus... »

Il prit donc son petit déjeuner et se contenta de saluer tout le monde.

Un des jeunes *kestra'chern* s'enquit de l'état de Corani, attirant ainsi l'attention d'Ambredragon. Les autres en profitèrent pour orienter la conversation sur le Col de Stelvi, Laisfaar et la Tour, chacun apportant quelques bribes d'information. Ils semblaient croire qu'aussi longtemps qu'ils ne révélaient pas le nom de leurs sources, ils pouvaient rassembler les pièces du puzzle. Ambredragon n'était pas certain d'approuver ce genre de comportement, mais la guerre avait changé bien des règles. Cette *transgression* du code de leur profession leur apporterait peut-être plus de clairvoyance. Du moins l'espérait-il.

Il se surprit à faire des commentaires du genre « ça se pourrait » ou « non, pas à ma connaissance », ce qui aida les jeunes à mieux comprendre la situation. Avant de quitter le réfectoire, il détourna la conversation sur les techniques thérapeutiques et la prise en charge des clients, puis il se glissa dehors.

Quand il atteignit la tente du griffon, celui-ci était réveillé et de bien meilleure humeur que la veille.

Skan le regarda des pieds à la tête et fit la moue.

— Ton joli plumage à disparu, petit paon.

— Je me suis vêtu pour la mission qui m'attend !

— Alors tu as dû confondre cette tente avec les écuries.

Oui, Skan allait bien mieux que la veille... Il ne grognait plus !

— Quelqu'un s'est-il occupé de tes ailes ?

— Personne à part toi. Tous ont affirmé qu'il valait mieux laisser faire l'expert.

— Ils ont bien fait... mais puisque nous n'avons pas d'expert, je devrais suffire. Attention, je vais intervenir.

Il lui fallut une fraction de seconde pour passer en mode Guérison. Transférant son énergie, il ressouda les os du blessé — lentement, pour qu'ils ne perdent rien de leur vigueur — et répara les tissus et les vaisseaux sanguins.

Puis il revint à lui et secoua doucement la tête, pour chasser la douleur.

— Je vais laisser les bandages pour le moment, annonça-t-il. Il faudra encore deux ou trois séances de ce genre pour ressouder tes os. Après, tu devras patienter deux semaines avant de pouvoir voler.

« J'espère qu'il te reste des plumes pour remplacer celles qui manquent. C'est une chose que nous ne pouvons pas faire pour toi...

— C'est toi le Guérisseur, répondit le griffon avec une certaine philosophie.

Puis il jeta un regard en coin à Ambredragon.

— Je tiens à te renouveler mes excuses. Celles que je t'ai présentées hier n'étaient pas vraiment sincères. Je n'aurais pas dû m'en prendre à toi. C'était mal... Mais quand je souffre, je suis toujours de mauvais poil.

Ambredragon renifla ironiquement.

— Je dirais plutôt que tu pourrais donner des leçons de malice à un makaar, répondit-il.

Puis, voyant l'air indigné de son patient, il sourit et le gratta derrière les oreilles.

— Ne t'inquiète pas ! Je suis moi-même un très mauvais malade. Si j'étais alité plus souvent, j'aurais perdu Gesten depuis longtemps !

— Gesten ? Pas de danger ! Il adore souffrir... et encore plus faire remarquer aux autres combien il souffre. Dis-moi, que se passe-t-il dehors ? Personne ne me dit rien. Ils doivent avoir peur que je refuse de me rétablir...

— Les forces de Ma'ar ont repoussé notre contre-attaque. Il faudra qu'Urtho imagine un autre moyen de reprendre le col.

— Je ne vois pas comment nous pourrions faire pour les déloger. Stelvi avait la réputation d'être inexpugnable... Donc personne n'a pris au sérieux l'idée d'une attaque.

« Il faudra sans doute se résigner à une nouvelle retraite. Peut-être même abandonner la Tour…

— Je le crains aussi.

— Qu'ils soient maudits !

Skan fixa la toile de la tente avec une telle intensité qu'Ambredragon craignit qu'il n'y laisse une trace de brûlure. Mais quand il se retourna vers son ami, le regard du griffon était à nouveau clair.

— Ma'ar nous a-t-il envoyé une autre de ses surprises ?

Ambredragon secoua la tête.

— Non, pas que je sache… et j'ai entendu raconter au moins trois fois les potins du camp dans l'espace qui sépare ma tente de la tienne.

— Bien.

Le *kestra'chern* aurait donné cher pour découvrir ce qui motivait cette question, mais il savait que Skan ne le lui dirait pas. On murmurait que Ma'ar avait inventé une nouvelle arme… et que son ami avait participé à sa neutralisation.

— Que t'est-il arrivé pendant que je me pavanais sur mon lit de coussins ? demanda le griffon, changeant de sujet. As-tu eu des nouveaux clients ?

— Oui, un, hier… et j'espère ne jamais le revoir !

Ambredragon lui parla de Conn Levas, sans dévoiler son nom ni donner de détails qui permettent de l'identifier. Il n'était pas du genre à s'épancher sur ses clients, sauf avec Artis Camlodon, le chef Guérisseur, et Urtho — quand il lui arrivait de se retrouver en si auguste présence.

Peu de gens étaient en mesure d'impressionner Ambredragon — il avait vu la plupart des grands de ce monde nus, spirituellement et physiquement —, mais Urtho… Le mage avait une aura de pouvoir absolu, une intelligence hors du commun, une compétence surhumaine et du charisme à revendre. Son apparence ne comptait pas, car il voyait le Mage du Silence avec les yeux d'un *kestra'chern*... des yeux qui voyaient au-delà des apparences !

Mais Ambredragon en révéla bien plus à Skan qu'il ne l'avait voulu, et le griffon l'écouta avec intérêt. Il était si merveilleux d'avoir un ami avec qui tout partager !

— Je plains la maîtresse de cet homme, dit Skan. Il la considère plus comme sa possession que comme un être humain.

— Oui, c'est aussi ce que je pense, admit Ambredragon. J'étais censé m'inquiéter pour mon client et j'ai désiré avoir une conversation avec son amante. Pas très professionnel, je sais, mais de toute façon il ne m'a pas laissé l'aider.

— Quel imbécile ! Dépenser cet argent pour rien !

(Ça, c'était bien de Skan ! Il ramenait toujours tout à la plus simple expression.)

— Merci, Skandranon Rashkae, dit Ambredragon en souriant. À t'écouter, j'ai l'impression d'être un *perchi*. Je vais peut-être me faire boulanger, pour m'éviter cette peine.

— Si tu étais boulanger, tu trouverais quand même le moyen de prendre les problèmes des autres sur tes épaules. Chaque petit morceau de pain contiendrait toutes les misères d'un soldat.

Pour toute réponse, Ambredragon sourit.

— Je suppose que je ne devrais pas m'en faire pour l'état émotionnel d'un mage.

Skan gloussa.

— Voilà qui est plus raisonnable ! Mais le temps qui m'était imparti est écoulé. Si tes autres clients apprenaient ça, ils ne seraient pas contents.

— Oh, mais ils ne l'apprendront jamais ! C'est une journée intéressante. Un griffon pour l'entamer... et un autre pour la finir.

— Je croyais être le seul de ma race qui puisse s'offrir tes services. Je vais être jaloux !

— Pas la peine, vieil oiseau. Je ne la verrai qu'une

seule fois. J'ignore pourquoi elle m'a choisi. Elle aurait pu louer les services d'un apprenti pour un centième de sa récompense… Mais ça me changera des soldats malmenés et des mages égocentriques.

Le griffon rit de cette référence peu flatteuse à Conn Levas. Depuis le temps qu'il disait qu'Ambredragon était trop patient…

Le *kestra'chern* se leva et lissa sa tunique.

— C'est une jeune femelle, je crois, et si tu es très gentil, je te la présenterai quand Gesten et moi l'aurons apprêtée. Bien sûr, tu n'es pas en état de la séduire, mais tu pourrais la persuader de se souvenir de toi plus tard.

Skan eut une drôle d'expression, comme s'il avait voulu dire quelque chose mais s'en était retenu à temps. Ambredragon ignorait pourquoi il avait l'air de s'amuser autant.

*Se pourrait-il qu'il la connaisse ?*

Mais il eut beau attendre une explication, le griffon se contenta de dire :

— Oh, oui, j'ai hâte de la rencontrer !

*Tu as hâte de la rencontrer, hein, oiseau vaniteux ? Je crois plutôt que tu imagines déjà votre dîner en amoureux !*

Ambredragon s'essuyait les mains pour se débarrasser de l'huile de massage quand Gesten lui rappela son dernier rendez-vous, au terme d'une journée marquée par les traumatismes divers. Entre le jeune Guérisseur qui avait vu mourir une personne de trop et la cavalière blessée en essayant de reprendre le Col de Stelvi, il avait eu son compte. La femme avait tellement de vertèbres déplacées ou fêlées que le *kestra'chern* avait voulu l'envoyer voir un Guérisseur. Mais elle avait refusé, préférant être manipulée par « le meilleur *kestra'chern* ».

Pourquoi ce choix, alors qu'il allait lui faire mal ? Simplement parce qu'elle savait que les Guérisseurs étaient débordés. Elle ne voulait pas qu'ils dépensent de l'énergie pour l'anesthésier. Bien sûr, ils l'auraient traitée pour rien, alors que les services d'Ambredragon étaient payants. Mais elle avait de quoi se les offrir...

— Les aides d'Urtho viennent de m'amener une nouvelle monture, avait dit la cliente. D'origine kaled'a'in. J'ai une nouvelle tente. Je ne cours pas après les jolies choses — je ressemble à un cheval moi-même, alors les beaux vêtements ne me sont d'aucune utilité.

« À quoi dépenser mon argent ? Au moins, comme ça, un bel homme pose les mains sur moi. Pour une fois, ça ne fait pas de mal.

Elle avait serré les dents pendant qu'il lui remettait en place les vertèbres. Impressionné par son courage, Ambredragon avait demandé à Gesten de lui préparer un bain parfumé. Quand elle en était sortie, il lui avait fait le massage qu'elle avait payé. Puis il lui avait donné ce qu'il avait refusé à Conn Levas.

Elle avait quitté la tente épuisée, mais avec le sourire.

Ambredragon s'assit pendant que Gesten préparait son dernier rendez-vous. Le sourire qu'il affichait n'avait rien à envier à celui de la cavalière. C'était rare, mais il arrivait qu'un de ses patients soit digne de ses « multiples » talents. La femme était une mercenaire, comme Levas, mais ils semblaient aussi différents l'un de l'autre que le jour et la nuit.

*L'expérience m'a appris que la seule chose que deux soldats ont en commun, c'est l'uniforme...*

— Une femme bien, observa Gesten. Je devrais peut-être lui suggérer de s'habiller autrement. Je ne vois pas pourquoi elle devrait se contenter de ressembler à une jument sauvage ! Elle est mince, et dès que je me serai occupé de ses cheveux...

— C'est une bonne idée, dit Ambredragon. Je suis sûr qu'elle porterait très bien certains costumes kaled'a'in, et avec des motifs peints sur la peau...

— C'est ce que j'aime chez toi, tu vois tout de suite

le potentiel des gens. Crois-tu pouvoir exercer ce talent encore une fois aujourd'hui ? La femelle griffon ne va pas tarder à arriver.

— *Une* griffon ? s'étonna le *kestra'chern*. Oh, oui, j'avais oublié. As-tu…

— Tout est prêt, répondit l'hertasi, dédaigneux. Penses-tu pouvoir te débrouiller seul ? J'aimerais aider Skan à se coucher.

Ce fut au tour d'Ambredragon de se montrer dédaigneux.

— Je n'avais pas d'assistant avant que *tu* n'arrives, cherchant quelqu'un d'assez *fou* pour t'embaucher. Oui, je peux me débrouiller.

— Très bien, fou-qui-m'a-embauché, je vais aller m'assurer que la tête de piaf, là-haut, sur la colline, est bien installée, puis je viendrai vérifier que tu ne t'es pas noyé dans ton bain.

Gesten indiqua du museau un petit meuble peint de couleurs vives.

— Tout ce dont tu pourrais avoir besoin est là-dedans. J'ai remplacé ce qui était trop vieux. Aucun autre *kestra'chern* n'a autant d'accessoires pour les griffons ! Quand tu auras fini, la femelle sera renversante… Enfin, si tu peux faire *ton* travail.

Il partit avant qu'Ambredragon puisse répondre. Le *kestra'chern* sourit, puis prit son temps pour se lever. Il se changea, enfilant sous sa robe une chemise et un pantalon en coton blanc. Les peintures et les teintures étaient salissantes et il ne voulait pas avoir peur de se tacher.

Quand il fut prêt, Ambredragon sortit prendre l'air avant l'arrivée de sa cliente. De « petites » plumes de la taille d'une main volaient au vent. Un griffon devait être en train de se lisser le plumage.

Le camp débordait d'activité. Les rumeurs avaient poussé certains résidents à plier bagage. Les gamins qu'il avait régulièrement vus jouer entre les tentes étaient occupés à remplir des sacs. Un peu plus loin, deux soldats et un Apprenti mage testaient une barge flottante. Les plus grosses servaient au transport du matériel. Mais il était possible d'en acheter, comme l'avaient fait Ambredragon et quelques-uns de ses collègues.

Non loin d'eux, la cavalière racontait quelque chose à une poignée de ses camarades.

*Peut-être leur parle-t-elle de moi... Ce serait une bonne chose. Ainsi, ils sauront que je ne fais pas de différence entre les simples soldats et les gradés.*

Caché derrière le groupe d'humains, il aperçut un petit griffon — un adolescent ou un jeune adulte. Non, pas un mais *une*, se corrigea le *kestra'chern*. Elle écoutait ce que disait la cavalière.

*Bizarre...*

Les griffons ne se contentaient pas d'épier les autres. Si leur conversation les intéressait, ils y participaient.

Ambredragon oublia cette anomalie en voyant un vol d'oiseaux-messagers se diriger vers la Tour. Avec un peu de chance, ils apportaient de bonnes nouvelles.

Il rentra sous sa tente.

... Et découvrit bientôt que sa cliente était la petite femelle qu'il venait de voir. Une jolie créature, mince et élancée, avec de longues ailes. Quand il sortit de la pièce de derrière avec une poignée de rubans en satin, elle était là !

*Elle n'a jamais pris rendez-vous chez un* kestra'chern. *Je la sens nerveuse, pleine d'attentes et très peu sûre d'elle...*

Quand il s'éclaircit doucement la gorge, elle sursauta.

— Bienvenue, Zhaneel, dit-il d'une voix douce, mais ferme. Je m'appelle Ambredragon.

Il s'inclina, puis il se mit à genoux, afin d'être à sa hauteur.

Sa visiteuse l'examina de la tête aux pieds quand il se pencha pour lui toucher la patte avant, comme le voulait l'usage. Ce premier contact était très révélateur. Et nul besoin d'être un Empathe pour décoder les signaux. Tout *kestra'chern* savait le faire.

*Comme c'est étrange…*

Zhaneel rabattit toutes ses plumes et tourna la tête jusqu'à ce que son bec délicat touche l'attache de son aile repliée. Puis elle murmura :

— Le Griffon Noir m'a envoyé à toi. Tu es mon *kestra'chern.*

Sur ce, elle se cacha presque la tête sous l'aile.

— Je suis un *kestra'chern* et je suis là pour te servir, Zhaneel, comme tu en as exprimé le souhait, en récompense de ta bravoure. Je te parerai, te réconforterai, t'aiderai et te conseillerai, selon tes besoins.

Ambredragon leva l'autre main et la posa sur la deuxième patte.

*Elle bout littéralement de tension sexuelle... La pauvre est complètement sens dessus dessous ! Eh bien, je sais ce qu'il me reste à faire. Un peu d'huile et quelques motifs sur son plumage devraient mettre en valeur sa beauté. Son amoureux sera subjugué !*

Mais cette petite créature n'agissait pas comme une femelle venue se faire parer avant un rendez-vous… Elle attendait quelque chose, et l'issue de la soirée ne lui paraissait pas certaine, c'était évident. Quelle femelle griffon se paierait une séance pareille si elle n'était pas sûre d'avoir un partenaire ?

Soudain, Zhaneel le regarda droit dans les yeux et fit un pas en avant, le déséquilibrant. Quand elle continua d'avancer, il tomba sur le dos. Écartant les ailes, elle se mit à califourchon sur lui. Son bec touchait presque le nez du jeune homme quand elle lui demanda :

— Vas-tu me donner du plaisir, Ambredragon ?

*Oh, dieux... ça explique beaucoup de choses…*

Il regarda son bec, se souvenant soudain des serres énormes qu'avaient les griffons, et pâlit.

— Non, Zhaneel… attends…, supplia-t-il. S'il te plaît, laisse-moi me relever.

Skandranon marqua sa page avec une plume et s'étira. Puis il jeta un coup d'œil à Gesten qui lui brossait le dos. Urtho lui avait envoyé un livre écrit par un des explorateurs qui travaillaient à son service, avant la guerre. Le volume était plein d'anecdotes et de commentaires rajoutés dans les marges par ses lecteurs. Le Mage du Silence le lui avait fait parvenir pour se faire pardonner son départ précipité.

Le petit hertasi s'occupait de lui depuis deux heures. Il avait coupé, sablé et rafistolé les plumes partiellement endommagées et fait pénétrer de la pommade autour des tuyaux de celles qui le faisaient souffrir. Sans gémir — et Skandranon faisait deux fois le poids d'un homme —, il l'avait aidé à se mettre dans une position plus confortable afin de s'occuper des coupures que les Guérisseurs n'avaient pas soignées. Puis il lui avait sablé le bec, bouchant les éraflures avec un ciment spécial. Enfin, il lui avait limé les serres, avant de s'attaquer à un brossage en règle.

Skan était en forme et ne souffrait presque plus grâce à une recette de Cinnabar pour étouffer la douleur. Décidément, elle avait le genre de personnalité qu'il espérait trouver un jour chez une femelle de sa race !

Skan pouvait s'estimer heureux d'avoir vécu aussi longtemps. Mais prendre une compagne ? Bien sûr, il avait pensé à avoir des petits, mais ce rêve s'était éloigné de plus en plus à mesure que la guerre progressait. Et s'il n'avait eu aucun mal à trouver des partenaires sexuelles, aucune n'avait été féconde.

*Mais certaines étaient douces et tièdes…*

Il changea de position. Penser à ses anciennes maîtresses l'emplissait de désir. Il n'était pas embarrassé par sa virilité, mais elle mettait douloureusement l'accent sur son actuelle solitude.

Gesten continua de le brosser, comme si de rien n'était. Pourtant, il devait avoir une idée de ce qui préoccupait Skan en ce moment. Rien ne lui échappait...

*La petite Zhaneel doit être avec Ambredragon. C'est le meilleur* kestra'chern. *Il est intelligent, gracieux et terriblement talentueux. Je suis heureux d'avoir suggéré ce rendez-vous...*

*Je vais tuer ce gros oiseau vaniteux !* fulmina Ambredragon en tournant le dos à Zhaneel.

Cette masse de plumes noires sans cervelle, mangée aux mites et hédoniste avait fourré dans la tête de la pauvre petite femelle griffon que le *kestra'chern* lui ferait l'amour ! C'était une plaisanterie cruelle ! Dès qu'il aurait résolu le problème, Ambredragon irait dans la tente-infirmerie et dirait sa façon de penser à l'abruti congénital — blessé ou pas — responsable de toute l'histoire.

Zhaneel l'avait laissé se relever un instant plus tôt. Depuis, elle hochait la tête en sortant et rentrant ses serres.

Ambredragon se passa une main sur le visage et se tourna vers elle.

— Je ne suis pas le partenaire sexuel qu'il te faut. Nous ne sommes pas compatibles...

Zhaneel eut une expression horrifiée. Elle laissa échapper un gémissement plaintif, puis se précipita dans la chambre privée.

Skandranon finit le chapitre sur les tribus du Sud-Est et ferma les yeux pour mieux apprécier le traitement que Gesten faisait subir à sa crête.

*Elle doit se considérer comme la femelle griffon la plus merveilleuse du monde ! Ambredragon sait ce qu'il faut dire aux gens pour qu'ils se sentent bien. Quand je serai guéri, je lui demanderai un rendez-vous et nous pourrons parler de Zhaneel. Je suis sûr qu'elle doit être enchantée d'avoir suivi ma suggestion !*

Très content de lui, le Griffon Noir s'installa confortablement pour faire un somme.

Ambredragon trouva Zhaneel roulée en boule dans un coin de la pièce. La tête cachée sous les ailes, elle tremblait. Il en fut bouleversé, car c'était la manière de sangloter des griffons. Plus il s'approchait d'elle, plus il sentait sa détresse.

Se préparant à subir un assaut émotionnel, il posa une main sur l'épaule de la petite femelle.

Mais ce qu'il redoutait n'arriva pas. Elle ne fit même pas mine de remarquer sa présence. Grâce au contact physique qu'il venait d'établir, il reçut un flot d'émotions qui le fit chanceler un peu.

*Dieux, elle se* déteste *! Elle doute d'elle-même et s'apitoie sur son sort, le tout noyé sous un sentiment écrasant d'inutilité... Je pourrais m'attendre à ce genre de situation de la part d'un être humain, mais d'un* griffon *? Ils sont tous convaincus qu'Urtho les a créés en prenant le meilleur des autres races !*

*Quoi qui l'ait mise dans cet état, ça ne s'est pas fait en un jour. Et si ça peut être défait... je dois commencer tout de suite !*

Il l'appela d'une voix douce et apaisante :

— Zhaneel ?

Elle gémit tout bas.

— Chut, petite. Je suis là pour t'aider. Écoute-moi. Tu vas te sentir mieux, je te le promets. Je suis là...

Ambredragon s'approcha d'elle et l'enveloppa de son corps, comme il l'avait fait pour d'autres griffons traumatisés, leur donnant l'impression d'être sous des ailes protectrices. Elle tremblait violemment, sa température était très élevée et elle avait les yeux clos. Le *kestra'chern* lui caressa le cou et lui murmura des paroles rassurantes jusqu'à ce qu'elle se calme un peu.

Ambredragon concentra son don de Guérison sur les centres du plaisir de Zhaneel et les stimula gentiment en continuant à lui parler d'une voix apaisante. Le corps d'un griffon contenait des réserves de fluides à l'intérieur de glandes spéciales, et il n'était pas difficile pour un Guérisseur habile de les libérer au bon moment.

Un petit coup de pouce *là*, un effleurement *ici*, et la sensation de satiété qui suivait un accouplement parcourut les veines de la petite femelle. Bien sûr, ce n'était pas aussi fort que si elle avait eu une véritable expérience sexuelle, mais cela eut l'effet souhaité. Elle se relaxa peu à peu.

Évidemment, tout ça n'apportait pas encore de solution à ses problèmes, mais cela permettrait à Ambredragon de *commencer* à s'en occuper.

Un long moment passa avant qu'elle ne soit en état de parler. Pendant ce temps, son *kestra'chern* la gratta derrière les oreilles et s'immergea dans les émotions qu'elle émettait inconsciemment.

Ambredragon ne put s'empêcher de se réjouir qu'elle ait choisi de venir le voir. Car contrairement à ses collègues, il était Empathe et Guérisseur. Tout autre que lui aurait dû faire venir son *trondi'irn*... Et s'il s'était agi d'un Apprenti, il aurait été aussi traumatisé qu'elle.

— Zhaneel, dit-il sur un ton pressant, tu dois me dire *pourquoi* je t'ai fait de la peine. Je n'avais pas l'intention de te blesser.

— Tu penses... que je suis un monstre. (Elle baissa la tête.) J'aurais dû mourir ! Je ne valais pas la peine qu'on m'élève. J'aurais dû mourir... Je suis une malnée !

— Oh, non, belle enfant, tu m'as mal compris ! s'empressa de répondre Ambredragon. Tu n'es pas un monstre, Zhaneel. Tu as été créée par Urtho et il est terriblement fier de toi. Moi, je te trouve adorable.

Elle le regarda nerveusement du coin de l'œil.

— Mais tu as dit... que tu ne voulais pas être mon amant. Même toi, tu ne veux pas de moi...

Il frotta sa joue contre la sienne.

— Zhaneel, je n'ai pas dit que je ne voulais pas, mais que je ne *pouvais* pas. Ma peau est fine et je suis plus petit que toi. Nos corps ne sont pas compatibles. Si nous essayions, tu me réduirais en lambeaux. (Il rit tout bas.) Cher cœur, si j'étais un griffon, nous nous serions élancés dans le ciel ensemble à la minute où je t'ai vue !

Elle ouvrit les yeux et cligna deux fois des paupières, comme si elle ne s'était encore jamais avisée que les humains étaient trois fois plus petits — dans tous les sens du terme — que les griffons.

*Certains croient qu'un* kestra'chern *peut tout faire !*

— Je ne sais pas comment se passe un accouplement. Mes parents sont morts. Ils m'ont abandonnée. (Zhaneel baissa tellement la tête que son bec toucha le sol.) Je suis un monstre. Mes ailes sont trop longues et trop pointues pour mon corps. Ma tête est trop grosse et je n'ai pas de touffes au-dessus des oreilles ! Alors ils m'ont abandonnée. Ils sont partis et ils sont morts. Comme j'étais un monstre, ils avaient honte.

Ambredragon lui gratta la tête, projetant autant de réconfort que possible.

— Je ne peux pas croire ça, Zhaneel. Tu es belle et tu es forte. Tes parents devaient t'aimer et être impatients de te voir voler.

Apparemment, une digue s'était rompue quand elle avait commencé à exprimer ce qu'elle ressentait.

— Mes serres ne feraient pas de mal à une mouche…

Ambredragon les étudia. Elles étaient bien assez longues et acérées à son goût.

— … suis un monstre. J'aurais dû mourir. Personne ne veut de moi dans son Aile. Ou comme partenaire. Je suis *inutile*.

Le *kestra'chern* lui souleva la tête — une tâche plus difficile qu'il ne le laissa paraître — puis lui tendit sa récompense.

— Si tu es inutile, comment as-tu gagné ça ? On ne

donne pas ce genre de chose aux gens qui creusent les latrines. Seuls les plus braves en reçoivent.

Son bras gauche commençait à protester vigoureusement.

— Je ne suis pas brave.

— Et si tu me racontais ce qui t'a valu cette récompense ? Je vais nous préparer du thé et nous pourrons bavarder à notre aise.

Il se leva et lui indiqua de le suivre. Elle l'imita, fit trois pas hésitants en direction du lit, puis s'assit à côté.

— Personne ne veut de moi dans son Aile. Mais je voulais voler pour Urtho. Alors... je me suis imposée dans celle de Kelreesha Trondaar.

*Intéressant. L'Aile à laquelle est attaché Conn Levas...*

Ambredragon tisonna le brasero et posa une bouilloire dessus.

— Et... ? demanda-t-il.

— J'ai fait des patrouilles... Celles qui sont réservées aux jeunes griffons, à l'arrière des lignes.

Sa voix se brisa. Il était humiliant pour un griffon adulte de se voir affecter ce genre de tâches.

— Ainsi, je pouvais passer un peu de temps... loin du camp. Je vole plus vite qu'aucun griffon !

Ambredragon jeta des petits paquets de gaze remplis d'herbes dans l'eau frémissante.

— C'est extraordinaire ! Plus vite de combien ?

— Un tiers du temps en moins. Je vole en solo.

Le *kestra'chern* leva un sourcil en signe de surprise et d'appréciation.

— J'étais à la hauteur de cinq nuages. (*Deux fois plus haut que n'importe quel griffon. Intéressant.*) J'ai vu trois makaars. Il fallait les arrêter ! Mais je ne peux pas parler avec l'esprit à de telles distances... Donc, impossible d'appeler de l'aide ! Alors j'ai fondu sur eux et je les ai combattus. Je me moquais de mourir !

En dépit de l'expression impassible qu'il affichait, l'esprit d'Ambredragon fonctionnait à toute vitesse.

*Elle le pense vraiment. Elle aurait préféré mourir plutôt que de continuer de vivre. Pas étonnant qu'elle ne se considère pas comme courageuse. Elle était suicidaire.*

— Zhaneel, j'ai connu de nombreux guerriers, chamanes, prêtres et hauts mages. Beaucoup pensaient ne pas être à la hauteur et je leur ai dit ce que je m'apprête à te déclarer, chère dame du ciel.

Il s'assit sur le lit et lui caressa le front.

— Si tu n'avais pas été Zhaneel — la belle, puissante et gracieuse Zhaneel — tu serais allée chercher de l'aide, tu te serais enfuie, ou tu aurais attaqué les makaars et tu aurais échoué. Mais tu as vaincu parce que tu es qui tu es, grâce au pouvoir de ton esprit autant qu'à celui de ton corps. Ce n'est pas rien, quand on sait que beaucoup de griffons ont moins de cervelle qu'un bœuf.

Une fois encore, il lui montra la récompense qu'elle avait reçue pour sa bravoure et toucha doucement son bec.

— Urtho en personne t'a donné ça. Sais-tu à quel point cette distinction est rare ?

Elle secoua la tête, comme l'aurait fait un humain.

— *Très* rare, Zhaneel. Et ça prouve que tu es exceptionnelle, ma chère, et certainement pas un monstre. Et très loin d'être inutile !

— Ça n'a pas d'importance. Tout le monde pense que je le suis.

— Tout le monde n'a pas arrêté trois makaars ou obtenu une récompense comme celle-là. (Il secoua la tête, certain d'avoir enfin retenu son attention.) Parfois, « tout le monde » peut se tromper. Tout le monde ne disait-il pas que le Col de Stelvi était imprenable ?

Ses oreilles se dressèrent, et elle hocha la tête, acquiesçant de mauvaise grâce.

Il la considéra un moment.

— Tu es différente, Zhaneel, comme moi... Quand je suis arrivé ici, je me sentais un peu... Non, *exacte-*

*ment* comme toi ! Mes semblables m'ont rejeté à cause de ce que je suis. Les Guérisseurs se méfiaient parce que je suis *kestra'chern* et les *kestra'chern* parce que j'ai le don de guérir. Mais tandis qu'ils s'éloignaient de moi, j'ai appris les pas de leur « danse »...

Ambredragon sourit en remarquant que Zhaneel était pendue à ses lèvres.

— Chaque fois qu'ils posaient les yeux sur moi, ils avaient l'impression de se regarder dans un miroir. En moi, ils voyaient des parties d'eux-mêmes... qu'ils avaient essayé d'oublier. Quand j'ouvrais la bouche, les Guérisseurs entendaient s'exprimer l'intuition du *kestra'chern*. Et les autres *kestra'chern* méprisaient ma faculté de guérir. Mais je suis resté moi-même. Comme toi, Zhaneel ! Ceux qui te persécutent ont peur de toi. Ils sont jaloux. Et tu es bien plus forte que tu ne le crois.

Zhaneel frémit sous son regard empli de compassion.

— Non, je ne suis pas forte, messire.

Il secoua la tête en riant doucement.

— Pas de « messire » entre nous, dame du ciel. Je ne suis qu'Ambredragon... un ami. Ah !

Il s'avança avec grâce et versa deux tasses de thé, une grande et une petite, tout en continuant à parler.

— Si tu n'étais pas forte, Zhaneel, je n'aurais jamais fait ta connaissance. Tu serais morte et personne ne se souviendrait de toi. Le Mage du Silence ne t'aurait pas honorée. Et le Griffon Noir ne t'aurait pas remarquée.

Zhaneel détourna la tête.

*Ah, elle est donc aussi impressionnée par Skan qu'il l'est par lui-même... Même si j'ai l'intention de l'écorcher vif, je vais utiliser son image pour le bien de Zhaneel.*

— Laisse-moi te parler un peu de Skandranon. Les autres se moquent de lui aussi. Ils disent qu'il court après la gloire, qu'il est remuant, arrogant et qu'il a les mauvaises manières d'un bébé griffon. Mais c'est de la jalousie...

« Ce sont ses actes qui définissent la valeur d'un individu. Et toi, Zhaneel, tu voles plus vite que quiconque et tu as abattu trois makaars.

Elle rougit et il se demanda une fois encore ce qui était allé de travers dans son enfance. Où étaient ses professeurs et ses parents ? Ce qu'il lui disait faisait partie des concepts de base enseignés à tous les petits griffons !

Ambredragon sentait que rien n'était perdu pour cette jeune femelle. La chaleur qui se répandait dans ses entrailles et dans sa tête était un signe qui ne trompait pas. Elle allait survivre.

— J'entends toujours parler d'*eux*. *Ils* ont dit ceci... cela... Mais je n'ai encore jamais rencontré l'un d'*eux*. Et qui sont-ils, d'ailleurs ? demanda-t-il — une question purement rhétorique car il ne s'attendait pas à une réponse. Qu'est-ce qui leur donne le monopole de la vérité ?

Il s'approcha d'elle, lui tendant la grande tasse de thé. Et il s'émerveilla de sa dextérité. Elle l'avait prise avec une seule serre — non... avec une seule *main*.

Elle suivit la direction de son regard.

— Je n'en ai pas, murmura-t-elle. Il faut que je porte des serres en métal pendant la bataille... comme un stupide kyree.

— Ce n'est pas une tare, dame du ciel. Vois-tu mes bras, mes jambes, mes muscles ? Ils sont parfaits pour mon corps, et toutes les parties du tien correspondent à tes besoins. Regarde mes mains et leur proportion par rapport à mon bras...

Elle obéit et ses yeux s'arrondirent de surprise.

— Tes mains... sont comme les miennes.

— Oui ! Elles sont très semblables. Et Urtho t'a voulue exactement telle que tu es ! Crois-tu qu'il soit incompétent au point d'imaginer une créature difforme ?

Pour un griffon, ces paroles étaient une hérésie. Même Zhaneel ne pouvait pas croire cela.

— Non !

Il sourit. Il la tenait.

— Évidemment ! Urtho est un visionnaire et un créateur de génie. Aucun Adepte ne lui est jamais arrivé à la cheville.

« Je crois, Zhaneel, que tu es quelque chose de nouveau. Petite, lisse et rapide… comme un faucon. Les autres ont la morphologie d'oiseaux aux larges ailes, comme les aigles. Tu n'es pas un griffon ordinaire. Tu es… un *grifaucon* !

Les yeux de la petite femelle brillèrent. Elle inspira profondément et répéta le mot que venait d'inventer Ambredragon, le goûtant comme si c'était un mets délicat.

— Un grifaucon.

Tout se passait à merveille ! Ambredragon but une gorgée de son thé et en savoura les saveurs — amertume et douceur, acidité et sucre… Un mélange complexe qui correspondait parfaitement à l'atmosphère du moment.

Ils parlèrent si longtemps que la nuit remplaça le crépuscule. Zhaneel lui parla de ses parents, tués pendant ce qui aurait dû être une mission de routine. Une fois encore, la guerre avait tout dévoré sur son passage. La petite femelle avait été élevée par une succession de parents adoptifs et de *trondi'irn* qui n'avaient pas su lui donner d'affection. Passant de mains en mains, elle avait peu à peu oublié ses parents, qui n'étaient plus qu'un rêve enfoui au fond de sa mémoire.

Le contraste entre les souvenirs du bébé enveloppé d'affection et ceux du petit griffon maltraité l'avait enfermée dans ce cercle vicieux de la haine de soi.

Mais cela l'avait aussi empêchée de se suicider.

Savoir qu'elle avait été *aimée* quand elle était une petite créature duveteuse donnait des ailes à son âme. Elle ne se souvenait ni de ses parents ni de leurs actes, mais de leur affection. Et cela avait suffi à lui conférer la force de tout supporter.

La soirée était bien entamée quand ils s'aperçurent que leurs tasses étaient vides. Zhaneel posa des questions à Ambredragon sur ce que faisait un *kestra'chern*. Certain qu'elle ne le prendrait pas mal, il lui demanda ce qui lui avait fait croire qu'il deviendrait son amant.

— La cavalière parlait de toi à ses amis, et j'ai écouté ce qu'elle disait. Je n'ai pas tout compris, mais j'ai pensé que c'était parce qu'elle était humaine. (Elle baissa un peu la tête.) J'ai cru que tu faisais la même chose à tous tes clients, que c'était pour ça que le grand Skandranon m'avait envoyée à toi.

Il serra les dents.

*J'aurais dû savoir dès le début que Skan avait trempé là-dedans. Il était si... content de lui !*

Mais une confrontation avec Skan devrait attendre. Sans le savoir, elle venait de lui donner un autre moyen de l'aider.

— C'est Skan qui t'a envoyée à moi ?

Il cligna des yeux, comme s'il était surpris. Puis il continua avant qu'elle ait pu parler.

— Réalises-tu à quel point tu l'as impressionné ? Il est rentré il y a deux jours à peine, gravement blessé... et il n'est pas encore complètement guéri. Il m'a clairement fait comprendre — et je suis son ami — qu'il ne voulait pas être ennuyé avec des choses sans importance. Et pourtant il s'est assuré que tu aurais une récompense digne de toi ! Combien de temps as-tu passé avec lui ?

— Je... l'ignore... Une demi-heure, peut-être.

— Tant que ça ? Mis à part ses Guérisseurs, il n'a reçu personne aussi longtemps. Il a dû te trouver fascinante !

— Peut-être s'ennuyait-il ?

Ambredragon éclata de rire.

— S'il s'était ennuyé, il t'aurait envoyée ailleurs. Les remèdes de Skan contre l'ennui sont la lecture, dormir et taquiner ses amis. Dans cet ordre. Non, je crois qu'il t'a trouvée très intéressante.

Le langage corporel de la petite femelle et le ton de sa voix lui apprirent qu'elle s'était amourachée du Griffon Noir.

— Peu de femelles attirent son attention. Mais, toi, tu l'as fait !

— Parce que... je suis monstrueuse.

— Non, parce que tu es *différente*. Skandranon n'a pas peur de l'inconnu.

— Suis-je... (Elle hésita et il sentit qu'elle allait dire quelque chose de très osé... pour elle.) Suis-je assez différente pour qu'il se souvienne de moi ?

Ambredragon feignit de réfléchir.

— Je crois comprendre que tu aimerais qu'il fasse *plus* que se souvenir de toi...

Elle baissa timidement la tête.

— Oui, souffla-t-elle. Oui, oui !

— Tu sais, Zhaneel, pour l'impressionner, il ne suffira pas d'avoir abattu une poignée de makaars.

Il était risqué de dire une chose pareille, mais Zhaneel n'était pas stupide... Elle fut tout ouïe.

— Je le connais bien. Si tu le veux, il faudra l'impressionner suffisamment pour qu'il te veuille aussi... et te demande de rejoindre son Aile. (Voyant qu'elle était sur le point de se décourager, il ajouta vivement :) Je crois en toi, Zhaneel. Tu peux le faire.

— Je pourrais... tendre un piège aux makaars. (Elle marqua une pause, voyant qu'il secouait la tête.) Ou servir d'appât pour qu'ils tombent dans une embuscade.

Il secoua de nouveau la tête.

Cette enfant était trop impulsive... et suicidaire.

— Non, tu dois faire quelque chose que tu es la seule à pouvoir réussir, Zhaneel. Inutile de devenir une héroïne !

« Peut-être que certains propos d'Urtho ou de Skan pourraient t'aider...

Elle réfléchit pendant qu'Ambredragon se levait pour se servir une autre tasse.

— Urtho m'a demandé quel genre d'entraînement j'ai eu et il a été déçu que personne ne m'en ait donné un adapté à mon cas. (Elle leva sur lui son regard brillant.) Skandranon aussi a été étonné que je n'aie pas reçu d'entraînement spécifique. Alors, si je ne peux pas voler et combattre comme les autres, je devrais peut-être… m'entraîner ?

— C'est une très bonne idée, dame du ciel ! Et non seulement elle te sera bénéfique, mais elle pourrait bien l'être pour d'autres.

Elle regarda ses mains, puis les siennes.

— J'ai des mains comme les tiennes, Ambredragon. Je pourrais peut-être utiliser une arme… et voler au secours des blessés.

Elle était enthousiaste ; Ambredragon eut du mal à ne pas montrer qu'il l'était aussi. L'idée d'un griffon-Guérisseur, même s'il se contentait de panser les blessures… était extraordinaire. S'il ne s'était pas retenu, il l'aurait aussitôt envoyée l'appliquer. Tant de gens mouraient parce que aucun Guérisseur ne pouvait les atteindre à temps…

— Ça va prendre du temps, Zhaneel, mais c'est une excellente idée. Et je t'aiderai !

— J'apprendrai à me servir d'une seule arme… une arbalète… et je maîtriserai les techniques utilisées par les bandes vertes.

Par « bandes vertes », elle entendait les écuyers et les sergents qui portaient des brassards verts et donnaient les premiers secours aux blessés.

— Je serais très honoré de te les enseigner.

— Et… Skandranon s'apercevra que j'existe ?

— Oh, oui ! Tu deviendras une des rares choses dont il aura conscience.

Elle pencha la tête d'un côté.

— Une des rares *choses* ?

Il secoua la tête et haussa les épaules.

— Il est si occupé par sa dernière escapade qu'il ne fait plus attention à rien, y compris à ses amis.

Elle le regarda un long moment.

— Il fait attention. Il t'aime. Tout le camp le sait.

Ce n'était pas ce qu'il s'était attendu à entendre.

— Il… quoi ?

— Il t'aime, répéta-t-elle. Comme si vous étiez issus du même nid. Il ne le dit peut-être pas, mais tout le camp sait qu'Ambredragon et Skandranon pourraient être frères de sang.

Tandis qu'il la fixait, bouche bée, elle gloussa… d'une manière toute griffonique.

— Je l'ai entendu dire à un capitaine que tu étais d'une grande intégrité.

— Tu as quoi ? souffla-t-il, essayant d'imaginer Skan en train de faire une chose pareille.

Une fois encore, elle avait écouté une conversation qui ne lui était pas destinée. Des capitaines mercenaires spéculaient sur la réputation de certains *perchi* et *kestra'chern*, et le nom d'Ambredragon avait été prononcé au moment où Skan passait par-là. Un des hommes l'ayant interpellé, le griffon avait défendu l'honneur de son ami au prix d'un certain ridicule — travers qu'il haïssait par-dessus tout.

— Tu vois, conclut Zhaneel.

Oui, il voyait… et il était complètement abasourdi par cette preuve d'affection qu'il avait désirée sans espérer la recevoir. Un *kestra'chern* avait si peu d'amis.

Il cligna des yeux, chassant ses larmes.

— Tu es un Guérisseur, Ambredragon, dit-elle.

— Bien sûr, répondit-il, croisant son regard.

Il crut qu'elle voulait revenir au sujet précédent, aussi fut-il très surpris par sa question.

— Quand il a mal, qui guérit le Guérisseur ?

*S'est-elle transformée en Gesten ou en Tamsin pour sentir mes émotions avant que je les éprouve ?* se demanda-t-il.

Il rit pour masquer sa confusion.

— Oh, mais je n'ai pas besoin d'un Guérisseur. Après tout, je reste éloigné des champs de bataille.

Elle renifla avec dédain, comme l'aurait fait Skan, mais n'émit aucun commentaire. Au même moment, les sentinelles annoncèrent minuit et ils se regardèrent, surpris.

— Tu devrais aller prendre un peu de repos, Zhaneel.

Il fourra la récompense dans la sacoche qu'elle portait autour du cou. Quand elle voulut protester, il posa une main sur son bec.

— C'est moi qui fixe les tarifs. Garde-la ! Si ton supérieur refuse de comprendre qu'il te faut un matériel spécifique, tu pourrais en avoir besoin. Sinon, le jour où tu auras rencontré le griffon idéal, reviens me voir et je ferai de toi une créature à couper le souffle.

Zhaneel rougit de plaisir. Sur le seuil, elle se retourna, s'arracha une plume et la lui tendit.

— Et si as besoin de quoi que ce soit, fais-moi parvenir cette plume, Guérisseur.

Elle partit, lui laissant une plume couleur ardoise entre les mains et une multitude de questions dans la tête. Il ferma la tente et fit courir les doigts de sa main droite sur la plume.

*Qui guérit le Guérisseur… ?*

## CHAPITRE V

— Je vois que tu as un compagnon, dit Tamsin en entrant. Se sont-ils aperçus qu'un simple griffon n'avait pas droit à des quartiers privés ?

Skan rit. Depuis que son état s'était amélioré, il n'avait plus envie d'étriper le premier venu.

— Non, ils ont dû croire que je me sentais seul, alors ils m'ont envoyé ce tas de plumes grotesque au lieu d'une jeune et belle femelle. Je vous présente Aubri. Faites attention à ne pas lui marcher dessus.

L'intéressé ouvrit un œil et renifla.

— C'est moi qui suis puni, tête de piaf ! (Il se tourna vers Tamsin.) Il siffle dans son sommeil.

— Toi aussi, renchérit Skan. À cause de toi, j'ai rêvé que j'étais attaqué par un oiseau géant qui chantait atrocement faux ! C'est peut-être ton propre vacarme que tu as entendu, tu siffles si fort…

— Non, je ne crois pas.

Aubri se rallongea et feignit de dormir.

— Je l'aime bien, mais ne le lui dites pas. Ça lui monterait à la tête et il pourrait se prendre pour moi.

Aubri émit un reniflement ironique.

— Bien, tu sais pourquoi nous sommes là, dit Cinnabar.

Elle entra et salua son amant d'une caresse.

— Oui, pour faire semblant de me guérir pendant

que vous vous tripotez ! Ah, les couples liés pour la vie ! Ces humains ! Toujours en chaleur…

— Parce que tu ne l'es pas, toi ? souffla Aubri.

— Quoi ? Ai-je entendu quelque chose ?

— Non. Je dors. Tu n'as rien entendu.

— Ah, bien. Je disais donc que les humains sont toujours en chaleur… Mais les couples liés pour la vie sont pires encore ! De quoi donner une indigestion d'eau de rose à un honnête griffon !

— Skandranon n'a aucun souci à se faire, railla Aubri, puisqu'il n'est pas honnête.

Skan secoua tristement la tête.

— Quand je vous le disais… Il siffle dans son sommeil, et en plus il grommelle des bêtises. Il doit avoir reçu un coup à l'arrière-train… puisque c'est là que se situe son cerveau.

— Il est fâché parce que je ne succombe pas à son prétendu « charisme ». Et parce que je l'ai battu à ses petits « puzzles logiques ».

— Tu n'as pas la moindre logique, seulement de la chance ! J'ai réussi à vaincre Urtho à ce jeu-là !

Cinnabar fit courir une main experte sur l'aile gauche du griffon.

— Gesten a fait du bon travail. Tu pourras bientôt recommencer à séduire toutes les femelles… Dis-moi, quand vas-tu choisir une compagne ?

Skan déploya ses ailes et darda sur elle un regard noir. Mais qu'avaient-ils donc tous ? Cinnabar se mordit la lèvre et recula… feignant de chercher quelque chose dans la sacoche attachée à sa ceinture.

— Regarde-moi dans les yeux, Skan ! ordonna Tamsin.

— Il va croire que vous êtes amoureux de lui, railla Aubri.

Avant que le Griffon Noir ait pu répondre, Tamsin lui riva le bec d'un regard sévère. Il n'était pas là pour s'amuser. La vision était importante pour un griffon.

Pour Skan, la texture du papier de son livre était en relief. Il voyait même les sillons laissés par la plume.

— La dilatation de tes pupilles est excellente. As-tu des problèmes de vue ? Parviens-tu à juger correctement les distances ?

— Tu sais, il n'y a qu'Aubri à regarder... Mais oui, tout va bien. Je veux reprendre du service !

— Ne t'en fais pas, tu auras ton quota d'action. ! lança Cinnabar. Nous te verrons donc souvent. Les soldats de Ma'ar veulent ta peau.

Skan se redressa, puis il vit entrer sous la tente... l'occasion de jouer un bon tour à tout le monde.

— Mais ils ne m'ont pas encore tué ! N'est-ce pas, Jewel ?

Surprise, l'hertasi leva les yeux de son chargement.

— N-non, bredouilla-t-elle.

C'était une de ses blagues préférées. Il adorait prendre à témoin une personne extérieure à la conversation... qu'elle sache ou non de quoi il s'agissait. C'était toujours très drôle. Surtout quand il était au centre d'un débat qui tournait à son désavantage.

— Vous voyez ! Jewel sait, elle ! Je serai bientôt de retour pour sauver l'armée d'Urtho.

— Au secours ! gémit Aubri.

Tamsin et Cinnabar éclatèrent de rire et Jewel s'empressa d'aider le griffon brûlé à s'installer plus confortablement. Skan marqua une pause et, continuant de jouer pour son public, riva sur son congénère un regard condescendant.

— Il n'est pas habitué à tant de grandeur.

— Je ne suis pas habitué à patauger dans autant de *sketi*, oui ! riposta Aubri. Ne pourriez-vous pas lui engourdir la langue ou me priver de l'ouïe ?

— Pouah ! s'indigna le Griffon Noir. Dire que je suis obligé de rester en si piètre compagnie...

Jewel entreprit de rouler des bandages. Redevenant sérieuse, Cinnabar sourit à Skandranon. Tamsin se frotta les mains comme après une journée de travail bien remplie.

— Notre tâche est finie, ma dame. Il va aussi bien qu'il peut aller.

— Malheur ! marmonna Aubri.

— Oh, pitié ! riposta Skan. J'ai des qualités…

— … dont tu te vantes depuis des années, coupa son compagnon, mais que tu n'as jamais prouvées.

Le Griffon Noir décida de changer de sujet.

— Gardez-vous à l'œil notre seigneur et maître ? Je l'ai trouvé amaigri.

— Je me suis arrangée pour qu'il mange un peu, soupira Cinnabar. J'ai ordonné à ses hertasis de lui servir un repas toutes les deux heures, dans l'espoir qu'il en avale au moins une bouchée.

— Il s'investit trop. Il n'a jamais désiré devenir un seigneur de la guerre et ça le ronge.

— Il se débrouille très bien, répondit la Guérisseuse. Nous sommes tous en vie ! Heureusement qu'il a pris le commandement après la défection du roi et de ses seigneurs !

— Elle a raison, commenta Aubri.

Skan fit une grimace de dégoût.

— Elle se montre charitable, oui ! Ils se sont tous enfuis, les lâches ! Par bonheur, Urtho a pris les choses en main. Personne d'autre ne savait à qui nous avions affaire. Seule la famille de Cinnabar et une poignée d'autres nobles sont restés.

— Nous nous sommes souvenus que nous étions au service de nos sujets, dit Cinnabar. Les autres l'ont oublié. Nous ignorons ce qui leur est arrivé. Certains se sont fait modifier le visage. D'autres sont morts ou devenus fous. Urtho ne blâme personne. Il a expliqué au roi que Ma'ar avait lancé un sort de terreur. Heureusement, tout le monde n'a pas été touché.

Une femme à l'allure sévère entra dans la tente. Ses cheveux bruns étaient coupés court, excepté ceux qui lui tombaient dans le dos, dont elle avait fait trois longues nattes. Ses yeux noisette étudièrent l'assistance, passant des humains aux griffons puis à la petite hertasi. Dans cet ordre. Puis elle se glissa au côté d'Aubri. Enfin, elle se serait *glissée* si elle n'avait pas boité un peu.

Skan la dévisagea. Il était terriblement impoli d'entrer ainsi dans une pièce sans y être invitée. Quand la pièce abritait des griffons blessés, ça devenait carrément dangereux. Pourtant, Aubri ne parut pas surpris, seulement résigné.

— Pouvons-nous vous aider ? demanda Tamsin, étonné que la femme n'ait salué personne.

— Non, merci, Guérisseur, répondit-elle sans le regarder. Je suis venue m'occuper de ce griffon.

— Et vous êtes… ? gronda Skandranon.

Elle ne perçut pas — ou ignora — la menace.

— Sa *trondi'irn*, Bichehivernale, de la Sixième Aile Est, répondit-elle — pas à Skan mais à Tamsin, comme si le griffon n'existait pas. Il s'appelle Aubri et il souffre de brûlures à la suite d'une attaque ennemie.

*Très aimable à vous de nous donner ces informations… Comme si nous étions incapables de voir ce que nous avons sous les yeux.*

*Pour qui se prend cette garce arrogante ?*

— Je suis venue aussi pour te réaffecter, hertasi Jewel, continua Bichehivernale. Tu es attendue dans les cuisines de la Sixième Aile Est pour aider à la préparation des repas.

Jewel déglutit avec peine, puis hocha la tête.

Bichehivernale sortit une petite dague brillante de sa ceinture et coupa un des bandages d'Aubri.

— Je ne pense pas…, commença Tamsin.

— Aubri n'a plus besoin de ses services ! coupa-t-elle. La Sixième est à court de personnel.

Skan ignora son impolitesse.

— La Sixième ? Est-ce l'Aile de Zhaneel ?

Bichehivernale se tourna vers lui, visiblement scandalisée qu'il ait osé lui adresser la parole, mais elle répondit quand même à sa question.

— Oui. Elle nous a tous surpris. L'Aile n'avait encore jamais compté de griffon mal-né.

Les yeux de Skandranon lancèrent des éclairs et il se rua sur la *trondi'irn*.

— Mal-né ? rugit-il.

Tamsin et Cinnabar durent s'accrocher à ses ailes pour le retenir. Bichehivernale ignora sa colère et sa question. Elle posa les mains sur la brûlure d'Aubri et entra en transe.

Même Skan savait qu'il ne fallait pas interrompre ce genre de chose.

— Une mal-née ! La jeune Zhaneel n'est pas plus mal-née que moi ! Ces idiots de la Sixième sont trop bêtes pour entraîner autre chose que des griffons sans cervelle !

Tamsin essaya de le calmer, mais Skan l'ignora. Il se concentra sur Bichehivernale. Si cette femme était la *trondi'irn* de Zhaneel, il n'y avait rien d'étonnant à ce qu'elle soit si peu sûre d'elle. Pour Bichehivernale, les griffons n'étaient qu'une arme de plus dans l'arsenal des troupes. Zhaneel méritait quelqu'un comme Cinnabar ou Ambredragon…

Bichehivernale n'en donnait pas moins à Aubri toute la mesure de son talent — et elle en avait, c'était indéniable. Quand elle eut fini, elle sortit avec un signe de la tête à Tamsin et Cinnabar… sans s'être assurée que son patient ne manquait de rien.

— Eh bien ! dit Cinnabar. Je devrais peut-être demander à Urtho où elle a reçu sa formation…

Tamsin approuva cette initiative.

— Bizarre, continua-t-elle. J'ai l'impression de l'avoir déjà vue…

Elle secoua la tête, puis se tourna vers Aubri.

— Je vais t'envoyer un de mes hertasis jusqu'à ce que Jewel revienne. As-tu besoin d'autre chose ?

Les oreilles d'Aubri se dressèrent de surprise.

— Non… non, ma dame. Merci.

— Bien, fais-moi appeler en cas de besoin. (Elle se tourna vers Skan.) Crois-tu que tu pourras garder ton sang-froid en présence de cette femme ?

— Je ne peux rien promettre, mais j'essaierai.

— Je ne t'en demande pas plus, répondit la Guérisseuse, les yeux brillant de colère.

Tamsin marmonna quelque chose dans sa barbe… il avait dû oublier qu'un griffon avait l'ouïe fine.

— Je dois parler à Ambredragon de cette femme…

Tamsin se mordilla la lèvre, puis soupira.

— Très bien, guerriers du ciel ! Nous partons nous occuper de blessés plus graves aux ego moins enflés.

Skan feignit d'être offensé et Aubri renifla.

Quand les deux Guérisseurs furent sortis, la fatigue prit Aubri en traître et emporta la bataille.

Au moins, le pauvre pouvait dormir un peu. Skan savait que la douleur l'avait tenu éveillé presque toute la nuit précédente. Il s'était demandé pourquoi sa *trondi'irn* ne venait pas le soulager. Désormais, il connaissait la réponse.

*Parce que Bichehivernale se fiche de notre bien-être. À ses yeux, nous sommes des armes. Tout ce qui l'intéresse, c'est de nous rafistoler le plus vite possible pour que nous retournions nous faire massacrer !*

Bichehivernale n'était pas la seule à considérer les griffons comme de la chair à canon. Le général Shaikman, de la Sixième, et son second n'avaient pas plus de considération pour les merveilleuses créatures d'Urtho que pour de simples animaux. Apparemment, Shaikman choisissait des hommes qui partageaient sa façon de voir les choses…

Skan posa le menton sur ses pattes. Il avait de la chance d'avoir Ambredragon comme *trondi'irn.*

Et si quelque chose arrivait à Ambredragon…

*Je pourrais me retrouver avec une garce comme Bichehivernale. Et personne ne me demanderait mon avis. Je n'ai pas le droit de me reproduire... ni de discuter les ordres de mon supérieur, même s'il m'envoie à une mort certaine.*

Grâce à Ambredragon, il avait eu une existence protégée. Ce n'était pas le cas de tous les combattants. Zhaneel prouvait qu'un griffon doué et courageux pouvait être « gâché » par manque d'attention.

*Parce que trop de compagnons d'Urtho — et parfois Urtho lui-même — nous traitent comme si nous n'étions pas des créatures intelligentes.*

D'où il était allongé, Skan pouvait voir la tranche du livre prêté par Urtho. Le Mage du Silence croyait-il qu'il lisait ces biographies de meneurs d'hommes parce qu'il les trouvait amusantes ? Rien n'était plus loin de la vérité. Skan les étudiait pour y trouver le mot ou l'attitude qui transformaient les subordonnés en serviteurs dévoués.

*Garde tes motivations secrètes, utilise la force de ton ennemi contre lui, reste digne de la confiance de tes hommes... Commande par l'exemple...*

*Urtho a connu la plupart de ces écrivains. Un quart travaillait pour lui quand il nous a créés...*

Le mage avait appris de chacun d'entre eux et Skan faisait de même...

Ambredragon se réveilla quand l'odeur du bitteralm lui chatouilla les narines. Debout devant le brasero, Gesten remuait sa préparation en sifflotant gaiement. Le *kestra'chern* ne put s'empêcher de penser à la légende hertasi qui voulait que le soleil soit invité à se lever avec des chansons...

Ambredragon roula sur le côté, s'étirant sous le couvre-lit rouge que lui avait envoyé Urtho quand il avait rejoint son armée. Avec un peu de chance, Gesten ne se serait pas aperçu qu'il était réveillé...

— Bonjour ! s'écria l'hertasi, lui présentant une tasse fumante.

Ambredragon cligna des yeux et marmonna quelque

chose d'impoli... et — heureusement — d'inintelligible. Gesten l'ignora.

— Il y a du pain chaud et des tranches de kilsie. Losita s'est froissé un muscle et nous avons récupéré un de ses clients. Ça nous en fait trois.

« Oh, et avant que tu ne demandes : Skan va bien et il t'envoie ses salutations.

Ambredragon but une gorgée de bitteralm au lait et sourit à Gesten. Que ferait un *kestra'chern* sans hertasi pour l'aider ?

— Tout est donc redevenu normal ?

— Normal ? Shaikman et son second ont décidé que « tous les hertasis attachés à des blessés seront réaffectés ». (Gesten donna un coup de queue furieux dans le bois de lit.) Je ne crois pas qu'Urtho soit au courant. C'est la chose la plus stupide que j'aie entendue... Nous ne sommes pas des objets ! Et priver un blessé de son hertasi... c'est cruel !

Ambredragon supposa que Gesten attendait qu'il fasse quelque chose pour remédier à la situation. Il ne se trompait pas...

— Dis-moi, comment as-tu fait pour te retrouver là ? demanda Skandranon à son compagnon.

Ils venaient de finir le petit déjeuner apporté par Gesten — qui avait visiblement ajouté un griffon à son emploi du temps — : un délicieux mouton, *avec* la tête. Skan l'avait offerte à Aubri, qui avait accepté et demandé au petit hertasi de la couper en deux.

Le Griffon Noir s'était montré volontairement peu exigeant pour que Gesten puisse se consacrer à son voisin de chambre. Désormais, celui-ci reposait sur un lit douillet.

— Bêtement, répondit Aubri. Un rapport faisait état de l'utilisation de cracheurs-de-flammes par l'ennemi, mais tu connais Shaikman...

— Oui, un seul rapport n'est pas assez pour lui.

— Surtout quand il vient d'un non-humain. Inutile

de dire qu'un rapport nous semblait suffisant, mais il n'en a pas tenu compte. Il n'a même pas pris la peine de faire vérifier l'information.

Le griffon sortit ses serres, comme s'il voulait les enfoncer dans le corps d'un certain commandant...

— Je n'étais pas de service... alors j'ai décidé de mener ma propre enquête.

— On dirait que tu as trouvé ce que tu cherchais... Ou du moins ton arrière-train...

Tamsin et Cinnabar entrèrent sur ces mots.

— Shaikman a dû se rendre à l'évidence quand je suis revenu avec le feu aux fesses et que j'ai failli l'écraser. (Il gloussa.) Vous auriez dû voir sa tête ! J'ai mis le feu à sa tente en atterrissant... Je regrette de n'avoir pas vu les dégâts.

— Il n'y en a pas eu assez, dit Tamsin. Oh, tu es désormais notre patient. Si Son Altesse Royale Bichehivernale t'embête, dis-lui de s'adresser à *moi*.

Skan cligna des yeux, surpris. Tamsin réorganisait rarement son emploi du temps. Bichehivernale avait dû le mettre *très* en colère...

— C'est affreux ! grogna Cinnabar. Shaikman devrait être de corvée de vaisselle, pas général ! Ma famille connaît la sienne depuis des générations. Il n'est bon qu'à se désintéresser d'un projet après l'autre !

— Et à dépenser l'argent qui n'est pas à lui, lui rappela Tamsin.

— C'était avant la guerre. Maintenant, il se sert de la réputation de son père, au lieu de jeter son or par les fenêtres pour des projets stupides. Il y a eu la troupe de théâtre, lâchée au milieu des répétitions. Puis il a voulu être éditeur, mais quand il a découvert la somme de travail que ça représentait, il a abandonné, au désespoir d'une demi-douzaine d'écrivains. Ensuite, il s'est mis dans la tête de planter un jardin — Ambredragon connaît mieux cette anecdote que moi — et il ne l'a jamais terminé...

— Je l'ai entendu se prendre pour le digne héritier du génie de son père, ajouta Tamsin. Comme si la sagesse et l'expérience pouvaient être acquises de cette manière !

Skan s'esclaffa.

— Je dirais plutôt qu'il est la preuve vivante que l'intelligence peut sauter une génération !

Les lèvres de Cinnabar frémirent d'amusement.

— Son dernier décret —les « hertasis attachés à des blessés seront réaffectés » — te donne raison, Skan. Voilà pourquoi j'ai amené Rio et Calla.

Elle regarda affectueusement les deux hertasis.

— Si un idiot de la Sixième vient ici pour nous donner des ordres, il trouvera à qui parler ! dit Rio.

— Tu devras nous partager avec les autres blessés de la Sixième, cependant, ajouta Calla.

— « Cependant » ? s'étonna Aubri, un peu embarrassé. Je n'espérais pas d'aide, alors c'est parfait ainsi. Merci, ma dame, merci à vous tous…

Cinnabar désigna Rio et Calla.

— Mes amis étaient impatients de trouver quelque chose à faire. Ma famille a insisté pour que j'aie une suite digne de mon rang, alors ils s'ennuient.

— Nous sommes heureux d'avoir du travail, renchérit Rio. Nous allons compter nos patients, puis nous reviendrons te voir, d'accord ?

Aubri acquiesça en silence.

— Il n'est pas surprenant que Shaikman ait une *trondi'irn* comme Bichehivernale, dit Tamsin en examinant Skan.

Pendant ce temps, Cinnabar et ses deux aides s'occupaient d'Aubri.

— Il l'a prise dans sa compagnie parce qu'elle ne lui tiendra jamais tête. Cette crétine est comme lui ! Elle pense que nous sommes des armes qui se reproduisent et se réparent toutes seules… Et elle est très efficace.

— Assez pour avoir réquisitionné Jewel dès qu'elle a su que tu étais blessé.

Aubri renifla de dédain.

— Je suis surpris qu'elle me l'ait laissée aussi longtemps. Elle n'avait pas dû remarquer mon absence.

— Qui a accouché de ce décret stupide ? demanda Tamsin, visiblement écœuré.

— Garber, le second de Shaikman.

— Donc, ceux qui sont blessés sur le front — où Shaikman et Garber ne mettent jamais les pieds — sont censés se débrouiller seuls... (Plus sa voix semblait froide, plus Cinnabar était fâchée... Là, elle était glaciale.) Nous allons voir ça !

Skan dissimula sa joie en baissant la tête. Cinnabar jouait rarement de son rang, mais quand elle le faisait, les montagnes se déplaçaient, les océans s'ouvraient et les hommes forts tremblaient jusqu'à ce qu'elle soit satisfaite. Si la guerre avait pu se régler par un duel, Urtho aurait choisi Cinnabar comme champion. Elle serait revenue aussi sereine qu'à son départ, Ma'ar sur les talons, la suppliant de l'épargner.

Tamsin rit ; Skan se joignit à son euphorie.

Aubri les regarda.

— Que vous arrive-t-il ?

Skan et Tamsin échangèrent un regard.

— Dame Cinnabar a l'oreille d'Urtho. Pour lui, elle doit être un mélange de petite sœur et de professeur. Et quand elle est en colère... elle peut faire fondre de la glace. Elle ne parlera pas seulement à Urtho de ce décret stupide, elle insistera pour aller dire « deux mots » aux intéressés... Et quand elle en aura fini avec eux, tu ne seras plus le seul à avoir la queue brûlée.

# CHAPITRE VI

Puisque Gesten avait décidé de ne pas lui fiche la paix tant qu'il n'aurait pas réglé le « cas Shaikman », Ambredragon remit son petit déjeuner à plus tard et prit rendez-vous avec Urtho. Mais quand il arriva à la Tour, d'autres affaires — plus importantes que l'affectation d'une poignée d'hertasis — occupaient le mage.

Il renonça à lui parler. De toute façon, dès que l'histoire arriverait aux oreilles de Cinnabar, elle s'occuperait de la régler. Mais comment expliquer cela à Gesten ?

*À quoi bon me donner cette peine ?*

Il ne lui restait plus qu'à éviter son hertasi…

Ambredragon alla prendre son petit déjeuner à la salle commune. Après tout, le *kestra'chern* de rang le plus élevé se devait de passer un peu de temps avec ses collègues.

Les *kestra'chern* n'avaient pas d'organisation à proprement parler, aussi devait-il veiller à la juste répartition des clients et à la bonne entente. Ces hommes et ces femmes n'étaient pas des simulacres de Guérisseurs mais de vrais Guérisseurs. L'armée avait besoin d'eux. Ils devaient donc se comporter en conséquence. Il n'était pas toujours facile d'être à la tête d'un groupe qui n'avait pas de « chef »…

Quoi qu'il ait pu se passer, le gros des troupes ne

devait pas encore être au courant. Une demi-douzaine de ses collègues discutaient calmement en mangeant. La matinée était déjà bien avancée, mais les *kestra'chern* n'étaient pas des lève-tôt. Aucun ne semblait tendu ou en colère. Ils saluèrent Ambredragon avec plus ou moins de respect et de chaleur, puis continuèrent leurs conversations.

Le *kestra'chern* alla chercher une tasse de bitteralm, un œuf dur et une tranche de pain, puis il prit place à leur table. Deux jeunes femmes parlaient vivement et le ton ne tarda pas à monter. Il les connaissait toutes les deux. L'une était une rousse plantureuse qui répondait au nom — incongru — de Lis. L'autre, Jaseen, était une blonde petite et mince, d'aspect fragile, mais qui aurait pu casser les reins de n'importe quel soldat sans déranger sa coiffure. Elle était mécontente parce qu'un de ses clients avait été réaffecté à sa collègue.

Ambredragon écouta ce qu'elles se disaient.

— Je me fiche qu'il ait été réaffecté et de qui l'a fait ! siffla Jaseen. Tu ne sais pas comment le traiter !

— On me l'a affecté parce que tu n'as pas le talent nécessaire pour le soulager ! riposta Lis.

— Oh, vraiment ? Fatiguer un homme au point qu'il s'écroule est considéré comme un talent… ?

Rouge de colère, Lis bondit sur ses pieds, les poings serrés.

— Il n'y a pas de honte à avoir ce genre de talents !

— Vas-y, Lis ! lança un des témoins de l'incident.

Un autre alla se placer derrière Jaseen.

*Ils choisissent leur camp. Il est temps que j'intervienne.*

Il était temps, en effet. Lis prit de l'élan pour flanquer une gifle à Jaseen. Ambredragon réagit aussi vite qu'un serpent et la saisit par le poignet.

— Que faites-vous, toutes les deux ? demanda-t-il.

Tous le dévisagèrent. Ils avaient oublié sa présence.

Ambredragon lâcha le poignet de Lis. Écarlate de honte, la jeune femme se cacha les mains derrière le dos. Il les regarda toutes les deux, sans faire mystère de sa désapprobation.

— Je sais que la tension ambiante affecte tout le monde, mais ce n'est pas une façon de régler vos différends ! En agissant ainsi, vous donnez raison à nos détracteurs ! Vous vous conduisez comme des gamines. Vous vous disputez *en public* ! Les Guérisseurs prennent leurs repas ici. Si l'un d'eux était entré, qu'aurait-il pensé en vous voyant vous chamailler pour un client comme... comme...

Il secoua la tête, sans pouvoir se résoudre à prononcer le mot qu'il avait en tête.

Lis n'était plus toute seule à rougir. Jaseen et les deux hommes qui avaient pris position étaient rouges d'humiliation.

À présent qu'il avait attiré leur attention, il lui faudrait se lancer dans une valse qui n'avait rien à envier à celle des prêtres ou des diplomates. Il devait les tancer sans rouvrir les blessures qui avaient fait d'elles des *kestra'chern.*

— *Personne ne connaît aussi bien la douleur et le chagrin qu'un* kestra'chern, disait jadis sa professeur, *car chacun ne ressent que les siens... Ce qui n'est pas notre cas !*

Il y avait eu une ou plusieurs tragédies derrière chaque paire d'yeux compatissants.

Par exemple, il ne devait jamais — jamais ! — prononcer le mot « poison » devant Jaseen. La jeune femme avait passé trois ans en prison pour avoir soi-disant empoisonné son amant... jusqu'à ce que le frère du défunt se dénonce. Mais les mauvais traitements des gardiens l'avaient marquée à vie.

— Vous n'avez jamais manqué de clients, dit-il. Et si vous entendez quelqu'un vous donner des notes comme à des athlètes, je veux que vous m'en fassiez part ! Vous avez le même rang. Seules vos caractéristiques personnelles diffèrent. Le client pour qui vous

vous battez a des besoins spécifiques. Qu'est-ce qui compte le plus, Jasccn, ta fierté ou son bien-être ?

Elle se cachait derrière le rideau de ses cheveux, mais ses couleurs n'en étaient pas moins visibles.

— Son bien-être, souffla-t-elle.

— Exactement ! Nous sommes là pour ça. Et quelle est la seconde règle, Lis ?

Lis avait appartenu à l'armée jusqu'au jour où elle avait été blessée et laissée pour morte. Cette expérience l'avait rendue inapte au service, physiquement et psychologiquement. Invalide, elle s'était battue pour en arriver là où elle était.

Elle regarda Ambredragon dans les yeux, mais son visage avait presque la même couleur que ses cheveux.

— Le client reçoit ce dont il a *besoin*, pas ce qu'il veut.

— Vous pouvez — mais seulement en votre âme et conscience — lui donner ce qu'il veut *après* avoir répondu à son besoin.

Jaseen renifla et leva la tête pour voir l'effet que cela avait eu sur lui. L'expression d'Ambredragon n'ayant pas changé, elle repoussa ses cheveux et releva le menton.

— Jaseen, le Guérisseur a décidé que ton client avait besoin de moins de compassion et de plus de nerf. Tu es très forte pour offrir du réconfort. Ton point faible, c'est de ne pas savoir te montrer dure quand la situation l'impose. Or trop de sympathie peu tuer un homme aussi sûrement qu'un régime cent pour cent sucré.

Elle murmura quelque chose d'inintelligible, mais Ambredragon savait lire sur les lèvres.

— Oui, Ambredragon.

Il se tourna vers Lis.

— C'était ton travail de le défier. J'espère que tu l'as fait... Et quand je parle de défi, je ne parle pas nécessairement de défi *physique* — ou tu aurais au moins pu lui faire mériter ce que tu lui as donné. Nous ne sommes pas avant tout des partenaires sexuels, contrairement à ce que croient nos détracteurs…

Jaseen et Lis avaient surmonté leur passé. Il le savait. Aucun *kestra'chern* ne l'ignorait. Dans le cas contraire, elles n'auraient pas été là. On les avait guidées sur le chemin de la Guérison et elles aidaient les autres en s'aidant elles-mêmes. Ambredragon ne tolérerait aucune incompétence. Même s'il n'était pas leur chef officiel, il était suffisamment respecté pour ça. Son expérience lui avait appris qu'un vrai chef n'avait pas besoin de titre.

Elles inclinèrent la tête.

— Oui, Ambredragon, murmura Lis. Tu as raison. Mais parfois on nous traite si mal qu'il est facile de l'oublier.

— Ces gens voudraient que vous soyez ce qu'ils disent de vous, mais ce n'est pas pour ça que vous l'êtes. Vous devez toujours vous rappeler ça. Et toujours vous soutenir.

Jaseen acquiesça.

Il éleva un peu la voix pour être entendu de tous.

— Peu importe ce qu'ont pu être les *kestra'chern* dans le passé. Les soldats de cette armée ont besoin de nous. Nous sommes leur repos après la bataille, la couverture qui les réchauffe quand ils tremblent, leur réconfort quand la mort est devenue trop proche. Ceux qui écoutent sans porter de jugement. À la fois des prêtres, des compagnons, des amants et des étrangers. La seule famille qu'ils ont. Et pourtant, nous restons des inconnus à qui ils peuvent tout dire. Ils ont besoin de nous pour survivre comme de leurs rations, de leurs armes et de leurs Guérisseurs. Gardez toujours ça à l'esprit, peu importe comment on vous traite.

Les deux jeunes femmes se tenaient plus droites et le regardaient sans baisser les yeux.

— Et maintenant, reprenons le cours de nos vies ! Vous êtes bien trop intelligentes pour vous disputer pour des broutilles. (Il les vit sourire.) Faites-le plutôt au sujet du temps…

Sur ce, il retourna à son petit déjeuner. Ces deux femmes étaient adultes. Si elles décidaient de se réconcilier, tant mieux. Dans le cas contraire, il n'avait pas à s'en mêler. Elles parlèrent à voix basses un moment, puis s'en furent. Même si elles étaient stupides au point de continuer cette dispute, au moins, elles ne le feraient pas en public.

*Il y a quelque temps encore, je me serais assuré qu'elles se réconcilient. Aujourd'hui, je suis trop fatigué pour vouloir rendre tout le monde heureux.*

Trop fatigué… ou trop pragmatique. Avant, il imaginait que les gens pouvaient s'entendre à condition de prendre le temps de parler de leurs différences. À présent, il s'estimait heureux quand celles-ci n'interféraient pas dans leur travail.

Il ignorait si ce manque d'énergie était une bonne ou une mauvaise chose. Enfin, mieux valait garder celle qui lui restait pour les situations d'urgence. S'il…

— Êtes-vous Ambredragon ?

La voix cassante le tira de ses réflexions. Il leva la tête, surpris. Un jeune homme se tenait devant lui. Sa robe verte le désignait comme un Guérisseur. Le tissu neuf indiquait qu'il ne la portait pas depuis longtemps. Il avait les sourcils froncés, ce qui n'améliorait en rien ses traits grossiers. Pour un Guérisseur, il semblait maladroit. Ses grosses mains auraient été plus à leur place autour du manche d'une hache qu'à manipuler des instruments de précision.

Il n'avait pas le physique d'un Guérisseur.

*Mais quand on y pense, moi non plus…*

— Êtes-vous Ambredragon ? répéta le jeune homme en serrant les poings. Ils ont dit que c'était vous.

Ambredragon ne demanda pas qui étaient ces « ils ». Et il ne vit aucune raison de cacher son identité.

— Oui, répondit-il. Que puis-je faire pour vous ?

J'ai déjà un grand nombre de clients et si vous désirez prendre un rendez-vous…

— Un *rendez-vous* ? explosa le garçon. Il n'est pas question de ça ! Je suis venu vous demander de rayer mon patient de votre liste ! Mais à quoi pensiez-vous en recevant un homme à peine remis…

Il continua ainsi un moment. Ambredragon attendit qu'il soit à bout de souffle… sa propre colère atteignant des niveaux insoupçonnés. Commettant la même erreur que bon nombre d'ignorants, cet imbécile pensait qu'il avait attiré son client sous sa tente pour des joutes amoureuses exotiques.

*S'il avait pris le temps de se renseigner auprès de ses supérieurs, il saurait ce que je fais,* pensa Ambredragon. *Un seul mot et il aurait appris que les clients viennent à moi, pas le contraire... Et que son patient m'a été envoyé par le chef Guérisseur pour des massages thérapeutiques. Mais il a préféré continuer à nourrir ses préjugés !*

Quand le jeune homme se tut, Ambredragon se leva. Leurs yeux étaient au même niveau, mais la rage qui se lisait dans ceux du *kestra'chern* fit reculer son interlocuteur d'un pas.

Ambredragon se contenta d'un sourire que Gesten et Tamsin auraient reconnu aussitôt, avant de parier sur le nombre de mots qu'il faudrait au *kestra'chern* pour laminer l'abruti congénital qui lui faisait face.

— Vous êtes nouveau dans le camp d'Urtho, n'est-ce pas ?

Cette phrase était devenue une insulte. Elle condensait tous les termes péjoratifs employés pour décrire une personne désespérément ignorante et irrémédiablement inexpérimentée et servait d'introduction à la plupart des savons passés dans le camp.

Le garçon était là depuis assez longtemps pour savoir ce que cela voulait dire. Il ouvrit la bouche, mais Ambredragon ne lui laissa pas le temps de parler.

— Je vais tenir compte de ce fait, dit Ambredragon.

Mais je vous suggère de ne jamais vous adresser comme ça à un autre *kestra'chern*. Ça risque de vous valoir une bonne engueulade de la part de votre supérieur, et vous pourriez bien vous faire amocher.

« Avez-vous seulement pris la peine de demander pourquoi on m'avait confié "votre" patient ? Le chef Guérisseur M'laud me l'a envoyé pour des massages thérapeutiques et j'ai dû lui trouver une place dans un emploi du temps surchargé. *Je* vous ai fait une faveur. Cet homme a besoin de soins que vous ne pouvez pas lui donner sans prendre le risque de lui faire plus de mal que de bien.

« *Si* vous aviez *posé* la question à vos supérieurs, vous ne seriez pas là à m'insulter et à m'embarrasser.

Le jeune Guérisseur le regardait, bouche bée… et rouge de confusion.

— De plus, continua Ambredragon, si vous aviez interrogé vos supérieurs, vous auriez su que les chefs Guérisseurs considèrent que nous *sommes* des Guérisseurs… Et que nous avons des capacités qu'on ne vous a pas enseignées.

« Notre apprentissage est le même que le vôtre, mais nous ne pouvons pas nous reposer sur un don. Nous devons nous acquitter de notre travail avec de la patience et beaucoup d'efforts. Car guérir ne se limite pas au corps !

« Il y a des cas ou vous êtes les seuls à pouvoir intervenir. Parfois, c'est l'inverse. Vous feriez bien de l'apprendre. Et vite ! On peut remédier à l'ignorance, mais les préjugés tuent. Cette guerre n'est pas tendre avec les imbéciles.

Le Guérisseur recula encore d'un pas.

Ambredragon l'examina sévèrement.

— Je verrai votre patient comme prévu. Si vous vous y opposez, j'en référerai à Urtho. La parole du Guérisseur M'laud a préséance sur la vôtre.

Sur ce, il tourna les talons. Il n'était pas d'humeur à attendre des excuses… et encore moins à les accepter.

Il retourna à sa tente, sachant qu'il y serait seul. Dès qu'il fut entré, il noua les rabats, signalant qu'il ne voulait pas être dérangé. Puis il inspira profondément, laissant la pénombre agir comme un calmant.

Il devait réfléchir et il y avait de nombreuses choses qu'il pouvait faire en même temps. Son raccommodage, par exemple. Gesten serait enchanté de découvrir qu'il n'aurait pas à s'en charger.

*Bien…*

Ambredragon entra dans sa chambre, une pièce où aucun client ne pénétrait jamais. Il rassembla des vêtements dont les coutures avaient cédé ou dont les ourlets étaient défaits, prit son nécessaire de couture et s'assit sur une pile de coussins. Ses points étaient petits et réguliers.

Les chirurgiens qui lui avaient servi de professeurs les avaient souvent admirés…

*Personne ne connaît aussi bien la douleur qu'un* kestra'chern, *car personne ne l'a jamais ressentie comme lui.*

S'il avait dit cela au jeune idiot, celui-ci l'aurait-il cru ?

*Et si je lui avais raconté une histoire commençant par : « Il était une fois une famille kaled'a'in qui vivait loin de chez elle… »*

Sa famille, comme d'autres, avait accepté d'habiter loin des Clans, dans un pays qui s'appelait alors Tantara. Elle s'était installée à Therium pour que son peuple ait des agents sur place. Au fil des générations, ses membres s'étaient habitués à vivre dans une cité et en avaient adopté les coutumes. S'ils n'avaient pas eu les cheveux noirs, la peau ambrée et les yeux très bleus, on aurait pu les prendre pour des natifs.

Cette famille avait repéré de puissants dons d'Empathe et de Guérisseur chez un de ses plus jeunes fils. Au lieu de le renvoyer parmi les siens pour apprendre à s'en servir, ils l'avaient expédié dans la capitale du pays voisin, Predain, pour apprendre la « médecine moderne ».

Ambredragon suffoqua à la douleur brutalement ravivée de la séparation. Elle n'avait jamais complètement disparu, simplement atténuée avec le temps, et plus facile à supporter.

*Ils pensaient avoir fait le bon choix. Tous n'arrêtaient pas de me dire à quel point il était important que j'apprenne à utiliser mes dons. Je n'avais que treize ans et je les ai crus. Mais l'école de chirurgie était si moderne que personne n'accordait de valeur aux dons...*

À l'école de Predain, on enseignait une médecine qui ne s'appuyait sur aucun don. Ambredragon y avait appris les techniques chirurgicales, à faire les préparations médicinales, à émettre les bons diagnostics et à réduire les fractures... S'il avait été près des siens, il aurait pu aimer ça.

Mais il était loin de sa maison. Et ses camarades se moquaient de lui, le traitant de barbare... La première année, il fut souffrant tout le temps. Son don d'Empathie devint une torture à cause des malades et des mourants dont il ne pouvait pas se couper. Les chirurgiens le soignèrent... et le rendirent encore plus malade en le traitant pour des affections qu'il n'avait pas.

Au plus mal, il ne s'aperçut pas des changements qui survenaient hors de l'enceinte de l'école. La première fois qu'il entendit parler de Ma'ar, ce fut par l'intermédiaire d'un de ses condisciples — qui justifia les tortures qu'il lui faisait subir à grand renfort de « Ma'ar a dit... ».

Ma'ar était un guerrier et un philosophe qui avait réussi à unir beaucoup de tribus, les appelant sa « Race Supérieure ». D'autres fanatiques comme lui avaient existé... et disparu sans laisser de trace. Tous ses professeurs étaient formels.

*Je n'avais aucune raison de ne pas les croire...*

Il se concentra sur sa tâche, comme si c'était son passé qu'il raccommodait.

Ma'ar devint Premier ministre, puis il se fit couronner roi quand le monarque précédent mourut sans laisser d'héritier.

Ambredragon n'en sut rien, mais il ne tarda pas à remarquer les changements. Les Kaled'a'in et les autres « étrangers » devinrent la cible de persécutions. Bientôt, ils ne furent plus autorisés à aller où ils voulaient.

Ses professeurs le protégèrent comme ils le purent — en le confinant à l'intérieur de l'école. Ils étaient désemparés par ce qui arrivait. Réfléchir à un problème, ça, ils savaient le faire ! Mais *agir*...

*Comme ils étaient différents d'Urtho...*

Bientôt, il fut prisonnier entre les murs de l'école. Et il ne reçut plus aucunes nouvelles de sa famille.

*Je n'avais que quinze ans ! Comment aurais-je pu savoir que faire ?*

Puis il entendit la rumeur qui circulait : les hommes de Ma'ar « déportaient » les « étrangers » et on ignorait où ils les emmenaient. Malade, terrifié et angoissé, il fit la seule chose raisonnable à faire quand il entendit dire que l'école allait être fouillée.

Il s'enfuit avec pour tout bagage les vêtements qu'il avait sur le dos, le peu d'argent qu'il avait économisé et la nourriture qu'il vola dans les cuisines de l'école. En plein hiver, il traversa le pays à pied, se cachant le jour et voyageant la nuit. Malade, il délira une semaine durant, se comportant plus comme un animal sauvage que comme le jeune et brillant apprenti chirurgien qu'il était. Il fut capturé deux fois et s'échappa.

Ses chaussures, conçues pour la ville, l'abandonnèrent vite. Il en vola d'autres dès que l'occasion se présenta. Au long du chemin, il entendit de nombreuses rumeurs. Un jour, il les vérifia en voyant déporter une famille d'« étrangers ». Ma'ar voulait dominer le monde et il avait l'intention de frapper les pays voisins avant qu'ils comprennent ce qui les attendait.

Malade de peur et de culpabilité, car il vivait de rapine, dépouillant parfois les cadavres, Ambredragon continua son chemin.

*Puissent les morts me pardonner…*

Un tel périple aurait déjà été difficile pour un adulte ayant de l'argent et de l'expérience. Pour Ambredragon, ce fut un cauchemar. Il ne mangea jamais à sa faim et ne dormit pas une nuit sous un toit. Quand il arriva enfin à Therium, il brûlait de fièvre et n'avait plus que la peau sur les os.

*J'ai trouvé ma maison vide. Terrifiés, les miens s'étaient enfuis. Les troupes de Ma'ar n'étaient qu'à un jour derrière moi.*

Personne ne savait ce qu'était devenue sa famille. Il trouva les voisins en pleins préparatifs d'évacuation.

*Je les ai suppliés de me dire où étaient mes parents. Je me suis mis à genoux dans la boue, le crottin de cheval et la neige fondue… Ils m'ont traité de tous les noms… et quand je me suis relevé…*

Des larmes ruisselèrent sur ses joues.

*J'ai appris ce que c'était qu'être seul au monde. Papa, maman, Jumentfougueuse, Étoilechantante, le petit Zéphyr, oncle Corneargentée, Gemmeétoilée, Oiseaucoloré… Tous étaient partis !*

Les voisins le repoussèrent, allant jusqu'à le fouetter. Un seul coup suffit pour le plonger dans l'inconscience. Il se réveilla avec une large plaie en travers de la poitrine — et encore plus malheureux et désorienté qu'avant.

Il s'était trouvé sur le chemin d'un chariot rempli de fugitifs et appartenant à la *kestra'chern* Voile Argenté.

Ambredragon s'efforça de maîtriser les tremblements de ses mains.

*C'est le passé. Je ne peux rien y changer. Comment aurais-je pu savoir ce que Ma'ar allait faire alors que des gens plus âgés et plus sages que moi l'ignoraient ?*

Voile Argenté n'envoya pas ses serviteurs pour le chasser. Au contraire, ils le transportèrent à l'intérieur du chariot.

Ambredragon posa son raccommodage et exécuta un exercice de relaxation que lui avait enseigné Voile Argenté.

Avant de quitter Therium, il avait entendu parler d'elle en termes peu flatteurs. Tous les adolescents au seuil de la puberté rêvaient de se payer ses services. Voile Argenté était aussi belle qu'une statue sculptée par un maître, aussi mince qu'un roseau et aussi gracieuse qu'une gazelle. Son nom venait de ses cheveux, un véritable voile de platine plus doux que de la soie. Comme elle ne les avait jamais coupés, ils lui arrivaient aux chevilles.

Ambredragon l'avait prise pour une courtisane. Mais il comprit très vite qu'il s'était trompé.

Ses assistants et elle le soignèrent. Au début, il prétendit être un de ses Apprentis, puis il le devint vraiment.

Voile Argenté protégea ses compagnons de son mieux. Elle n'avait pas de don, mais elle trouvait toujours les routes les plus sûres... qui traversaient des régions dévastées par les troupes de Ma'ar.

Ma'ar n'était pas tendre avec les vaincus et encore moins avec ceux qui lui avaient résisté.

Ambredragon se réveillait encore trempé de sueur, après un cauchemar où il avait revu des familles entières torturées à mort...

Un jour, ils durent se cacher pendant qu'une colonne de « déportés » passait, surveillée par des hommes et des makaars. Ambredragon regarda attentivement chaque visage. Mais il ne reconnut personne.

Pendant qu'ils fuyaient, Voile Argenté dut parfois utiliser ses talents — le plus souvent pour acheter leur passage. Dès qu'ils le pouvaient, ses Apprentis lui épargnaient cette tâche. La plupart des officiers de Ma'ar étaient intimidés par une femme aussi raffinée que

Voile Argenté, et ils avaient des goûts moins… sophistiqués.

Alors que le printemps commençait, ils arrivèrent en terre amie. Voile Argenté recensa ses possibilités et dut reconnaître qu'elle n'en avait pas beaucoup. Et elle allait devoir prendre une route qui les emmènerait loin de Ka'venusho, où avaient dû se réfugier les parents d'Ambredragon.

Elle confia donc son protégé aux soins d'un autre professeur, kaled'a'in comme lui, qui avait les dons d'Empathie et de Guérison.

Voile Argenté lui fit ses adieux et partit avec les siens vers le sud. Un des Apprentis confia à Ambredragon qu'une place attendait la *kestra'chern* à la cour d'un des rois-chamanes, dans un pays où il ne faisait jamais froid.

Ambredragon et son nouveau mentor, Lorshallen, continuèrent leur route, fuyant la guerre.

Lorshallen lui enseigna tout ce qu'il savait et Ambredragon partagea avec lui ce qu'il avait appris à l'école de Predain. Grâce à son mentor, le jeune homme maîtrisa bientôt toutes ces « âneries » auxquelles les chirurgiens ne croyaient pas. Voile Argenté s'était chargée de son éducation sexuelle et avait soigné son corps. Lorshallen fit de lui un Guérisseur.

Ils rejoignirent enfin les clans. Pendant un temps, Ambredragon s'y fit une place enviée. Les Kaled'a'in savaient reconnaître les mérites d'un *kestra'chern*, surtout aussi bien formé que lui. Ils respectèrent ses malheurs, persuadés qu'aucun coup du sort n'était fortuit et qu'il en sortait toujours quelque chose. Son histoire était murmurée au coin du feu, mais personne n'y fit jamais référence en sa présence. Il était plus facile pour quelqu'un qui avait de la peine de se tourner vers un homme qui savait ce que c'était.

Il chercha sa famille. Tout le monde comprenait son obsession : pour un Kaled'a'in, c'était la chose la plus importante. Le clan k'Leshya envoya des messages un peu partout.

*Sans succès. Dans une nation composée de familles, je suis resté seul... sans sœur à consoler, sans frère à qui parler, sans père pour me regarder avec fierté, ni mère à qui demander conseil... Et le jour où je mourrai, je m'enfoncerai seul dans l'obscurité...*

*J'ai perdu tant de choses qu'il m'arrive parfois de penser que je suis une coquille vide que j'essaie de remplir d'espoir, pour effacer le chagrin.*

Quand le Mage du Silence demanda des volontaires, Ambredragon répondit présent sans hésitation. Il voulait quitter les familles auxquelles il n'appartiendrait jamais et combattre Ma'ar avec ses propres armes.

Finalement, tous les clans vinrent s'installer au pied de la Tour d'Urtho. Mais il s'était déjà fait une place parmi les *kestra'chern*.

Ambredragon secoua la tête et se mordit la lèvre. Gesten croyait qu'il ne savait pas comment fonctionnait son propre esprit, mais c'était faux. Il savait pourquoi il tenait tant au Griffon Noir et à l'hertasi... Ils étaient devenus sa famille.

*Et je n'en aurai sans doute pas d'autre...*

Quand — non, mieux valait dire *si* — un *kestra'chern* trouvait une compagne, c'était généralement dans les rangs de ses collègues. Personne d'autre ne pouvait accepter de partager son compagnon quand la situation l'exigeait. Pour qu'un tel couple fonctionne, il fallait que les deux partenaires soient égaux. Car derrière la façade de calme et de sérénité des *kestra'chern* se tapissait la peur de ne pas être à la hauteur...

*Le moins talentueux des deux finit par craindre que ses faiblesses lui coûtent son compagnon...*

Ambredragon n'avait pas son égal parmi les *kestra'chern* qu'il connaissait. Alors, il avait eu de brèves liaisons, en prenant toujours ses précautions.

Il n'en était que plus seul...

*Non ! C'est ridicule ! Si un client me disait ça, je lui*

*répondrais de cesser de s'apitoyer sur son sort et de se concentrer sur des idées qui lui remontent le moral. Ou qui l'empêchent de s'enliser dans le passé.*

Ambredragon avait fini de repriser la manche sur laquelle il travaillait. Il prit un autre vêtement et commença à recoudre une frange de perles. Cette tâche demandant de la concentration, il s'y abandonna avec gratitude...

... jusqu'à ce qu'un grattement contre la toile de sa tente le ramène à la réalité. La silhouette était humaine, pas hertasi.

*Qui cela peut-il bien être ?* se demanda-t-il.

Il posa son ouvrage, se leva pour ouvrir...

Et il découvrit que son visiteur était un jeune Guérisseur !

— Êtes-vous... euh... le... euh... *kestra'chern* Ambredragon ? demanda-t-il en rougissant.

— Oui, je suis le *kestra'chern* Ambredragon, soupira-t-il. En quoi puis-je vous aider ?

Le jeune homme, encore un peu gauche, mais qui promettait de devenir un gaillard mince et souple — l'œil exercé d'Ambredragon le devina — baissa la tête.

— Je... j'ai une patiente. Mon supérieur m'a dit que vous deviez la traiter. Il a ajouté que je devais aller vous demander pourquoi... en personne.

— Et qui est votre supérieur ?

— M'laud, répondit le garçon.

Ambredragon faillit éclater de rire. Une de ses recrues s'y étant laissée prendre, M'laud avait conclu qu'il fallait que ces jeunes découvrent certaines réalités par eux-mêmes.

Le *kestra'chern* se contrôla. Et quand le jeune Guérisseur leva les yeux, il découvrit un masque de sérénité qui aurait rendu Voile Argenté terriblement fière.

— Entrez, s'il vous plaît. Je crois comprendre que vous vous faites de fausses idées. Permettez-moi de vous éclairer.

Il invita le jeune homme à le suivre. Celui-ci regarda autour de lui avec des yeux ronds en essayant de ne rien laisser paraître, un comportement qui amusa beaucoup Ambredragon.

*Que s'attendait-il à voir ? En fait, je crois savoir…*

— Asseyez-vous, dit-il, désignant un siège à quelque distance du coussin qu'il choisit pour lui-même. Vous craignez que je blesse votre patiente, n'est-ce pas ? (Le garçon hocha la tête.) Je suppose que vous n'avez jamais eu recours aux services d'un *kestra'chern*…

— Évidemment non ! s'écria le Guérisseur, choqué, avant de s'aviser de son impolitesse.

— Jeune homme… Quel est votre nom, au fait ?

— Lanz.

— Lanz… Je suis certain que M'laud vous a expliqué que l'apprentissage de base des Guérisseurs et des *kestra'chern* est pratiquement le même. Et je *sais* que c'est la vérité. J'ai été Apprenti Guérisseur.

— Mais pourquoi n'avez-vous pas… pourquoi *kestra'chern* ?

— On dirait que vous pensez : « Pourquoi devenir une crotte ? ». Les Kaled'a'in mettent les *kestra'chern* sur un pied d'égalité avec les chamanes, alors ce n'est pas seulement grossier, c'est dangereux… pour vous.

Lanz baissa la tête et devint aussi écarlate que la robe préférée d'Ambredragon.

*On dirait que je fais rougir tout le monde aujourd'hui. Serait-ce un nouveau don ?*

— Lanz, les raisons qui ont fait de moi un *kestra'chern* sont bien trop compliquées pour que je vous les expose, mais je peux vous en donner une : je suis un Empathe. Et mon niveau d'Empathie est tel que je n'aurais jamais pu être un bon Guérisseur.

Il sourit quand Lanz le regarda par en dessous.

— Je ne suis pas affligé d'une sorte de malédiction mentale… Mais, étant *kestra'chern*, je n'ai pas à m'occuper des blessés graves dont la douleur occulte tout le reste.

« En revanche, je peux utiliser efficacement mes dons pour guérir les blessures infligées à l'esprit et au cœur et dont on n'a pas forcément conscience.

— Mais tous les *kestra'chern* ne sont pas des Guérisseurs, dit Lanz. Ou des Empathes.

— C'est vrai. Et ceux qui n'ont pas de don doivent travailler plus dur que les autres pour apprendre à lire le langage du corps et le ton de leurs patients.

Voyant que son interlocuteur se détendait, Ambredragon s'autorisa un petit rire.

— Mon ami, il y a une chose que les *kestra'chern* ont apprise au cours des siècles : un patient qui va voir un *kestra'chern* pour passer une heure plaisante a plus de chances de résoudre ses problèmes que s'il consulte un Guérisseur.

« Et si nous accompagnons notre traitement de douceur et de plaisir, quel mal y a-t-il à ça ? Dites-moi… votre patiente est la dernière personne que je dois voir aujourd'hui, non ?

— Oui, répondit Lanz dont la décontraction prouva à Ambredragon qu'il n'avait plus peur.

— M'laud m'a mis au courant. Il me l'envoie parce qu'elle est sous pression et qu'elle souffre de traumatismes qui empêchent son corps de guérir.

Le visage du jeune Guérisseur s'éclaira.

*Ah, il devait se croire responsable…*

— M'laud pense qu'elle a subi des violences dans son enfance, d'où ses problèmes. En d'autres termes, elle se punit inconsciemment d'avoir mérité qu'on la maltraite. Je sais que ça n'a pas de sens, mais c'est le genre de chose que nous rencontrons tout le temps. Vous n'aurez jamais à y faire face, car elle ne se fiera pas assez à vous. Non que vous ne soyez pas digne de confiance, mais à cause de ses problèmes. De plus, vous avez d'autres responsabilités et vous n'avez pas autant d'expérience que moi en la matière.

« Je suis un étranger, et il est souvent plus facile de se confier à un étranger car il n'a pas d'idée préconçue. Sachant aussi que je ne serai jamais en première ligne, elle peut me considérer comme un ami sans craindre que je ne sois plus là le lendemain.

Lanz s'agita un peu sur son siège, pas vraiment convaincu. Ambredragon décida de le faire changer d'avis.

— Je vais vous le prouver ! dit-il d'un ton plein d'autorité.

Il évoqua toutes les formations qu'il avait reçues, en commençant par l'école de médecine de Predain, Voile Argenté et Lorshallen. Cela lui prit un certain temps. Quand il eut fini, le pauvre garçon avait visiblement la tête qui tournait.

— Vous voyez ? Si vous avez suivi la moitié de ces cours, je dirais que vous êtes un bon Guérisseur.

— Je ne savais pas, répondit son interlocuteur, impressionné. Et quand Karly est revenu sur la Colline après vous avoir parlé…

— Karly, c'est le type roux ?

Ambredragon éclata de rire.

Lanz l'imita timidement.

— J'ai entendu un des chefs Guérisseurs dire : « J'espère qu'il a une partenaire régulière ! Parce qu'après ce qu'il a fait à Ambredragon, pas un *kestra'chern* ne lui ouvrira sa tente ! »

« Je suppose qu'il s'est montré très grossier…

— Oui, mais Karly n'a pas à s'inquiéter. Nous *devons* soigner tous ceux qui ont besoin de nos services. Et si vous voulez mon avis, c'est son cas !

Lanz sourit.

— Après avoir parlé avec vous… vous avez été si gentil… je serais honoré, flatté même, quand vous accepterez de voir mes patients.

Ambredragon eut un sourire ravi… et un peu surpris.

— Merci, Lanz. Je prends ça comme un compliment. Puis-je vous offrir quelque chose ?

Le jeune homme cligna des yeux.

— Une tasse de bitteralm, peut-être… Et j'aimerais que vous m'en disiez plus sur les autres *kestra'chern.*

Ambredragon se leva et l'invita à le suivre.

— Accompagnez-moi au réfectoire et je pourrai vous présenter à certains.

— Je crois… Oui, j'en serais ravi ! répondit Lanz, surpris par son propre enthousiasme.

*C'est par de petites victoires que les guerres et les cœurs sont gagnés…*

# CHAPITRE VII

Zhaneel vérifia son paquetage : pince coupante, carreaux, pointes, couteau, nœuds coulants, le tout fait pour ses « mains ». Puis elle jeta un coup d'œil vers le parcours d'obstacles qu'elle avait construit elle-même. C'était un terrain impropre à l'habitation, creusé par l'érosion et semé de rochers et d'arbres déracinés. Pour arriver à l'autre bout, elle devrait voler, ramper et même nager.

Sans poser de question, l'hertasi d'Ambredragon s'était présenté et il l'avait aidée à réaliser ses plans. Il avait même réussi à enrôler deux de ses congénères. Au début, son manège n'avait pas attiré l'attention. Puis de plus en plus de spectateurs s'étaient rassemblés pour la regarder. Cela l'avait ennuyée jusqu'au jour où — après avoir échoué plusieurs fois à traverser une pluie de carreaux —, elle avait enfin réussi... Et ils avaient applaudi !

Ils n'étaient pas là pour se moquer d'elle... Cette constatation l'avait laissée interdite. Comment pouvaient-ils *s'intéresser* à elle ?

Ah, après tout, elle ne comprenait pas toujours les humains et les hertasis...

Mais aujourd'hui, elle avait un public plus nombreux que jamais, car on devait savoir qu'un mage lui prêtait main-forte. Zhaneel n'avait pas espéré se procurer des pièges magiques, car tout sort provoquait une dépense d'énergie... Quel mage aurait voulu faire cela pour elle ?

Elle avait été très surprise quand Vikteren, un Apprenti, était venu *lui* demander de l'aide. Il avait besoin de certains composants... Des composants *vivants*, qui n'avaient pas l'intention de se laisser attraper. Or, il connaissait l'agilité et la rapidité de la petite femelle...

Ils avaient conclu un marché.

La veille, souriant jusqu'aux oreilles, l'Apprenti avait dit :

— Tu es très bonne, tu sais ?

Il n'avait pas été le seul à la complimenter. Taran Shire, l'entraîneur des griffons, l'avait fait aussi. Désormais, il s'occupait d'elle personnellement.

Zhaneel essaya d'oublier son public. Ce n'était pas si facile, car il comptait des griffons. À son grand étonnement, certains d'entre eux avaient commencé à s'entraîner sur sa course d'obstacles.

Un drapeau rouge et blanc lui ayant donné le signal, elle s'élança dans les airs.

Aujourd'hui, elle devait libérer un griffon captif. Elle ne savait pas à quoi s'attendre, sinon que Vikteren et les hertasis avaient l'intention de la mettre à l'épreuve.

Elle n'avait pas battu dix fois des ailes quand une bourrasque la poussa vers un arbre déraciné aux branches pointues comme des piques... Si elle ne prenait pas garde, elle allait y perdre des plumes ou récolter une ou plusieurs coupures.

Elle fit une pirouette, atterrit, et se retint à un rocher, gardant les ailes repliées. Quand le vent cessa, elle reprit son vol sous les acclamations de la foule.

Puis elle rampa dans une tranchée creusée par l'érosion, en sortant parfois la tête pour évaluer le danger. Un éclair, puis une boule de feu fondirent sur elle. Des buissons s'enflammèrent et elle entendit les cris de la foule en dépit du crépitement des flammes.

*Ils doivent penser que je suis en danger. Pas le temps de les rassurer…*

Elle sortit de la tranchée et sauta sur le rocher, brandissant son couteau.

*Salut, Vikteren !*

— Tu es mort ! chantonna-t-elle.

Vikteren se laissa tomber en arrière en riant.

— Je suis mort *ici*, lui rappela-t-il. Mais nous nous reverrons !

Ambredragon se sentait fier et nerveux comme un jeune père en regardant Zhaneel attendre le signal de départ. Il venait seulement d'arriver, mais son rang lui avait permis de prendre place devant, à côté de Skan. Le Griffon Noir gardait un profil bas, comme s'il craignait que sa présence fasse perdre ses moyens à la petite femelle.

*Ce qui pouvait bien arriver.*

Elle était très impressionnée par Skandranon. Si elle savait qu'il la regardait, elle pourrait perdre sa concentration.

La queue de Skan trahissait son impatience. Quand Ambredragon lui posa une main sur l'épaule, il eut droit à un sourire griffonique. Mais ce fut tout. L'attention du Griffon Noir était complètement occupée par sa jeune congénère.

Zhaneel s'élança.

Aux dires de Gesten, c'était le quatrième jour de suite que Skan assistait à l'entraînement de la petite femelle. Mais c'était la première fois pour Ambredragon. N'ayant jamais vu un griffon sur un parcours piégé, il s'était demandé quel genre d'obstacles pouvait arrêter ces créatures. Il était très impressionné par l'ingéniosité et le travail de Zhaneel.

Et Skan aussi.

Quand une boule de feu fondit sur la femelle, il cria

comme les autres. Il n'avait pas réalisé que les pièges n'étaient pas tous des illusions. Il soupira de soulagement en la voyant réapparaître et l'acclama quand elle « tua » le mage — un Apprenti, d'après ses vêtements.

Skan était aussi immobile qu'une statue. Seul le bout de sa queue le trahissait. On aurait dit un poisson jeté sur la berge... Les griffons adoraient les vols audacieux, sans doute parce que cela faisait partie de leurs préliminaires amoureux. Mais aucun ne regardait Zhaneel avec une fascination comparable à celle du Griffon Noir.

Il n'avait pas seulement l'air fasciné, il semblait sonné... comme s'il avait reçu un coup derrière les oreilles.

Ambredragon réprima un fou rire. Pauvre Skan ! lui qui était habitué à impressionner les autres, et non l'inverse !

Zhaneel évita sans mal une série de pièges : des filets, une illusion imitant des combattants et des carreaux d'arbalète.

— Elle est bonne, non ? fit Ambredragon.

Elle n'était pas seulement bonne, elle était extraordinaire. Ses mouvements étaient si fluides...

— Tellement merveilleuse, marmonna Skan.

Ambredragon dut réprimer un nouveau fou rire.

*On dirait que le Griffon Noir est on ne peut plus impressionné...*

Mais il est vrai que les acrobaties aériennes équivalaient pour les griffons à une danse érotique.

— Skan, souffla Ambredragon, rentre ta langue ! Tu me gênes, tu sais...

Skandranon s'avisa qu'il montrait trop son intérêt pour Zhaneel.

— Rentre-la, Skan, insista Ambredragon.

Mieux valait que ce soit lui qui le lui fasse remarquer qu'un autre. Il pourrait supporter d'être tourné en ridicule... Mais pas Zhaneel ! Et si cela devait se retourner contre elle, elle ne comprendrait peut-être pas la plaisanterie.

Une des griffons de la Seconde Aile Ouest, appelée Lyosha, mordilla les plumes du cou de Skan. C'était un salut griffonique — même si cela pouvait mener à tout autre chose, ce qui n'aurait visiblement pas déplu à Lyosha. Mais Skan n'était pas intéressé. Pas alors que Zhaneel flirtait avec le danger sous ses yeux.

— Bonjour, Lyosha, dit-il. C'est fascinant, non ?

Lyosha lâcha ses plumes.

— Oui, répondit-elle, résignée. J'ai bien envie d'essayer. On dirait que c'est suffisant pour mettre le feu aux fesses d'un griffon.

Il ignora l'allusion.

— Eh bien, si elle ne fait pas attention, ce sont les siennes qui vont brûler !

Zhaneel passa par-dessus un tronc et se dirigea vers quatre bottes de foin qu'on avait habillées de vieux uniformes. Une pancarte disait : « Pas de service. Discutent. Mangent ». Il y avait une tente moyenne et des piquets pour huit chevaux... mais quatre bêtes seulement y étaient attachées.

*La tente est assez grande pour dix personnes. Il y en a quatre ici et quatre chevaux sont manquants, donc ils sont au moins huit.*

*Les patrouilles de Ma'ar comptent huit hommes plus un officier. Où est-il, celui-là ? Et où sont les quatre types qui manquent ?*

Zhaneel prit son arbalète et l'arma.

Elle se cacha derrière le tronc, appuya son arme sur l'écorce... et tira. La silhouette la plus à gauche prit le carreau en pleine poitrine. Sans perdre de temps, elle rechargea et tira de nouveau. Un second « ennemi » tomba dans le feu de camp. Alors, elle bondit de sa cachette pour en découdre avec les deux derniers.

Il n'en fallut pas plus pour que le tir de barrage commence.

Cachées à la lisière des arbres, des mini-catapultes entrèrent en action. Zhaneel s'élança dans les airs, ce qui la laissa à découvert. Des boules de feu s'écrasèrent autour d'elle. Elles venaient du flanc de la colline où elle aperçut…

… un *vrai* griffon.

*Oh, non, je n'ai jamais demandé ça…*

Vikteren lui avait promis une surprise. Elle n'allait pas devoir sauver un ballot de linge… mais un griffon en chair et en os. Et si le mage avait pu enrôler un griffon…

… quelle autre surprise avait-il pu lui réserver ?

Deux énormes griffons — aux couleurs de la Quatrième Aile Est — fondirent sur elle, des rubans blancs attachés aux pattes de derrière.

*Ils incarnent des makaars !*

*Eh bien, advienne que pourra !*

La main d'Ambredragon se crispa sur l'épaule de Skan dont les muscles se raidirent sous sa paume. Il ne voyait pas comment Zhaneel allait pouvoir échapper aux « makaars ».

Mais si *lui* n'en avait pas la moindre idée, la petite femelle en avait une très précise.

Elle baissa la tête… et fit une roulade, échappant à leurs serres. Puis, quand ils passèrent au-dessus de sa tête, elle s'élança à leur poursuite. Par chance, ou grâce à un timing parfait, elle réussit à arracher le ruban de l'un de ses « ennemis ».

Le « makaar mort » quitta la zone de combat. Et c'était heureux, car Zhaneel avait pris de l'altitude pour l'« achever ». L'autre essaya de la suivre, mais il était beaucoup moins agile et rapide qu'elle.

Bien, elle devait maintenant libérer le griffon. C'était Aubri, toujours convalescent et incapable de se déplacer très vite. Mais cela reflétait la réalité. Un griffon prisonnier risquait fort d'être blessé.

Aubri s'était porté volontaire parce qu'il s'ennuyait…

Et surtout parce qu'il désirait aider Zhaneel. Dès qu'une situation mettait leur commandant hors de lui, il voulait y participer. Et c'était ce genre d'attitude qui rendait Shaikman fou de rage...

Zhaneel vira et piqua.

Le « makaar » comprit qu'il pouvait la battre au corps à corps, mais pas en vol. Et elle n'allait pas lui laisser l'occasion de s'approcher !

Il fit demi-tour, se dirigeant vers l'endroit du parcours où devait se cacher le mage...

Ambredragon se demanda si Zhaneel s'en doutait. Dans l'euphorie de la victoire, verrait-elle le danger ? Ou frapperait-elle sans se méfier, comme elle était la seule à savoir et à pouvoir le faire, en serrant les poings pour assommer ses adversaires en plein vol ?

Skan retint son souffle alors que Zhaneel plongeait. Si elle avait oublié la présence de l'Apprenti, lui ne l'avait pas oubliée... Et il ne devait pas être loin du « prisonnier ». La petite femelle pourrait avoir le « makaar », mais le mage la « tuerait ».

Elle dépassa le faux makaar, l'ignorant avec superbe.

Puis elle fondit sur un buisson et, battit énergiquement des ailes, soulevant de la poussière et des brindilles. L'illusion de buisson disparut : Vikteren se dressa à la place, souriant de toutes ses dents.

— D'accord ! dit-il, en se frottant les yeux et en époussetant sa robe. Sainte Kreesha, tu m'as eu ! Laisse-moi le temps de me remettre, tu veux bien ?

— Tu es mort une deuxième fois, mage ! cria joyeusement Zhaneel en s'élançant dans les airs.

Elle chercha le « makaar », mais le griffon qui tenait ce rôle l'avait joué à la perfection : il s'était enfui.

Contrairement à un vrai makaar, il ne serait pas puni...

Skan grogna son approbation quand elle atterrit aussi près que possible du « prisonnier »... en d'autres termes, pratiquement sur lui. Mais c'était malin, car le terrain était sûrement piégé. Si elle voulait s'en sortir, elle devait rester à l'intérieur du périmètre utilisé par les humains qui avaient posé les pièges. Un griffon « normal » n'aurait pas pu réussir une telle mission. Ni couper le filet avec une pince.

*Elle est brillante !* applaudit Skan mentalement. *Voyons comment elle va protéger le « blessé »...*

Zhaneel examina Aubri de la tête à la queue.

— Peux-tu voler ?

— Non. Et je ne peux pas bouger plus vite qu'un cheval qui a une patte cassée. D'ailleurs, mes blessures sont authentiques.

Zhaneel jura et regarda autour d'elle. Non loin de là, elle avisa des branches solides. Avec sa corde et les restes du filet métallique...

Elle saisit la longueur de corde et l'enroula.

— Deux questions. À quelle hauteur peux-tu sauter et peux-tu tenir une perche ?

Aubri plissa les yeux, essayant visiblement de comprendre où elle voulait en venir. Mais il abandonna très vite.

— Je peux sauter... si c'est nécessaire... environ deux fois ma longueur. Mais je suis convalescent et ce serait très désagréable. En revanche, je peux tenir une perche. Mes mâchoires sont encore assez solides pour broyer un makaar !

— Bien. Reste ici.

Elle lui fit un sourire rassurant, prit son élan et sauta en l'air avec la corde. Puis elle écarta les ailes et commença à s'élever.

Les pièges destinés aux griffons tiraient généralement latéralement, comme ceux qu'elle avait déclenchés près du feu de camp. Quand ils étaient magiques, ils jaillissaient dans les airs, explosaient puis retombaient. À présent qu'elle avait un mage dans son équipe, elle pouvait s'attendre à tout.

*Le meilleur moyen pour éviter les pièges... c'est de ne pas s'en approcher !*

Il lui fallut quelques minutes pour trouver ce qu'elle cherchait. Elle cassa une longue branche avec son bec et la débarrassa de ses rameaux. Au bout le plus fin, qui formait une fourche, elle fixa deux autres branches.

Ensuite, elle attacha à un bout de la corde les rameaux qu'elle avait précédemment écartés. Quand elle eut fini, elle leva la tête et évalua la distance qui la séparait d'Aubri et la hauteur qu'elle devait atteindre pour ne pas avoir de surprises désagréables. Quand ce fut fait, elle prit son vol, agrippée à l'extrémité libre de la corde.

*Les pièges magiques réagissent généralement au passage d'une créature vivante... Mais on ne sait jamais.*

Sous le regard intéressé d'Aubri, elle prit de l'altitude jusqu'à ce qu'elle fût certaine que son assemblage était bien au-dessus de la limite qu'elle estimait dangereuse. Cela ne fut pas facile, car plus elle montait, plus il lui semblait lourd. Puis elle plongea... et lâcha son chargement. Les branchages tombèrent vers Aubri, la corde courant tout au long de la clairière.

Tandis que Zhaneel reprenait de l'altitude, les rameaux heurtaient les ailes et le dos d'Aubri. Ce n'était sans doute pas très agréable, mais c'était anodin comparé à ce que des makaars pouvaient faire subir à un griffon captif.

Et comme Zhaneel l'avait espéré, la corde n'avait déclenché aucun piège en tombant au travers de la clairière.

*Bien. Étape suivante.*

Elle atterrit et inspira profondément tandis qu'Aubri lui jetait des regards noirs. Elle lui fit un petit signe, puis elle se baissa pour attacher la corde à l'assemblage de branches qu'elle avait préparé.

Quelques secondes plus tard, elle remonta dans les airs, ayant fixé deux branches nues à son harnais.

Puis elle se posa à côté d'Aubri.

— Je suppose que tu avais une bonne raison pour me bombarder avec de la verdure.

— Désolée. J'ai un plan pour te tirer de là. Tiens ça, marmonna-t-elle en détachant les branches de son dos. Elles piquent… Là. Maintenant. Allonge-toi sur le côté et roule-toi en boule. Serre ces branches, une dans tes pattes de devant et une dans tes pattes de derrière… Et sois patient.

— Où pourrais-je aller ? Ma vie est entre tes mains.

Zhaneel tira sur le filet métallique et le plaça devant Aubri. Puis elle l'attacha avec des nœuds coulants aux deux bouts de bois qu'il tenait. Le « blessé » comprit soudain ce qu'elle voulait faire.

— Un bouclier !

— Oui. Il n'est pas très grand, mais il pourrait servir. (Elle sourit et lui picora la crête, puis attacha.) Maintenant, laisse-moi me mettre entre tes pattes, là où la corde passe sous le filet.

Aubri obéit, fasciné. Quand Zhaneel fut en position, elle tira sur la corde, amenant l'assemblage de lourdes branches vers eux.

— Je vérifie que le sol n'est pas piégé, dit-elle. Si je déclenche un piège, serre tes deux branches. Je te protégerai.

*C'est logique… Il ne peut pas voler, alors je suis clouée au sol. Et puisque deux griffons blessés valent mieux qu'un griffon mort, je dois lui faire un rempart de mon corps…*

Il y eut un claquement de corde brutalement tendue. Puis une pluie de cailloux s'abattit sur eux. Les deux griffons fermèrent les yeux.

Zhaneel continua de tirer et deux panneaux s'ouvrirent, libérant des lances qui se fichèrent près d'eux dans le sol. Enfin, la petite femelle put attraper son assemblage.

*Dernière étape.*

Elle expliqua à Aubri ce qu'elle faisait tout en travaillant. Quand elle eut fini, elle regarda son œuvre, satisfaite.

Les spectateurs avaient admiré la façon dont elle avait neutralisé les pièges. Ils attendaient, impatients de voir ce qu'elle allait encore pouvoir inventer.

Zhaneel sentit qu'ils la regardaient poser sur Aubri le bouclier de feuillages, de fils métalliques et de branches.

— Tiens ça, d'accord ?

Aubri acquiesça.

— À tes ordres, danseuse du ciel !

Zhaneel s'élança dans les airs et prit de l'altitude. Quand elle eut atteint deux fois la hauteur qu'elle considérait comme « sûre », elle roula sur le dos, repliant ses ailes, puis elle fendit l'air à une vitesse supérieure à celle d'un carreau.

Derrière elle, elle entendit des boules de feu exploser et aperçut des éclairs jaunes à la périphérie de son champ de vision. Reprenant de l'altitude, elle vit des étincelles pleuvoir sur la clairière... et le bouclier d'Aubri.

Avec un cri de victoire, elle repartit le chercher.

L'assistance applaudit, et Bichehivernale grimaça. Quelqu'un la bouscula, réveillant son mal de dos et la mettant de plus méchante humeur encore.

Elle n'avait pas nécessairement envie d'exécuter les ordres de Garber... Mais en ce moment, elle n'aimait pas trop les griffons. C'était une de ces créatures qui l'avait blessée.

*Sois juste. Ce n'était pas sa faute. Elle était mal en point et elle délirait.*

Elle avait souffert du dos... et choisi de l'ignorer. Mais après l'accident, les choses étaient allées de mal en pis.

Bichehivernale était une Guérisseuse. Elle savait qu'elle aurait dû consulter un de ses confrères. Mais ils étaient débordés... Donc elle faisait en sorte d'éviter tout ce qui pourrait aggraver son mal. La situation n'en était pas moins embarrassante : elle aurait dû pouvoir rester opérationnelle. Une preuve supplémentaire de son incompétence.

La douleur n'améliorait en rien son caractère. Se faire malmener par la foule non plus.

*Maudit Garber ! Il a raison, même si ce n'est pas pour les bons motifs.*

Voilà plusieurs jours qu'elle observait Zhaneel, car elle avait entendu parler du parcours d'obstacles bien avant cet imbécile de second. Depuis, elle éprouvait deux sentiments contradictoires.

Elle ne pouvait pas s'empêcher d'admirer la femelle griffon, qui avait fait preuve d'une ingéniosité remarquable. Tout en surmontant ses handicaps.

Mais Zhaneel s'épuisait. Et sans aucune *autorisation*. Elle s'était blessée plusieurs fois et même si elle n'était pas venue la consulter, cela ne changeait rien. D'autres griffons s'étaient mis dans la tête de l'imiter, et s'il y avait des accidents…

Et même s'il n'y en avait pas, ils brûlaient une énergie qui pourrait leur faire défaut au combat contre la nouvelle race de makaars créée par Ma'ar.

Bien sûr, tout ce qui importait à Garber, c'était que l'« attardée » avait bravé son autorité. L'engueulade de Cinnabar lui était restée en travers de la gorge. Bichehivernale avait entendu dire que la dame s'était montrée peu flatteuse à propos de l'intelligence du second et de son aptitude à donner des ordres. La nouvelle de l'initiative de la jeune femelle fut la goutte d'eau qui fit déborder le vase. Garber avait envoyé la *trondi'irn — l'officier le moins gradé*, se rappela-t-elle — pour rétablir l'ordre. Il se fichait que le programme soit un succès.

Bichehivernale se fraya un chemin dans la foule. Elle détestait les confrontations. Garber lui avait fait apprendre par cœur ce qu'elle devait dire, comme s'il la jugeait inapte à se débrouiller seule…

Soudain, elle se retrouva dans un espace dégagé... et nez à nez avec la petite femelle.

— Bichehivernale..., murmura Zhaneel. Que fais-tu ici ?

— C'est plutôt à moi de te poser cette question ! Qui t'a autorisée à faire ça ? Tu as réquisitionné du personnel et du matériel et entraîné tes congénères dans une entreprise risquée. Tes supérieurs sont très mécontents ! Qu'as-tu à dire pour ta défense ?

La *trondi'irn* pensait que Zhaneel balbutierait des excuses et promettrait de ne plus recommencer. Elle avait préparé sa réponse — refusant d'être plus longtemps le perroquet de Garber —, prête à se montrer magnanime.

— Moi ? cria Zhaneel. Ce n'est pas ma faute si le commandant de la Sixième n'a pas plus d'imagination qu'une tortue ! Et si personne n'a pensé à me donner un entraînement adapté !

La discussion avait attiré l'attention des spectateurs. Bichehivernale se sentit très seule.

— Je n'ai rien fait de mal ! J'ai pris ma formation en main ! Et toi, ma *trondi'irn*, tu devrais être de mon côté !

La jeune femme rougit violemment.

— Tu n'avais ni ordre ni autorisation...

— Quels ordres ? Je suis de repos et ceux qui ont décidé de m'aider aussi ! Pas besoin d'ordre ni de permission pour faire ce que nous voulons quand nous ne sommes pas de service !

Certains témoins hochèrent vigoureusement la tête, d'autres grognèrent leur approbation.

— Garber n'a pas le droit de nous dicter notre conduite quand nous sommes de repos !

— C'est vrai, mais il m'a ordonné...

Avant qu'elle ait pu ajouter un mot, un grand griffon aux plumes teintes en noir vint se camper devant elle.

— Alors pourquoi, cria le célèbre Skandranon, n'as-tu pas dit à cet abruti que ses ordres étaient stupides ?

Une *trondi'irn* a toute autorité quand il s'agit de ses griffons.

La jeune femme le regarda, bouche bée.

— Mais je ne pouvais pas faire ça ! C'est mon supérieur !

Le Griffon Noir haussa les épaules.

— Et alors ? Quand mon supérieur se conduit comme un imbécile, je ne me gêne pas pour le lui dire. Même s'il s'agit d'Urtho.

Cette… créature se permettait de répondre à *Urtho* ? Elle aurait voulu pouvoir exprimer sa surprise et son incrédulité…

… Mais tout ce qu'elle réussit à marmonner fut :

— Ce n'est pas ainsi que les choses fonctionnent !

Skandranon renifla avec dédain.

— Pour toi, peut-être. Beaucoup trop d'officiers pensent qu'avoir lu des livres et avoir du sang noble leur donnent la science infuse… Et beaucoup trop de subordonnés leur obéissent au doigt et à l'œil, sans prendre la peine de faire fonctionner leurs neurones !

Il s'approcha.

— Ne t'est-il pas venu à l'esprit que la seule chose que Zhaneel a fait de mal, c'est d'avoir eu une excellente idée ? Shaikman et Garber doivent étouffer de rage en pensant qu'une *bête* a eu l'audace de prendre une initiative sans venir les consulter… car ils s'en seraient approprié la paternité ! Ils ne peuvent pas concevoir qu'une *bête* n'ait pas besoin de demander leur permission pour faire ce que bon lui semble ! Qu'elle n'ait pas besoin d'attendre leurs ordres !

Bichehivernale aurait aimé trouver quelque chose à répondre, mais il avait raison. Elle aussi avait cru que les griffons étaient des animaux à l'intelligence limitée.

Et elle n'avait pas l'intention de défendre Garber après la condescendance dont il avait fait preuve avec elle !

Elle se contenta donc de dévisager le griffon, la bouche ouverte, l'air stupide.

Ce fut Zhaneel qui la sauva.

— Allons continuer cette conversation en privé, *trondi'irn*.

Bichehivernale saisit la planche de salut qui lui était offerte. Elle acquiesça.

Avait-elle un autre choix que de suivre la petite femelle ?

# CHAPITRE VIII

Ambredragon réussit à emmener Skan loin de la foule avant qu'il explose. Heureusement, le parcours d'obstacles était immense. Personne n'entendrait le Griffon Noir hurler à pleins poumons — et un griffon de sa taille en avait de très gros !

Après le passage de Zhaneel, tous les pièges devaient être désactivés. Ils ne risquaient donc pas d'en déclencher un par erreur.

Jusqu'à présent, aucun spectateur ne s'était déclaré hostile à l'initiative de la jeune femelle…

La première démonstration de Zhaneel avait été éclipsée par la deuxième. Personne ne s'était attendu à la voir se battre contre une *trondi'irn* trop zélée. S'insurger contre l'autorité de ses supérieurs ne lui ressemblait pas.

*Ils ont dû pousser le bouchon un peu trop loin. Dieux, cette femme aurait réussi à me faire sortir de mes gonds !*

L'entraîneur de la Sixième avait exprimé son écœurement devant l'attitude de la jeune femme, et surtout de Garber. Les humains présents avaient été choqués par l'idée qu'un commandant décide ce que ses troupes devaient faire quand elles étaient au repos. Les choses n'allaient certainement pas en rester là.

*Cette femme a eu juste assez de conscience pour se*

*sentir embarrassée par les ordres qu'on l'avait envoyée délivrer ! Elle ne m'a pas fait une très bonne impression. Une* trondi'irn *doit soutenir ses subordonnés, pas se coucher et montrer son ventre chaque fois qu'un commandant donne un ordre stupide !*

*Mais au fait, c'est elle qui a réaffecté la petite hertasi ! Qui est-elle, le perroquet de Garber ?*

Ambredragon s'assit sur un rocher chauffé par le soleil et laissa Skan tempêter tout son soûl. Si le *kestra'chern* était irrité par la jeune femme et par son commandant, le griffon donnait plutôt dans la fureur.

— C'est exactement ce que j'ai essayé de t'expliquer ! fulmina-t-il, tournant en rond comme un lion en cage. Les griffons reçoivent sans arrêt des ordres d'humains qui se moquent bien de ce qui peut leur arriver ! Nous nous faisons massacrer pour eux et ils refusent que nous mettions tout en œuvre pour avoir une chance de rester en vie ! Maudits idiots incapables de faire la différence entre leurs casques et les latrines ! Dire que ce sont eux qui nous donnent des ordres... Et voilà qu'ils voudraient aussi nous contrôler quand nous sommes de repos !

Ambredragon l'écoutait, hochant parfois la tête ou émettant des soupirs compatissants. Il aurait aimé pouvoir en faire plus, mais il était bien trop en colère pour pouvoir jouer son rôle. S'il essayait de raisonner le griffon, il craignait de trahir son propre ressentiment. Et Skan ne voulait pas être calmé, il souhaitait se *défouler*.

Le pire, c'était qu'il avait raison. Les griffons n'étaient pas maîtres de leur destin. Ils ne pouvaient pas abandonner leur créateur. Car sans lui, et les sorts qu'il était le seul à connaître, impossible de se reproduire...

Skan savait cela mieux que quiconque. Chaque fois qu'il rentrait de mission, on lui demandait quand il se déciderait à choisir une mère pour ses petits. Il avait beau plaisanter, la situation le blessait cruellement.

*Pourquoi n'en parle-t-il pas à Urtho ?*

Ambredragon aurait voulu trouver une raison valable de calmer son ami, désormais dans une rage toute griffonique. Mais c'était impossible, et il avait une envie quasi irrésistible de taper sur Shaikman et Garber.

*Qu'arrivera-t-il le jour où ils décideront de traiter les humains comme les griffons ? Ou quand ils décréteront qu'ils ont besoin des soins exclusifs de certains Guérisseurs et* kestra'chern *? S'ils peuvent déroger aux règles une fois, ils recommenceront. Et qui s'opposera à eux le jour où ils se mettront dans la tête de les fixer ?*

Ambredragon croyait que tout le monde avait fui le périmètre pour ne pas se trouver à proximité d'un griffon en colère. (Skan n'avait jamais fait de mal à personne, mais quand il était dans cet état-là, mieux valait l'éviter.)

Le *kestra'chern* fut donc surpris de voir approcher un homme. À ses courtes robes d'Apprenti et à ses cheveux roux, ça ne pouvait être que Vikteren.

*Il se dirige vers nous. Que se passe-t-il encore ?*

— Dieux ! s'écria le jeune mage quand Skan se tut pour reprendre son souffle. Je ferais la peau à cet abruti congénital si je savais comment m'y prendre pour que ce soit douloureux !

— Garber ?

— Lui *et* son commandant, répondit Vikteren avec amertume. (Il ramassa une branche et entreprit de la casser en bouts de plus en plus petits.) J'ai songé à les enduire de miel et à les attacher sur une fourmilière, mais ça ne suffirait pas. Ils ne se sont pas contentés de s'en prendre à cette pauvre Zhaneel, voilà qu'ils…

Le jeune homme se tut. Il était dans un tel état qu'il réussit à distraire Skan de sa propre colère.

Vikteren était pourtant réputé pour avoir la tête froide.

— Que s'est-il passé ? demanda Ambredragon.

Vikteren ferma les yeux et inspira profondément.

— J'ai entendu ce qu'a dit Skan et je dois préciser que les griffons ne sont pas les seuls que Shaikman et son second envoient au massacre. Je viens de parler avec des mages. Nous avons failli perdre toute la Sixième Écarlate ce matin même, y compris les mages ! Tout ça parce que Shaikman a refusé de croire ses éclaireurs, qui lui signalaient une embuscade ! Ividian a couvert leur retraite au prix de sa vie. Ividian est *mort* ! Et qu'a fait Shaikman ? Il a réprimandé sa compagnie entière, prétendant qu'elle avait effectué une « manœuvre non autorisée ». Je ne dis pas ça parce que Ividian était mon ami. Shaikman a tué trois autres mages dans la journée — par accident, évidemment !

Ambredragon avait le ventre noué et la gorge serrée. La perte d'une partie de la Sixième Écarlate était une terrible nouvelle. Ces morts inutiles, sous les ordres de Shaikman ! Cet homme était d'une stupidité à faire peur !

Mais les paroles de Vikteren ne laissaient entrevoir aucune stupidité. Il insinuait que Shaikman avait assassiné les trois mages.

— Comment tue-t-on un mage par accident ? demanda Ambredragon.

Vikteren s'empourpra de nouveau.

— Il les a forcés — il leur a ordonné ! — de travailler jusqu'à ce qu'ils tombent d'épuisement ! Puis il les a laissés où ils étaient. Ils sont morts vidés de leur énergie. Il prétend qu'il avait tellement de choses à faire qu'il a oublié leur présence ! Mais un témoin l'a entendu donner l'ordre de les laisser où ils étaient. Histoire de leur donner une bonne leçon !

Skan et Ambredragon poussèrent des cris d'horreur. C'était pire que ce qu'ils avaient imaginé. Un mage vidé de son énergie devait être traité immédiatement pour avoir une chance de survivre. Tous les commandants le savaient. Y compris Shaikman.

Il n'avait aucune excuse.

— Shaikman est un homme stupide et le pire, c'est qu'il donne des ordres à sa mesure. Il n'a pas une once de compassion ! Tout ce qui l'intéresse, c'est sa réputation. Il s'est servi des trois mages pour réparer ses bêtises... Il les a fait attaquer l'ennemi pour qu'on ne dise pas qu'il est un commandant incompétent, simplement pour reprendre un avantage ! Il n'avait aucune raison de faire intervenir la magie, puisqu'il se battait contre des troupes classiques !

Vikteren laissa tomber les petits morceaux de bois qu'il serrait toujours dans son poing.

— Je suis venu vous dire que les mages ont décidé de se rassembler ce soir. Nous allons avertir Urtho que nous refusons de travailler sous les ordres de Shaikman. Nous sommes fatigués d'être traités comme des arbalètes ou des catapultes ! J'ai l'intention de prendre la parole, et quand j'aurai fini de m'exprimer, je vous garantis que tous voteront comme moi !

— Mais tu n'as pas le droit de voter, dit Ambredragon. Tu n'es qu'un Apprenti...

Vikteren sourit.

— Je suis un Maître, peut-être même davantage, mais mon mentor ne m'a pas donné officiellement le titre. Quand il a vu qui était à la tête des opérations, il s'est arrangé pour que je reste en arrière. Il refusait qu'un imbécile décide de faire de moi de la chair à canon. Il m'a sauvé la vie. Si je voulais me faire massacrer, je pourrais porter le titre de Maître... Et tous les mages le savent.

Ambredragon et Skan se regardèrent. Un Maître savait en reconnaître un autre. Et dans la situation présente, c'était tout à leur avantage.

Mais Vikteren n'en avait pas terminé.

— Bon sang, Skandranon ! Nous ne sommes pas des makaars, et on ne peut pas nous remplacer d'un simple claquement de doigts ! Les mages vont réclamer leur autonomie et j'ai pensé que les griffons auraient peut-être envie de les imiter. Si nous unissons nos forces, Urtho nous écoutera peut-être.

— Non, grogna Skan, je refuse que nous nous en prenions à Urtho ! C'est mon ami... Mais il est vrai que nous pourrions tout aussi bien être des makaars. Il nous tient grâce au sort de fertilité. Je l'aime, mais je pourrais le haïr pour ça.

Vikteren sursauta, surpris.

— De quoi parles-tu ?

— Laisse-moi répondre..., intervint Ambredragon avant que Skan ait pu ouvrir le bec. Les griffons sont les créatures d'Urtho, Vikteren, et il détient le secret des sorts qui les rendent fertiles. Seuls les griffons ayant survécu à un certain nombre de missions sont autorisés à se reproduire. En plus des sorts, il y a des rituels, différents pour les mâles et pour les femelles. Et il faut que le couple exécute une parade nuptiale. Sans ces trois conditions, il n'y a pas de petit.

— Nous pouvons nous accoupler autant que nous le souhaitons, ajouta Skan, mais sans les éléments qu'Urtho est seul à connaître, c'est seulement pour le plaisir. Cette situation ne relève pas que de l'esclavage, elle est aussi *dangereuse* ! Il suffirait d'un sort jeté par Ma'ar... ou qu'Urtho meure, pour que notre race s'éteigne avec nous.

— Mais pourquoi tout cela ? demanda Vikteren.

Le Griffon Noir soupira.

— Je l'ignore. Il n'a pas besoin de nous contrôler par la contrainte. Nous l'aimons et le révérons. Et nous continuerions à le servir comme le font les kyrees même si nous étions entièrement libres ! En réalité, nous le servirions *mieux* s'il n'avait pas ce pouvoir sur nous.

« Bon sang, s'il ne nous donne pas le code de notre propre fertilité, j'irai le voler !

— Le voler ? Ce n'est pas une mauvaise idée, murmura Vikteren.

Ambredragon le regarda, incrédule. Il avait vu les lèvres du mage remuer, mais comment croire qu'il avait pu dire une chose aussi audacieuse.

— Mais quel bien cela vous ferait-il ? Si vous avez besoin d'un mage...

Skan ferma les yeux un moment, comme si les paroles de Vikteren lui avaient donné à réfléchir.

— La moitié des griffons sont des Apprentis. Nous sommes des créatures magiques, ne l'oubliez pas. Je suis moi-même un Maître.

— Et même si vous manquiez de mages, vous trouveriez toujours un humain pour vous aider, lui assura Vikteren. Il faut le faire, Skan ! Et si tu es un Maître, modifie les choses une fois pour toutes ! Ne vous laissez plus manipuler !

Ambredragon se surprit à être d'accord avec le jeune mage.

*Il y a eu tellement de familles massacrées par Ma'ar. Les griffons ont le droit de procréer quand bon leur semble.*

— Oui, Skan, libère-toi..., murmura-t-il. Vole les informations nécessaires et enseigne-les aux tiens.

Skan sembla hésiter un instant, puis il se redressa et battit des ailes. L'air qu'il déplaça fit voler de la poussière dans les yeux des deux humains.

— Tu sais, voler un sort dans la Tour ne sera peut-être pas possible, dit Vikteren. Le charme en lui-même doit être relativement simple. Mais dérober quelque chose au nez et à la barbe d'Urtho...

Le jeune mage semblait impatient de participer à pareil exploit.

— Je peux le faire ! répondit le Griffon Noir.

Ambredragon secoua la tête.

— Sois réaliste, Skan. Tu es toujours entré dans la Tour par le balcon d'Urtho. Tu ne sais rien des systèmes d'alarme ni si un griffon peut les désactiver. *Nous* t'accompagnerons...

— Nous ? demanda l'intéressé.

Ambredragon et Vikteren acquiescèrent.

— Oui ! dit le *kestra'chern*. Nous !

Finalement, le « nous » inclut aussi Tamsin et Cinnabar. La jeune femme envoya un message à Urtho juste avant qu'il parte rencontrer la délégation de mages. Prétextant que son compagnon et elle avaient besoin d'informations sur l'anatomie des griffons, elle demandait d'accéder à ses notes.

Elle mentionna la présence d'« aides », mais sans préciser de qui il s'agissait.

— Urtho garde des dossiers sur tout ce qu'il a fait, dit-elle tandis qu'ils attendaient la réponse du mage.

Elle était aussi calme que s'il s'agissait de prendre le thé. Appuyée à son amant, dans sa robe vert pâle, elle avait l'air d'une poupée de luxe à côté d'une poupée de chiffon.

— Je sais qu'il a un énorme dossier sur les griffons, continua-t-elle. J'ai précisé que je cherchais des informations sur des « problèmes internes ». C'est assez vague et assez précis pour ne pas soulever de question.

— Dommage que Vikteren n'ait pas pu nous accompagner, dit Skan. Il a des pouvoirs plutôt… ah… inhabituels pour un mage.

Le Griffon Noir était étendu sur le tapis rouge et or de Cinnabar. Quand il ne parlait pas, il avait l'air d'une gigantesque sculpture.

Ambredragon gloussa.

— Oh, mais il sera avec nous, dit-il en tapotant la poche où il avait rangé le brise-sort. Et il n'est pas plus mal qu'il ne puisse pas venir. Si quelqu'un nous a vus ensemble nous comporter comme des conspirateurs tout l'après-midi, son absence devrait calmer les soupçons…

Tamsin éclata de rire.

— Tu as lu trop de livres d'aventures, *kestra'chern* ! Qui pourrait nous espionner ? Et pour le compte de qui ? Au pire, si Urtho nous prend la main dans le sac, il nous passera un bon savon. Nous ne sommes pas assez importants pour…

— Parle pour toi, Tamsin, coupa le Griffon Noir.

Tamsin rit de plus belle et Cinnabar sourit. Avant

qu'une joute verbale s'engage, un des hertasis de la dame entra, apportant la réponse d'Urtho.

— C'est ce que j'avais espéré, dit Cinnabar. Il est tellement occupé par l'assemblée des mages qu'il nous laisse libre accès à sa bibliothèque sans poser de questions. Mais il m'avertit que certains de ses livres ont des scellés magiques.

— Mais nous avons un moyen d'y accéder sans sa permission !

— Vous voyez, je vous l'avais bien dit, continua Cinnabar triomphante. Nous n'aurons pas besoin d'entrer par effraction, comme vous aviez projeté de le faire !

— Ma dame, je n'étais pas pour ce plan ! protesta Ambredragon. C'était celui de Tamsin, Skan et Vikteren !

— C'est pour ça que tu as pris une corde et de quoi attacher d'éventuels prisonniers ? railla Tamsin. Je ne veux pas savoir ce que tu fais d'autre avec ce genre de matériel...

Ambredragon feignit de ne pas l'avoir entendu et se leva avec grâce.

À la Tour, le garde ne posa aucune question en voyant Skan et Ambredragon.

Il n'y avait pas de barrière. La Tour n'avait pas besoin d'une garde humaine non plus, mais celle-ci rassurait les humbles mortels qui venaient rendre visite au Mage du Silence.

Ils pénétrèrent dans une antichambre au sol décoré d'une mosaïque. Trois portes y donnaient. Cinnabar, qui connaissait les lieux, guida ses amis.

*Bénis soient les mages*, pensa Ambredragon. *S'ils n'avaient pas...*

Mais Cinnabar aurait sans doute trouvé un autre prétexte. C'était une femme pleine de ressources.

Les archives étaient au sommet de la Tour. L'escalier circulaire, éclairé par des globes magiques, et assez large pour laisser passer un griffon, était fait des mêmes pierres lisses que tout le bâtiment, si bien ajustées que la lame d'un couteau n'aurait pas pu se glisser entre elles.

Quand ils atteignirent le palier désiré, une porte s'ouvrit. Toutes celles qu'ils avaient vues en montant étaient restées closes, et ils n'avaient aperçu aucune poignée permettant de les ouvrir. Ils entrèrent dans la bibliothèque, une salle immense couverte de livres du sol au plafond.

Ambredragon se demanda comment Urtho s'y prenait pour faire circuler l'air. L'atmosphère était sèche et on ne captait pas la moindre odeur de moisissure. Le *kestra'chern* sentait un léger courant d'air frémir autour de lui, sans pouvoir deviner d'où il venait.

Là aussi l'éclairage était assuré par des globes. Une sage précaution, avec tous ces livres inflammables.

*Intéressant que Cinnabar n'ait pas suggéré que nous parlions à Urtho avant de devenir des voleurs... Elle le connaît mieux que nous. J'aimerais savoir ce qui lui fait croire qu'il aurait refusé de nous donner ces informations...*

Cela avait piqué la curiosité du *kestra'chern*. Si plusieurs raisons lui étaient venues à l'esprit, il ignorait laquelle était la bonne.

Pendant que Tamsin et Cinnabar parcouraient l'index de la salle des archives, il s'intéressa aux titres des livres. Mais il ne découvrit aucun indice. Tous étaient succincts, du genre : *Archives d'élevage, oiseaux-liges kaled'a'in.*

*A-t-il participé à ce projet ou s'est-il contenté d'observer ce que mon peuple a fait ?*

Un autre livre disait : *Archives d'élevage, chevaux kaled'a'in.* Ambredragon rit tout bas. Un seul volume ? Urtho n'avait aucune idée de la somme de travail que son peuple avait consentie pour les troupeaux ! Les Guérisseurs et les mages kaled'a'in travaillaient de concert sur les chevaux de guerre et les oiseaux-liges.

Avec les rapaces, les résultats étaient plus visibles, mais ceux qu'ils avaient obtenus avec les chevaux n'en restaient pas moins spectaculaires.

Ils avaient donné aux rapaces une intelligence supérieure et une plus grande curiosité, l'aptitude à parler d'esprit à esprit avec les humains et celle de se lier aux autres oiseaux et aux hommes. Pour compenser leur plus grande masse cérébrale et les rendre plus efficaces au combat, il les avaient rendus plus gros que leurs semblables.

Les chevaux avaient été modifiés de façon plus subtile. Leurs os avaient une plus grande densité et leurs sabots étaient plus solides. Leur système digestif amélioré leur permettait de se nourrir de choses qui auraient rendu malade les autres équidés. Comme pour les rapaces, leur intelligence avait été accrue.

Un cheval de guerre n'était plus un animal dc troupeau, mais de meute ! Comme un chien ! Après un entraînement adapté, il faisait n'importe quoi pour son cavalier *et* obéissait à ses ordres, même quand il était hors de sa vue.

Peu de gens savaient cela. Urtho lui-même l'ignorait peut-être…

Ambredragon allait prendre le livre quand Cinnabar l'appela. Avec un soupir, il laissa l'ouvrage où il était. Encore un mystère qui resterait sans réponse…

— Nous avons trouvé le bon livre, dit Tamsin. Avec la *formule* de fertilité. Urtho ayant employé ce mot, nous pensons qu'une partie seulement du processus demande l'intervention de la magie.

— Une bonne nouvelle ! dit Skan.

— Comme nous nous y attendions, il a des scellés magiques, coupa Cinnabar.

Ils n'étaient pas visibles. Mais grâce au brise-sort de Vikteren, ils pourraient en venir à bout.

— Urtho n'emploie qu'une dizaine de sorts pour protéger ses livres, leur avait dit le mage. Et il n'en existe en tout qu'une centaine. Il aurait pu en inventer d'autres, mais pourquoi ? La plupart des mages n'en connaissent que deux ou trois.

Ambredragon avait regardé la chaîne de perles avec curiosité.

— Et combien de sorts brise cet objet ?

— Soixante-seize, avait répondu Vikteren avec un sourire malicieux. Les scellés sont une des spécialités de mon mentor. J'ai été très attentif à ses leçons. On ne sait jamais quand on peut avoir besoin d'entrer quelque part.

— Ou d'en sortir, avait ajouté le *kestra'chern*.

Vikteren avait placé les contre-sorts dans l'ordre, du plus simple au plus compliqué. Ambredragon dut en essayer une dizaine avant de trouver le bon. Le livre s'ouvrit.

— C'est bien d'Urtho ! s'exclama Cinnabar, ravie. Tout est indexé aussi précisément qu'une copie de scribe. Ce que nous cherchons se trouve page 502.

Ils avaient décidé de faire deux copies de la formule, au cas où ils seraient découverts.

Soudain, Skan leva la tête.

— Que se passa-t-il ? souffla Ambredragon.

— Un autre griffon... Dans la pièce voisine... Mais quelque chose cloche...

Avant qu'Ambredragon ait pu l'en empêcher, le Griffon Noir lui arracha le brise-sort. Puis il se précipita vers une porte.

Tamsin et Cinnabar étaient tellement concentrés sur leurs tâches qu'ils ne s'aperçurent de rien. Ambredragon rattrapa son ami et lui reprit l'objet confié par Vikteren.

— Que fais-tu ? demanda-t-il. Veux-tu que nous soyons découverts ?

— Je... (Skan secoua la tête.) J'ai senti que je devais faire... quelque chose. Pour cet autre griffon. Je dois entrer dans cette pièce, et vite !

Ambredragon se contint à grand-peine.

— Et si c'était un piège ? Nous savons à quel point Urtho est malin.

— Je suis sûr qu'il ne serait pas fâché. Du moins, pas longtemps, répondit Skan, pas vraiment convaincu. Je lui parlerai.

— Oui, mais imagine qu'il se rende compte que nous lui avons dérobé sa précieuse formule de fertilité ? Maintenant, tiens-toi tranquille ! J'espère que tu n'as pas ouvert cette porte…

— Je crois avoir entendu un *clic*. Mais ça pourrait être les perles en s'entrechoquant.

*Ce brise-sort est fait pour ouvrir des livres, pas des portes*, se rassura Ambredragon. *Il ne s'est sans doute rien passé.*

— Skan, si tu veux savoir ce qu'il y a derrière cette porte, pose la question à Urtho. Dis-lui que tu as senti la présence d'un autre griffon…

— Et il me révélera ce que je veux savoir, c'est ça, comme pour la formule de fertilité ? répondit le griffon. Pitié, ne…

— C'est fini ! annonça Tamsin. Pour faire bonne mesure, nous avons copié d'autres informations.

— Très bien. Viens, Skan, dit Ambredragon.

Il fourra le brise-sort dans une de ses poches, au milieu d'autres babioles. S'ils rencontraient Urtho, il ne restait plus qu'à espérer qu'il ne chercherait pas sur eux une trace de magie.

Il se hâta de suivre les autres, persuadé que Skan fermait la marche. Les globes s'éteignirent derrière lui.

## CHAPITRE IX

Skan poussa un peu la porte déverrouillée.

*Stupide griffon. Tu vas encore t'attirer des ennuis... Cette fois dans ton propre camp !*

Il tendit l'oreille et sonda la pénombre. Une petite voix lui souffla de faire demi-tour et de rejoindre ses amis, mais sa curiosité était telle qu'il l'ignora.

*Urtho ne sera pas content. S'il pose des scellés, c'est pour une bonne raison.*

Oui, mais laquelle ? Pourquoi le bon et paternel Urtho lui cacherait-il quelque chose qui « sentait » — ou presque — comme un griffon ? Et si le Mage du Silence était aussi mauvais que Ma'ar, sous ses airs distraits et doux ? Après tout, il leur avait caché la formule de fertilité...

*Griffon paranoïaque ! Tu as dû te cogner la tête en t'écrasant.*

Mais les paranoïaques n'avaient pas forcément tort. Et si Urtho refusait de laisser les griffons maîtres de leur fertilité parce qu'il avait déjà créé leurs *remplaçants* ?

Une sorte de super-griffon, mais qui ne prendrait pas d'initiative. Un makaar, en mieux.

*Et si c'est le cas, que feras-tu ? Tu t'enfuiras à tire-d'aile en espérant qu'Urtho ne te remettra jamais la main dessus ?*

La porte s'ouvrit toute grande. Un instant, il resta dans l'obscurité.

Puis les lumières s'allumèrent et il se retrouva devant...

*Des griffons fantômes !*

Ils flottaient dans les airs, presque transparents, et de la lumière émanait d'eux. Les fantômes n'étaient-ils pas censés ressembler à cette description ?

Puis il s'avisa qu'ils ne bougeaient pas. Ils ne respiraient pas non plus. Ils se contentaient de regarder dans le vide.

*Ils ne sont pas morts... mais sans vie. Et ils n'ont certainement jamais été vivants.*

Tandis qu'il les observait, Skan remarqua qu'il ne voyait pas seulement leur extérieur, mais aussi leur *intérieur*. Jusqu'au dernier détail anatomique. S'il pensait très fort « estomac », celui-ci apparaissait.

Fasciné, il franchit le seuil et laissa la porte se refermer derrière lui.

Les créatures flottaient à deux pieds au-dessus du sol. Si un humain désirait les étudier, il pouvait se glisser dessous. Chacune représentait un individu différent. L'une avait de longues et larges ailes et un corps massif, comme Aubri. L'autre avait toutes les caractéristiques d'un autour, jusqu'aux yeux rouges.

*Ce sont des modèles ! Nous ne sommes pas une seule race, mais plusieurs ! Comment ai-je pu ne pas le remarquer ? Est-ce pour ça qu'Urtho nous refusait l'accès à la formule ? Pour garder les différentes races pures ?*

Assommé par sa découverte, Skan longea la file de griffons et tomba nez à nez avec...

*Zhaneel !*

Pas Zhaneel, bien sûr, mais le modèle de sa race.

Il regarda tous les « spécimens ». Quelque chose le chiffonnait, mais quoi ? Soudain, il comprit. Plus il s'éloignait de la porte, moins il y avait de représentants vivants du type qu'il croisait. Et Zhaneel était la seule à avoir cette morphologie…

*Parce qu'elle est la première de sa race ?*

Cette salle contenait des archives en trois dimensions des différentes créatures d'Urtho… Zhaneel n'était pas un monstre, mais un nouveau type de griffon !

*Je comprends maintenant pourquoi Urtho lui a posé toutes ces questions sur sa famille et sa formation ! Ses parents devaient savoir ce qu'elle était… S'ils avaient vécu, ils auraient veillé sur son éducation. Mais ils sont morts et elle a été oubliée de tous, y compris d'Urtho.*

Comme le mage le lui avait dit, il ne pouvait pas se rappeler de tout. Et il avait oublié l'existence de la seule représentante de sa nouvelle race de griffons…

*Ambredragon lui a donné le nom de grifaucon.*

… Une enfant qui avait survécu tant bien que mal, sous les injures et les brimades. Skan en ressentit une profonde colère contre son créateur. Comment avait-il pu faire une chose pareille ? Il aurait dû *prévoir* ce qui allait arriver !

*Il y avait la guerre… Il a fait confiance aux entraîneurs pour l'éduquer. Mais ils ont échoué ! Ce sont eux les coupables…*

Sa colère retomba comme un soufflé. Il contourna le modèle de grifaucon et…

… se retrouva nez à nez avec lui-même.

Cette fois, le choc fut moins violent. Et d'une tout autre nature. S'il pouvait imaginer ses congénères comme de simples « constructions », il avait du mal à se considérer comme tel.

Il observa le modèle et éprouva un certain réconfort en découvrant qu'il était mieux proportionné que celui-ci. Surtout certaines parties stratégiques de son anatomie…

*Je suis plus beau ! Mes muscles sont plus lisses, mes plumes…*

PEUR-ALARME-COLÈRE ! :

Les émotions le frappèrent, comme si elles avaient été catapultées vers son cerveau. Avant qu'il ait pu recouvrer son « équilibre », quelque chose le frappa dans le dos. La violence de l'impact lui fit traverser son modèle. Il percuta le mur. Son agresseur était plus petit que lui et il « sentait » — ou presque — comme un griffon.

Son odeur était plus musquée, plus…

Ce n'était pas le moment de penser à cela ! Seul l'instinct de Skan lui évita d'être défiguré par un coup de serres.

*On dirait un chat sauvage : trop petit pour me battre, mais trop fou pour s'en rendre compte ! Il peut me faire mal. Et je déteste ça !*

*Mais si cette créature appartient à Urtho, je dois m'en débarrasser sans l'abîmer.*

Il avait une égratignure au front ; du sang lui coulait dans les yeux. Aveuglé, il cligna des paupières. Puis il se ramassa sur lui-même, ignorant la douleur des griffures et des morsures, et repoussa son adversaire.

C'était bien un griffon.

Comme ce que Zhaneel avait cru être toute sa vie : un « mal-né » ! Il était quatre fois plus petit que Skan, avec une tête minuscule comme celle d'un rapace. En comparaison, les griffons et les grifaucons avaient une boîte crânienne énorme. Et ses ailes étaient bien trop longues pour sa taille, au point que ses rémiges étaient usées par le frottement.

Il était gris et chamois… Le Griffon Noir comprit soudain pourquoi il lui avait semblé familier.

C'était un mal-né… de la race de Zhaneel.

Et il essayait de reproduire un cri griffonique pour effrayer son adversaire.

Skan cligna des yeux. La « présence » qu'il avait sentie, c'était celle de la petite créature qui lui faisait face. Il captait toujours sa peur et sa colère, qui résonnaient dans son crâne comme des coups de marteaux.

Skan s'était mis d'instinct en position de combat, Les yeux du mal-né s'écarquillèrent de surprise et il se roula en boule.

Quelques secondes plus tard, il reprit une posture défensive. L'intensité de ses « émanations » mentales augmenta au point de devenir vraiment douloureuse. Il n'attaquait pas volontairement le Griffon Noir, mais le résultat était le même. Alors que Skan reculait, il en profita pour se faufiler dans la pièce voisine.

La lumière s'alluma dès qu'il en franchit le seuil. Avec une souplesse que sa gaucherie ne laissait pas deviner, il sauta sur une table, balayant les livres et les objets qui y étaient posés avec ses longues ailes.

— Mauvais ! siffla-t-il. Va-t'en !

Skan se força à se détendre. Les morsures et les griffures étaient douloureuses, mais pas pires que lorsqu'il jouait avec une bande de jeunes griffons. Et son « adversaire » semblait terrorisée.

— Qui… euh… es-tu ? demanda-t-il.

— Va-t'en ! Où est-il ? Tu l'as blessé ?

Il était clair que la colère de la créature prenait le pas sur sa peur. Mais pourquoi était-elle si terrorisée et furieuse ? Qui était ce « il » ?

— Je vais te faire mal !

Skan en fut abasourdi. Avec un peu de chance, son adversaire n'était pas complètement dément… Dans le cas contraire, il devrait l'assommer pour en venir à bout. Or il ne voulait pas lui nuire.

*Cette créature ignore ce que je suis. Elle pense que je suis là pour la détruire… Si je ne peux pas lui faire entendre raison, elle continuera de m'attaquer.*

— Blessé qui ? demanda-t-il. Je n'ai blessé personne. Je n'ai *vu* personne. Parles-tu d'Urtho ? Qui es-tu ?

Il fit de son mieux pour avoir l'air amical. La petite créature le regarda fixement un long moment, puis elle se détendit un peu.

— Pas mauvais ? Pas fait mal à Père ? Où est Père ?

*Père ? Si un autre griffon venait ici régulièrement, ça se saurait...*

Il sonda la pièce du regard, essayant de trouver un indice sur l'identité de l'homme qu'elle appelait « Père ». Mais il n'en trouva aucun. On aurait dit la salle d'examen d'un Guérisseur.

— Non, dit-il. Je ne suis pas mauvais. Je n'ai blessé personne. J'ai juste ouvert une porte et je suis entré. (Il se rapprocha un peu.) Qui est ton père ? Qui es-tu ?

— Père, c'est Père, répondit la créature, comme si elle s'adressait à un enfant un peu attardé. Père m'appelle Kechara.

Skan s'assit à côté d'elle, sur la table.

— Parle-moi de Père, Kechara. Dis-moi tout ce que tu sais. D'accord ? Je ne peux pas savoir si je l'ai vu si j'ignore à quoi il ressemble.

Kechara — un mot qui signifiait « chérie » ou « bien-aimée » en kaled'a'in — était une femelle. Ou plutôt, c'était une *neutre*, car elle n'avait aucun des caractères sexuels extérieurs d'une femelle griffon.

— Père vient ici, puis il part. Père m'apporte des choses. Il a des jouets et il s'amuse avec moi. Mais il n'est pas venu depuis longtemps.

— De quoi a-t-il l'air, Kechara ?

La petite créature plissa le front.

— Deux jambes, pas quatre. Pas d'ailes, ni de plumes. Pas de bec. Il a... de longues choses sur le corps. De la peau, lisse, ici... (Elle montra son visage.)... et une longue crête... (Elle fit courir sur son crâne le bout de ses serres.) Père pousse de jolis cris quand il vient. Des cris comme les oiseaux. Et il danse avec moi.

Les pièces du puzzle se mirent en place. La seule personne qui pouvait aller et venir librement dans cette partie de la Tour en sifflant, c'était Urtho. Skan avait remarqué que les mages ne savaient pas siffler... sauf Urtho et Vikteren.

— Depuis quand es-tu ici ? demanda-t-il, pour

essayer de savoir combien de temps Urtho l'avait cachée.

Elle le regarda avec de grands yeux vides. Il eut beau reformuler sa question, elle ne sut pas lui répondre. Pour Kechara, il n'y avait que cet endroit. Seul Père allait « ailleurs ».

Urtho avait gardé la petite créature prisonnière de sa Tour ! Skan en fut indigné… puis il se ressaisit. Après avoir posé plusieurs questions à Kechara, il dut se rendre à l'évidence : elle n'aurait jamais pu survivre dans la société griffonique. Zhaneel — la merveilleuse, intelligente et forte Zhaneel — avait été toute sa vie en butte aux moqueries de ses semblables. Les griffons auraient démoli cette pauvre petite chose sans défense ! Elle semblait avoir le même niveau d'intelligence que les animaux de compagnie d'Urtho, la parole en plus. Le temps ne signifiait rien pour elle. Et leur conversation était ponctuée de silences pendant lesquels elle jouait à pourchasser son ombre.

*Mais ce n'est peut-être pas le signe d'une intelligence limitée. Elle n'a connu personne d'autre qu'Urtho et les Vents savent qu'il met parfois un certain temps avant de répondre à une question !*

Parce qu'elle ne pouvait rester en place une seconde, il la persuada de descendre de la table et de marcher avec lui dans la galerie des modèles. Il ne fut pas surpris de constater qu'elle ne leur prêtait pas la moindre attention. Elle était habituée à eux comme il l'était au oiseaux-messagers et aux vêtements d'Ambredragon.

Alors qu'ils approchaient du modèle « Skandranon », elle le regarda, puis examina le Griffon Noir, n'en croyant visiblement pas ses yeux.

— C'est toi ! s'écria-t-elle.

— Non, ça ne me ressemble pas vraiment, dit-il.

L'instant d'après, elle avait tout oublié et elle entra en courant dans une autre pièce où se trouvaient un nid douillet de paille tressée couverte de tissu soyeux et un coffre à jouets rempli de balles et de cubes. Elle prit un morceau de viande brunâtre dans le bol posé par terre, puis, se rappelant ses bonncs manières, tendit son festin à Skan. Celui-ci refusant poliment, elle engloutit son repas comme une louve affamée.

*Je n'arrive pas à lui donner un âge*, pensa-t-il. *Elle n'a aucune idée du passage du temps. Elle mange quand elle a faim, dort quand elle est fatiguée, et Urtho vient à intervalles irréguliers... Les « mal-nés » ne vivent pas très vieux... Elle doit approcher du terme de sa vie.*

Cette idée le révolta plus encore que la nourriture qu'elle lui avait présentée. Elle avait vécu entre des murs, sans jamais connaître la caresse du vent et en voyant très rarement le soleil, la lune, les étoiles et le ciel.

*Alors qu'elle était née pour voler ! Seul un accident de la nature l'a faite telle qu'elle est et pas comme Zhaneel...*

*... ou comme moi.*

Mais pourrait-elle survivre hors de la Tour ou succomberait-elle à une maladie ? Les mal-nés étaient fragiles. Urtho pouvait la garder ici par pure bonté d'âme.

*Même si sa bonté a un goût amer.*

Skan s'avisa que ses égratignures avaient arrêté de saigner. Le temps avait passé bien plus vite qu'il ne l'aurait cru.

— Il faut que je parte, Kechara, dit-il.

Elle cligna plusieurs fois des yeux. Puis elle lui posa une question à laquelle il ne s'attendait pas.

— Tu reviendras ? demanda-t-elle, pleine d'espoir. Tu reviendras pour jouer avec moi ?

Elle leva sur lui ses grands yeux suppliants.

*Oh, vents et glissements de terrain ! Elle ne le sait peut-être pas, mais elle s'ennuie. Que puis-je lui répondre ?*

— Je l'ignore, Kechara. Il faut d'abord que je parle avec ton père. C'est lui qui décidera.

Elle hocha la tête, comme si c'était une chose qu'elle pouvait comprendre.

— Moi aussi je lui parlerai ! Je lui dirai que je veux jouer avec toi.

Elle s'assit et écarta les pattes avant, une pose si étrange qu'il se demanda ce qui lui prenait. Puis il comprit. Elle attendait qu'il la serre dans ses bras. Comme un humain. « Père » devait le faire chaque fois qu'il s'en allait.

Ce simple geste apprit à Skan tout ce qu'il avait besoin de savoir. Quels que soient les motifs d'Urtho pour garder enfermée Kechara, il avait de l'affection pour elle. Le Griffon Noir la serra maladroitement contre lui, puis il lui lissa les plumes du cou, comme s'il eût salué un de ses semblables.

La quitter n'aurait pas été facile si elle avait crié ou gémi, mais elle accepta son départ sans broncher. Elle se contenta d'agiter la patte, puis partit en trottinant vers sa chambre.

*Elle a dû apprendre que gémir et crier ne sert à rien*, pensa-t-il en regagnant la bibliothèque. *Les gens vont et viennent dans sa vie sans qu'elle ne puisse rien faire pour les retenir.*

*Pauvre petite chose...*

La lumière s'éteignit derrière lui et il commença à descendre l'escalier, un exercice plutôt compliqué pour un griffon. Quand il arriva en bas, il fut soudain tenté d'ouvrir une des portes.

*Stupide griffon ! Tu auras bien assez d'ennuis quand tu parleras de ta visite à Kechara à Urtho.*

Ce qui posait un autre problème.

*Et comment pourras-tu lui parler de ça sans lui avouer que tu es entré dans une pièce fermée ? Après ça, il pourra imaginer le pire...*

Le garde le salua au passage.

— Descendre un escalier n'est pas facile pour vous, pas vrai ?

Skan réalisa que les traces de sa rencontre avec

Kechara devaient être pleinement visibles. Par bonheur, l'homme venait de lui fournir la meilleure des excuses.

— J'ai dû tomber toutes les trois marches ! grogna-t-il. Et les autres ne m'ont pas attendu ! Ils étaient bien trop pressés de se pencher sur leurs trucs de Guérisseurs…

Le garde lui tapota amicalement l'épaule.

— Je sais ce que c'est. Depuis ma blessure, avec ma patte folle, impossible de monter ou descendre un escalier sans tomber !

*Cette conversation tombe à point nommé. Tamsin et Cinnabar doivent être plongés dans l'étude de la formule. Ils n'ont pas dû s'apercevoir de mon absence…*

— Les kyrees et les hertasis n'ont aucun problèmes, mais pour les tervardis, les dyhelis et nous… les escaliers sont un enfer ! Avec tous les vétérans blessés, on pourrait croire que les gens valides penseraient à installer des rampes, mais non…

Le garde soupira.

— Le monde est comme ça. Chacun ne s'intéresse qu'à ses propres besoins.

— Oui, c'est bien vrai, mon frère !

— Tu ferais bien de rejoindre tes amis Guérisseurs pour qu'ils te soignent. Dans le futur, ils réfléchiront peut-être à deux fois avant de t'abandonner.

Skan promit qu'il allait suivre ce conseil, puis partit pour la Colline des Guérisseurs.

*Très bien. Nous avons la formule de fertilité. Je m'arrangerai pour la divulguer aux autres dès que Tamsin et Cinnabar l'auront déchiffrée. Puis je raconterai à Urtho ce que j'ai fait. Et je lui parlerai de Kechara.*

Cela ne prendrait pas plus de quelques jours, mais il avait mauvaise conscience à l'idée de la laisser seule tout ce temps.

*Elle est isolée depuis si longtemps que quelques jours ne devraient pas faire de différence.*

Soudain, il se demanda si elle raconterait sa visite à Urtho…

*Espérons qu'elle n'y pensera plus. Ou qu'Urtho s'imaginera qu'elle parle d'un des modèles.*

*Stupide griffon ! Tu essaies de tout faire trop vite… Mais si tu ne t'en chargeais pas, qui s'en occuperait ?*

Le trajet de retour était long. La plupart des hommes encore debout à une heure aussi tardive se préparaient pour les combats du lendemain. Les guerres entre mages étaient étranges, avec des fronts très éloignés des bivouacs des combattants.

Tout cela grâce aux Portails et aux griffons.

Les premiers permettaient à Urtho de déplacer ses troupes à tout moment. Il existait même plusieurs Portails permanents, activés dès que le besoin s'en faisait sentir. Ainsi, l'armée du Mage du Silence était mobile et ne manquait de rien.

C'était également vrai pour celle de Ma'ar. Mais les défenseurs avaient l'avantage. Car un mage devait obligatoirement pouvoir visualiser l'endroit où il voulait aller pour utiliser un Portail… Or Urtho et ses assistants connaissaient chaque pouce de terrain entre le camp et la frontière.

Au début du conflit, Urtho avait réussi à envoyer des troupes derrière les lignes ennemies. Mais cela n'avait pas fonctionné plus d'une fois ou deux. Après, les mages de Ma'ar avaient été très attentifs à repérer l'énergie nécessaire à l'édification des Portails et ils les avaient détruits avant leur ouverture.

*Shaikman a essayé de contraindre ses mages à bâtir des Portails au péril de leurs vies. Mais aucun ne s'est laissé faire.*

Quant aux griffons, ils faisaient de merveilleux éclaireurs, aptes à couvrir de longues distances et à voler si haut que même les makaars ne pouvaient pas les repérer. Et s'ils y arrivaient, impossible de les rattraper ! Car les créatures de Ma'ar n'étaient pas faites pour le froid qui régnait à de telles altitudes.

Certains griffons l'étaient, même s'ils ne se montraient pas de très bons combattants. Et d'autres faisaient des éclaireurs solides et rapides... Comme Zhaneel, la meilleure de tous.

*Pour l'instant, il n'y en a pas d'autre comme elle... Mais un jour, peut-être...*

Quand Skan prit son envol pour retourner à la Colline des Guérisseurs, il vit que la tente que partageaient Tamsin et Cinnabar était éclairée.

*Toujours au travail. Ils auront fini avant que je les aie rejoints !*

Le Griffon Noir s'avisa que la tente d'Ambredragon était elle aussi éclairée.

*Toujours au travail ?* gloussa-t-il. *Bien sûr, c'est la nuit qu'il fournit le plus d'efforts. Il est responsable de tant de cœurs, le mien compris. C'est décidé, je ne le taquinerai pas à ce sujet.*

*Pas cette fois, du moins.*

## CHAPITRE X

Ambredragon s'aperçut de la disparition de Skan au moment où ils quittèrent la Tour. Il se tourna pour dire quelque chose au Griffon Noir…

… et ne le vit pas.

Le *kestra'chern* jura entre ses dents. Impossible de faire demi-tour pour aller le chercher. Les portes ne s'ouvriraient pas et ils alerteraient le garde s'ils revenaient sur leurs pas…

Mieux valait faire comme si de rien n'était. Avec un peu de chance, la sentinelle saurait que les griffons avaient des difficultés à descendre les escaliers.

Évidemment, ce n'était pas le cas de Skan. Grâce à son amour de la danse, il était aussi agile et souple qu'un chat. Ambredragon l'avait vu grimper aux arbres, se faufiler dans des broussailles et escalader des murs. Mais il était une des rares personnes qui le savait.

Il resta en arrière, laissant Cinnabar et Tamsin partir devant. Peut-être que Skan s'était attardé, comme si le temps ne signifiait plus rien.

*Il fait souvent ce genre de choses… Selon lui, « c'est une question d'image ».*

Mais Skan ne réapparut pas.

*Où est passé cet imbécile de tête de piaf ?*

Il avait dû trouver un livre, s'y plonger et oublier ses

compagnons. Enfin, Ambredragon espérait qu'il s'agissait de quelque chose d'aussi innocent qu'un livre.

Skan avait tout son temps, mais ce n'était pas le cas du *kestra'chern*, qui ne pouvait pas attendre son ami plus longtemps. Si le Griffon Noir s'attirait des ennuis, il allait devoir se débrouiller tout seul. Ambredragon avait un rendez-vous — arrangé par Urtho en personne — et il ne pouvait pas faire attendre ce genre de client.

Surtout pas ce soir ! S'il n'était pas à l'heure, *quelqu'un* pouvait associer son retard à la requête de Cinnabar et Tamsin, demander au garde qui était entré avec les deux Guérisseurs, puis découvrir le pot aux roses…

Et ce quelqu'un serait sûrement Urtho !

Skandranon était un griffon adulte en mesure de prendre soin de lui-même. Quand on lui posait la question, c'était exactement ce qu'il répondait.

Sur le chemin du camp, il ne croisa pas âme qui vive… Donc personne ne pourrait se demander pourquoi il courait ! Et puis, si on l'apercevait de loin, on ne penserait jamais qu'il s'agissait du *kestra'chern* Ambredragon.

*Je suis en meilleure forme que je ne l'aurais cru*, se dit-il en arrivant à sa tente. *Même pas essoufflé !*

Heureusement, Gesten avait dû tout préparer. Depuis qu'il avait pris l'hertasi à son service, Ambredragon n'avait plus à se soucier des tâches subalternes : sortir la table de massage, tiédir les huiles, chauffer les serviettes et allumer l'encens. Le genre de choses dont un *kestra'chern* ne pouvait pas s'acquitter… s'il avait des activités secrètes. Comme par exemple s'amuser à se glisser dans la Tour du Grand Mage en son absence…

Sa cliente n'était pas encore arrivée. Elle était peut-être en retard ou hésitait à consulter un *kestra'chern*. La plupart des nouveaux patients étaient inquiets jusqu'à ce qu'ils découvrent que son métier avait peu de rapport avec le sexe.

Peu importait ! Cela lui laissait le temps de se changer. Être toujours soigné était une question d'image. Et de respect.

Il se glissa dans sa chambre, se débarrassa de ses vêtements sales et enfila une des tenues de travail que Gesten avait sorties pour lui : une tunique et un pantalon en tissu épais et absorbant, d'un beau rouge écarlate avec des broderies bleues. C'était un ensemble fort simple, mais très ample, pour lui permettre tous les mouvements. À la lumière tamisée de la tente, il semblait spécial. Et il donnerait à sa cliente l'impression qu'elle l'était aussi.

Ambredragon tressa ses longs cheveux noirs et les attacha avec des petits grelots. Il savait que leurs tintements, pendant ses massages, aidaient ses patients à se relaxer.

Sa nouvelle cliente n'était toujours pas arrivée quand il revint dans son cabinet et vérifia les préparatifs de Gesten. Il faisait entière confiance au petit hertasi, mais on ne savait jamais…

Les bouteilles d'huiles parfumées attendaient dans leur récipient rempli d'eau tiède. Des pierres chaudes étaient placées sous le coffre où ils mettaient les serviettes à chauffer. La vapeur qui s'en échappait dégageait une bonne odeur de linge propre. La table de massage était couverte d'un matériau doux et moelleux et, placée contre elle, une chaise servait de marchepied.

Les roulettes en bois étaient sorties. Ainsi que les crèmes à base de plantes nécessaires pour le traitement des muscles. Et un pot de thé à l'herbe-vero était posé dans un coin, au cas où sa patiente aurait besoin de se détendre.

Gesten avait pensé à escamoter tous les objets qui pouvaient effaroucher la nouvelle et mystérieuse cliente. Les seules choses qui distinguaient son cabinet de celui d'un Guérisseur, en cet instant, c'étaient la légère odeur d'encens qui flottait dans l'air et les coussins éparpillés partout.

Il les réarrangea et huma les huiles parfumées, vérifiant qu'aucune n'était rance.

S'il n'avait pas eu de rendez-vous, il serait resté aux abords de la Tour, attendant que Skan daigne en sortir.

*J'aimerais savoir comment se passe l'assemblée des mages. Les hertasis y ont-ils envoyé quelques-uns des leurs ? Si oui, Gesten en connaîtra l'issue dès qu'elle sera terminée. Peut-être même avant. Mais je peux compter aussi sur Vikteren pour me faire un compte rendu…*

*J'espère que Skan pourra sortir de la Tour sans déclencher une alarme ! Et que le garde ne se doutera pas qu'il faisait quelque chose de défendu.*

*Et pourvu que Cinnabar et Tamsin trouvent un moyen de donner aux griffons la clé de leur fertilité !*

Voilà, il se remettait à jacasser mentalement ! Impossible de s'empêcher de se torturer pour des choses qui le dépassaient. S'il y pouvait quelque chose, parfait. Mais dans le cas contraire, il tournait et retournait la situation dans sa tête avec l'espoir de trouver un moyen d'agir.

Gesten le sauva d'une nouvelle séance de gymnastique mentale en introduisant sa mystérieuse cliente.

Ambredragon savait qu'il s'agissait d'une femme, mais Urtho s'était bien gardé de lui révéler son nom et il comprenait pourquoi…

Une raideur toute militaire, un uniforme impeccable, une coiffure d'une précision mathématique, une expression pincée…

*Bichehivernale ! Oh, Dieux…*

Les muscles de ses épaules et de sa nuque se raidirent et sa tête commença à lui faire mal. Il dut faire un effort pour ne pas montrer son antipathie et garder une expression impassible.

*Je suis un professionnel. Urtho me l'a envoyée et, grâce au bonus qu'il m'a alloué, je peux oublier que sa présence me déplaît. D'ailleurs, elle n'est là que pour une thérapie physique. Je ne suis pas obligé de lier connaissance…*

Tout cela traversa son esprit à la vitesse de l'éclair. Elle se déplaçait avec raideur — plus encore que dans son souvenir — et ce n'était pas seulement dû au déplaisir de se retrouver là. Que lui avait dit Urtho ?

*Ah, oui, blessure au dos.*

Intéressant. Elle était *très* raide pour quelqu'un qui ne souffrait que d'une lésion dorsale.

*Inutile d'être Empathe pour savoir qu'elle est aussi tendue qu'une catapulte armée. Je ne peux pas travailler sur elle dans ces conditions et ça m'étonnerait qu'elle se détende…*

*Intéressant. Je doute qu'elle m'ait reconnu. La lumière tamisée doit jouer en ma faveur.*

Soudain, il vit qu'elle l'avait identifié. Mais elle n'eut pas de mouvement de recul. Se pouvait-il qu'elle ait été trop occupée par les griffons pour le voir au côté de Skan ?

Gesten n'aurait pas préparé du thé pour rien. Elle n'était pas la première à venir voir un *kestra'chern* en étant trop tendue pour profiter de son traitement.

— Vous avez l'air d'avoir soif, dit-il. S'il vous plaît, buvez ceci. Ça vous aidera.

Étant *trondi'irn*, elle devait savoir que l'herbe-vero était riche en minéraux essentiels et qu'une personne dans son état en avait besoin.

Elle accepta la tasse, refusa d'y ajouter du miel et but une gorgée.

Il vit ses yeux s'arrondir de surprise, mais elle ne dit rien et vida le breuvage d'un trait.

*Comme pour me défier*, songea-t-il.

Elle ne devait pas s'attendre à ce qu'il s'épuise pour la soulager…

— Déshabillez-vous, dit-il. Et allongez-vous sur cette table.

Bichehivernale ignorait qu'Urtho l'avait adressée à

un *kestra'chern*. Elle connaissait Ambredragon de vue — il était toujours fourré en compagnie des Guérisseurs et des griffons — et elle savait quelle profession il exerçait.

Elle avait cru qu'on l'envoyait chez un Guérisseur sans don pour traiter son mal de dos. Un ordre du Mage du Silence, après l'entretien qu'ils avaient eu suite à l'affaire du parcours d'obstacles.

*Comment a-t-il réussi à me faire parler ?*

Elle l'ignorait. Mais elle lui avait révélé bien des choses. Le seul avantage qu'elle en avait tiré, c'était qu'Urtho, mettant son irritation contre les griffons sur le compte de sa blessure, s'était montré clément.

Quand il avait annoncé qu'il lui prendrait un rendez-vous lui-même, elle lui en avait voulu… mais elle s'était aussi sentie soulagée.

Elle lui en voulait toujours, et elle était en colère contre lui… Pour tout dire, elle se sentait un peu effrayée. Elle en voulait à Urtho parce qu'il avait arrangé le rendez-vous sans l'avertir. Elle était en colère contre lui parce qu'il avait présumé que sa vie amoureuse n'était pas satisfaisante.

Enfin, elle était effrayée à l'idée de ce que pouvait lui faire ce *kestra'chern* en particulier.

Au sujet des *kestra'chern*, Bichehivernale avait entendu dire des choses à faire dresser les cheveux sur la tête des dames bien nées. Et Ambredragon avait la réputation d'être un personnage… *exotique*. Conn Levas était venu le consulter pour la punir, et ce qu'il lui avait raconté était assez inquiétant…

En plus, elle ignorait ce qu'Urtho avait demandé en matière de traitement.

Si un seul membre de son Aile apprenait qu'elle était entrée sous cette tente, elle en entendrait parler jusqu'à la fin de ses jours.

D'ailleurs, elle avait mal au dos, et aucune envie d'être là.

*Les Dieux seuls savent ce qui arrivera à mon dos*

*si... si...* (Elle se sentit rougir et eut honte de son embarras.) *Cambrer les reins serait très mauvais pour ma colonne. Mais je doute qu'il le sache...*

Ses soupçons se confirmèrent quand elle goûta le thé et découvrit qu'il s'agissait d'herbe-vero. C'était un calmant, certes, mais réputé pour exacerber certains sens...

Enfin, c'était un décontractant musculaire et elle en avait besoin.

*S'il croit qu'en me droguant il va pouvoir abuser de moi, il se trompe. Pas avec mon dos. Une seule tasse suffit à peine à rendre la douleur supportable.*

— Déshabillez-vous et allongez-vous sur cette table, répéta-t-il.

Elle le regarda, abasourdie par son détachement clinique. Était-ce ainsi que cela fonctionnait ? N'y avait-il aucune... finesse ?

Bichehivernale regarda la table, puis le jeune homme.

— Vous voulez que je fasse *quoi* ?

Ambredragon soupira, exaspéré. Quel était le problème de cette idiote ? Il ne pouvait pas la masser pendant qu'elle se tenait raide comme une statue au milieu de la pièce ! Bien sûr, si elle était incapable de comprendre cela...

— Vous êtes la patiente que m'a envoyée Urtho, non ? demanda-t-il avec un soupçon d'ironie.

— Oui...

— Et vous souffrez du dos...

Qu'est-ce qui pouvait bien lui passer par la tête ?

— Oui...

Il soupira de nouveau, ce qui parut agacer la jeune femme. Mais bon. Jusqu'à présent, il avait eu le monopole de l'agacement. À elle, maintenant.

— Alors je vous prie de vous déshabiller et de vous allonger sur cette table, pour que je puisse vous aider.

— M'aider ? Comment ? demanda-t-elle. Je croyais avoir été envoyée chez un Guérisseur !

— C'est le cas ! répondit-il, laissant voir son exaspération. Mais vous semblez ignorer qu'un humain ne peut pas être massé à travers ses vêtements. Si vous préférez un autre thérapeute, libre à vous de l'expliquer à Urtho.

« Je suis un *professionnel* et je peux faire mon travail, même si mon patient est récalcitrant. Et le traitement que j'ai prévu pour vous n'est pas du tout ce que vous avez imaginé.

Sous ses airs sereins, il bouillait, les mâchoires si serrées que ses dents menaçaient de se fendre.

*Encore un de ces fichus Guérisseurs puritains ! J'aurais dû savoir qu'elle réagirait de cette manière. Tamsin et Cinnabar ont vu juste. Par Keros, combien de temps vais-je devoir supporter ces bêtises ?*

*Quant à Bichehivernale la Pure… Eh bien, à voir son air pincé, je peux dire qu'elle est égale à sa réputation.*

Elle n'avait pas bougé d'un pouce depuis qu'elle était entrée.

Comme de juste, elle ne l'avait pas cru quand il avait affirmé être un Guérisseur. Elle devait imaginer que c'était un stratagème pour qu'elle baisse sa garde…

*Merci, mais je n'accepte que les partenaires sexuelles consentantes.*

Ses maux de tête augmentèrent. Merveilleux, cela ne venait pas seulement de lui, mais d'elle ! Pas étonnant qu'elle ait cet air pincé.

*Comment vais-je la convaincre que je suis un vrai Guérisseur ? Dois-je couper la main de Gesten et la rattacher à son bras ? Je me demande si Sa Majesté la Vierge de Glace réagirait à ça. Son amant et elle se sont bien trouvés ! Si Urtho ne me l'avait pas envoyée, je lui dirais de rentrer chez elle.*

— Je ne suis pas une menace pour votre… vertu. C'est une table de *massage*. J'ai l'intention de travailler sur votre dos et de voir si je peux vous guérir. C'est aussi simple que ça.

Il tapota la table ; elle avança lentement.

— Massage, répéta-t-il comme s'il s'adressait à un tout petit enfant. Je suis un *excellent* masseur. Dame Cinnabar refuse d'être massée par un autre que moi.

Il fut récompensé par les deux ou trois pas de plus qu'elle fit. Fermant les yeux, il maudit intérieurement l'idiote qui transformait une séance de massage en une séance de... torture.

— Si vous êtes pudique, je me retournerai pendant que vous vous déshabillez. Vous pouvez vous envelopper dans le drap posé à côté de la table.

Il lui tourna le dos et l'entendit se dévêtir. Bien. Si elle n'était pas convaincue de sa compétence, au moins l'était-elle de sa sincérité.

Il partageait son mal de tête à un tel point qu'il dut lever ses boucliers. Une honte ! Il n'avait jamais fait une chose pareille avec une consœur. Son Empathie lui était très utile pour découvrir ce qui n'allait pas. Et elle lui permettait de bloquer la douleur avant que son patient la ressente.

Il comprenait pourquoi Urtho lui avait envoyé Bichehivernale. Il ne savait pas grand-chose sur elle, sinon qu'elle souffrait de traumatismes auxquels elle n'avait pas su faire face. Les *trondi'irn* n'étaient généralement pas occupés au point de négliger leur santé. Non, elle devait se punir par le biais de son mal de dos.

*Tu es censé guérir les esprits, alors fais-le.*

Qu'avait dit Urtho ?

*Elle a eu de mauvais parents. Mais elle ne semble pas avoir été violée...*

Cette femme n'avait pas été maltraitée ou négligée physiquement. Mais émotionnellement...

*Je parie que ses parents attendaient d'elle la perfection... et qu'ils l'obtenaient. Elle n'a pas reçu beaucoup d'affection, si ce n'est quand elle parvenait à atteindre cet objectif dément... Oui, ça correspond à ce que je lis en elle.*

Et maintenant, elle était aussi exigeante avec les

autres — et avec elle-même — que ses parents avec elle.

*Voilà pourquoi elle s'est acoquinée avec ce manipulateur de mage. À ses yeux, elle ne mérite pas mieux. Elle a choisi un homme qui la traite comme son père et sa mère la traitaient. Et elle lui rend la pareille, parce qu'elle ne sait pas faire autrement.*

Il se massa le front du bout des doigts.

*Je ne peux pas réparer des décennies de mauvais traitements en quelques heures. Autant commencer par le plus simple.*

Quand Ambredragon se retourna, il vit qu'elle s'était couverte avec le drap du cou au creux des genoux. Il choisit une huile parfumée à la lavande — une senteur suffisamment fraîche pour la convaincre qu'il n'essayait pas de la séduire — en chauffa un peu entre ses paumes et commença son massage.

Il ne s'était pas vanté. Cinnabar préférait avoir recours à ses services plutôt qu'à ceux de n'importe qui. Peu à peu, il sentit refluer la tension de la femme. Sa compétence devait l'avoir convaincue qu'il n'avait pas menti.

Certaines barrières qu'elle avait érigées entre eux tombèrent, mais il n'en profita pas tout de suite.

*Non, flocon de neige ! J'ai l'intention de te prouver que je suis ce que j'ai prétendu être.*

*Tu es un défi et je n'ai jamais pu résister à les relever. Et Urtho — qu'il soit maudit — le sait bien !*

Quand Bichehivernale réalisa que l'homme savait ce qu'il faisait — au moins en ce qui concernait les massages — elle oublia sa peur. Plus elle se détendait, plus les mains qui pétrissaient sa chair la soulageaient.

*Bizarre. J'ai toujours cru qu'un massage devait être douloureux…*

En fait, c'était si apaisant que son esprit partit à la dérive. Il lui fallut un certain temps pour reconnaître la sensation familière qu'elle éprouvait.

Elle écarquilla les yeux de surprise, mais n'osa pas bouger — on ne devait sous aucun prétexte interrompre une transe de ce genre… Mais cet homme était en train de la guérir !

— Vous vous êtes sacrément abîmé le dos, dit-il.

Il… *parlait* ! Comment pouvait-il être en transe et parler ?

— Un de vos disques vertébraux est complètement écrasé. Je fais de mon mieux pour réparer les dégâts et réduire l'inflammation. Ça devrait vous soulager.

— Oh. J'avais cru m'être brisé une vertèbre.

— Rien d'aussi excitant ! Ça aurait pu être pire. Urtho a eu une bonne idée en vous envoyant à moi. Sentez-vous une tension ici… ?

Bichehivernale localisa une tête d'épingle de fraîcheur au milieu de l'océan de chaleur qu'il avait créé. Les Guérisseurs savaient activer un nerf donné, mais pas une *sensation*. Depuis qu'elle avait terminé sa formation, elle pouvait activer une zone aussi large que son pouce, mais pas sans provoquer en même temps de la douleur. Mais ce *kestra'chern* pouvait « toucher » un nerf sur un dixième de cette surface, et sans provoquer d'autre sensation qu'un léger froid !

Elle se contenta de grogner et baissa un peu plus ses défenses. Il était compétent… et il lui faisait un bien fou.

Ambredragon laissa l'équilibre des fluides se rétablir lentement autour de la lésion. Il voulait se montrer prudent, mais aussi gagner du temps.

Ce n'était pas aussi simple qu'il l'avait pensé.

Bichehivernale était comme un oignon. Dès qu'on enlevait une couche, on en découvrait une autre dessous. Elle avait tellement de défenses qu'il se demanda contre quoi elle les avait érigées.

— Comment vous êtes-vous fait ça ? demanda-t-il d'une voix apaisante. Ce genre de blessure n'arrive généralement pas d'un coup. N'aviez-vous rien remarqué ?

— Mon dos me faisait souffrir depuis un certain temps, admit-elle comme à regret. Ma famil… J'ai toujours eu des petits problèmes de dos. Ne dit-on pas que la maladie s'attaque au point faible d'un individu ?

— Oui, répondit-il, se demandant pourquoi « ma famille » était devenue « je ». (Il réfléchit avant de poser sa prochaine question.) Les Guérisseurs étant très occupés, vous n'avez pas voulu les ennuyer avec ça…

Elle grogna et la peau de sa nuque rougit.

— Je n'aime pas me plaindre pour un rien ! Alors, j'ai avalé beaucoup de tisane de saule.

« Mais après la défaite à Polda, une femelle de la Sixième est revenue avec de profondes griffures. Quand j'ai voulu l'attacher, la créature est devenue folle.

Il y avait du ressentiment dans sa voix. Comme si elle pensait que le griffon l'avait fait exprès…

— Qui était-ce ?

— Pardon ? demanda-t-elle, soupçonneuse.

— Le griffon, qui était-ce ? Je savais qu'Aubri avait été brûlé, mais j'ignorais qu'une femelle avait été blessée. Si c'est Sheran… Elle comptait parmi les griffons sauvés par la Troisième avant la prise de Stelvi. Ma'ar les avait fait attacher et il s'apprêtait à les démembrer. Nous ignorons ce qu'il leur a fait subir, mais il est passé maître dans l'art de la torture.

*Voilà. Maintenant, elle devrait voir ce griffon comme une personne…*

— C'est peut-être elle, répondit Bichehivernale, comme si elle était surprise par cette révélation. Elle est couverte de cicatrices…

— Ma'ar prend un malin plaisir à torturer les griffons parce qu'il sait qu'Urtho les considèrent comme ses enfants.

— Je l'ignorais. (Silence.) J'aime les animaux. J'ai toujours été douée avec les chevaux et les chiens. Voilà pourquoi j'ai voulu devenir *trondi'irn*.

— Les griffons…

Ambredragon ne finit pas sa phrase.

— J'avais pensé que les griffons n'étaient rien de plus que des oiseaux doués de parole pour pouvoir répéter les messages qu'on leur confie. (Elle soupira et les muscles de son dos remuèrent sous les paumes du *kestra'chern*. Il dut utiliser son don pour les empêcher de se contracter.) Je n'arrête pas de me répéter ça, mais je sais que c'est faux. Je déteste voir une créature intelligente souffrir…

— Eh bien, répondit Ambredragon, choisissant ses mots, j'ai toujours pensé qu'il était pire de voir souffrir un animal. Impossible de lui expliquer qu'on va lui faire mal pour le soulager.

« En revanche, un griffon, un kyree, un tervardi ou un hertasi peuvent comprendre ça. Je déteste voir mourir un animal, surtout quand il est attaché à moi. Parce qu'il ne comprend pas que la personne qui est devenue son dieu ne peut rien pour lui.

— On dirait que vous avez réfléchi à la question.

— C'est mon métier. De nombreux combattants viennent me consulter après avoir rêvé qu'ils voyaient leur chien mourir sur un champ de bataille. Mon rôle, c'est de leur expliquer pourquoi ils ont vu leur chien et pas l'ami qu'ils viennent de perdre.

Elle ne trouva rien à répondre à cela. Après un court silence, elle revint à son sujet d'origine.

— J'essayais de guérir ma patiente et j'étais courbée dans une drôle de position quand elle m'a violemment repoussée. Je me suis mal réceptionnée et quand je me suis relevée, j'ai eu mal. Mais j'ai cru que c'était normal.

*Bien, ce n'est plus « la créature », mais « elle »…*

— Sauf que la douleur s'est aggravée avec le temps.

— Une leçon que je ne suis pas prête d'oublier. Mais comme je vous l'ai dit, je n'aime pas me plaindre pour des broutilles.

— La douleur n'est pas une broutille.

Sur ces mots, elle se détendit un peu plus.

— Il faudra plus d'une séance pour réparer les dégâts. Si vous pouvez vous en remettre à un simple *kestra'chern*, bien sûr.

La nuque de Bichehivernale rougit de nouveau.

— Je... vous êtes un bien meilleur Guérisseur que moi. (Cet aveu lui coûta beaucoup.) Je sais que vos services sont payants... mais si vous acceptiez...

— Je refuserais un trésor pour m'assurer que la Guérisseuse de mes amis griffons est en forme, coupa Ambredragon. Ainsi elle pourra mieux prendre soin d'eux.

« Skan n'est pas mon seul ami parmi les griffons et je veux que tous bénéficient des meilleurs soins.

— Ah... merci.

Il réexamina sa blessure.

— Je ne peux rien faire de plus aujourd'hui. Dès que j'aurai fini mon massage, vous rentrerez chez vous. Je pense que vous sentirez la différence.

— Je la sens déjà, admit-elle.

Il prit de nouveau un peu d'huile de massage, la chauffa entre ses paumes et s'attaqua aux muscles dorsaux contractés qu'il n'avait pas encore touchés.

Elle laissa échapper un petit cri quand le premier se relâcha, puis trembla des pieds à la tête.

Ambredragon connaissait bien cette réaction, mais pas la jeune femme.

— Oh ! s'écria-t-elle, se raidissant.

— Tout est normal, ne bougez pas ! ordonna-t-il. Essayez d'ignorer cette réaction, et si vous ne le pouvez pas, tâchez d'y trouver du plaisir.

Elle ne répondit pas. La dernière fois qu'il avait dit ça à un patient, celui-ci avait demandé : « Comme dans le cas d'un viol ? »

Mais le viol faisait surtout partie de la vie des simples soldats...

Rien n'indiqua que cette pensée avait traversé l'esprit de Bichehivernale.

— Si je vous fais mal, dites-le-moi. Un bon massage ne doit pas être douloureux... Dans votre cas, si vous souffriez, cela détruirait tout le travail que j'ai fait.

— Je vous le dirai. Mais vous ne me faites pas mal. C'est juste... bizarre. Mes mus... Je n'avais encore jamais été massée pour une blessure.

*Quel autre type de massages, alors ? Certainement pas sexuel... Donc, des traitements de beauté ?*

Oui, sans doute. Elle avait une peau parfaite, sans imperfection ni cicatrice. Quand elle ne se tenait pas raide comme un piquet, le corps de Bichehivernale était l'incarnation même de la beauté humaine. Elle prenait soin de ses cheveux et de sa peau, elle n'avait pas de callosités et se faisait les ongles, y compris ceux des orteils.

Comme une noble...

*Je croyais pourtant connaître tous ceux qui vivent dans le camp...*

— Vous entendez-vous bien avec vos supérieurs ? demanda-t-il. J'ai besoin de le savoir, car au moindre problème, vos muscles se crisperont et je vous demanderai alors d'avoir recours à un décontractant.

— Ils imaginent que je suis la subordonnée parfaite. Je suppose que je l'ai été. C'est sans doute pour ça que j'ai commencé à avoir mal au dos. Je ne leur dis jamais non, j'obéis à tous leurs ordres, même si je les désapprouve. Vous devez penser que je suis lâche, mais j'ai peur de perdre ma position.

— Cela n'arrivera pas si vous parlez à Urtho. Vous êtes *trondi'irn* et vous pouvez refuser d'exécuter les ordres d'un général s'il en va de la vie de vos griffons.

— Mais je ne peux pas faire ça ! (Sa peau devint froide. Elle avait peur. Mais de qui ? De quoi ? De parler à Urtho ?) Et puis, mon am... amant est un des mages de Shaikman. Si j'allais voir Urtho, je serais affectée à une autre Aile et je ne veux pas être loin de lui.

*Faux !* Tous les muscles de son corps le proclamaient et Ambredragon était d'accord avec eux. Elle avait butté sur le mot « amant », pas parce qu'elle avait honte, mais parce que l'homme dont elle parlait ne correspondait pas à ce mot. Il se rappela Conn Levas, qui était venu le voir pour faire honte à sa partenaire.

*Et cette partenaire, c'était Bichehivernale.*

Le mage et elle pouvaient partager une passion animale. Pas de l'amour.

*Il se passe quelque chose. Cet homme la protège. Mais il l'ignore, sinon il s'en servirait contre elle.*

Tout cela était décidément très compliqué.

— Vous n'avez plus à vous inquiéter à ce sujet, dit-il.

— Que voulez-vous dire ?

— Urtho est déjà au courant de ce qui se passe dans la Sixième. Vous n'aurez pas à lui en parler. Il prendra les mesures qui s'imposent.

— Oh !

Elle se détendit visiblement.

*Quelle réaction ! On dirait que ça avait un rapport avec la peur qui ne la quitte jamais…*

Mais il ignorait de quoi il pouvait s'agir. Peut-être devait-il chercher dans son passé… ?

— Je suis devenu Guérisseur dans ma plus tendre enfance, dit-il. Mes parents, pensant bien faire, m'ont envoyé dans une école de médecine moderne, où les professeurs ne croyaient ni à l'Empathie ni à la Guérison. J'étais constamment entouré de malades et je partageais leurs souffrances. J'ai eu beau l'écrire à mes parents, ils ne pouvaient pas comprendre. Ils se disaient que j'étais ingrat…

— Mes parents étaient comme ça aussi. Ils *savaient* que leurs enfants étaient exceptionnels… alors il ne pouvait pas en être autrement. Ils n'ont jamais compris que je ne me montre pas plus reconnaissante.

*C'est bien ce que je pensais !*

— Comme mes parents, les vôtres devaient avoir vos intérêts à cœur. Ils étaient peut-être trop jeunes pour élever des enfants. Ou ils ne comprenaient pas qu'un enfant n'est pas une copie miniature d'eux-mêmes.

— Cela excuse-t-il leur comportement ?

— Non. Car il y a une raison à tout, y compris à ce que nous sommes… Même Ma'ar n'est pas devenu ce qu'il est sans raison.

Cela les entraîna sur des sujets philosophiques. Au bout d'un moment, Ambredragon dut admettre — à contrecœur — qu'il aimait bien Bichehivernale.

Elle allait devoir changer et ce ne serait pas facile. Mais il serait là pour l'aider. Pour l'instant, elle n'était pas un danger que pour elle-même, elle l'était aussi pour les autres. Peu importait l'énergie qu'elle dépensait pour le cacher : elle était déséquilibrée et elle avait peur.

Or, la peur restait l'arme préférée de Ma'ar.

## CHAPITRE XI

Skandranon entra dans la tente-cabinet de Tamsin et Cinnabar, suivi par une brise mutine qui lui ébouriffa les plumes de la crête. Il les trouva occupés à déchiffrer les notes prises dans la Tour. Leurs têtes se touchant presque, l'une blonde et l'autre brune, ils formaient un tableau émouvant. Mais le Griffon Noir n'était pas là pour contempler des images de paix. Il n'y aurait pas de paix tant que Ma'ar continuerait d'avancer. Et il savait que s'approprier ce secret n'avait pas été raisonnable.

Mais quoi qu'il arrive à Urtho, la survie de sa race était assurée.

— Tu en as mis du temps ! dit Tamsin sans lever les yeux.

Cinnabar lui fit un clin d'œil. Son compagnon leva la tête et le regarda.

— Qu'est-ce qui t'a retardé ? T'es-tu arrêté pour séduire une demi-douzaine de femelles griffons ?

Skan rougit, mais il parvint à garder un ton neutre. Une demi-douzaine… eh bien, il y avait eu une femelle, mais il ne l'avait pas séduite. Et il ne parlerait de Kechara à personne avant d'en avoir discuté avec Urtho.

— Non, uniquement pour regarder quelque chose d'intéressant. Alors, qu'avez-vous découvert ?

La lueur qu'il vit dans le regard de Tamsin lui apprit que les nouvelles étaient bonnes.

— Ton prétendu « sort » n'en est pas vraiment un. Il s'agit plutôt d'une combinaison de rituels et de procédés tout ce qu'il y a de simples. Urtho a enrobé le tout de mysticisme et l'a coloré de magie — spectaculaire, mais ne demandant pas une grande dépense d'énergie — pour mieux vous tromper.

— *Quoi ?*

Il s'était attendu à des sorts simples, mais ça...

Tamsin se laissa aller en arrière en riant.

— En vous créant, il s'est inspiré de plusieurs animaux. La grande chouette blanche, par exemple... La femelle ne pond des œufs que si le mâle la nourrit de souris de la toundra...

« Le "rituel" pour une femelle griffon est le suivant : elle doit jeûner pendant deux jours, puis se goinfrer de viande juste avant l'accouplement. Son instinct sait alors qu'il y a suffisamment à manger pour qu'elle puisse enfanter, et elle devient féconde.

— Mais nous ne pondons pas d'œufs...

Tamsin ignora l'interruption.

— Il s'est aussi inspiré des tigres des neiges. Si le climat était plus froid, ils auraient quatre portées par an. Mais la semence des mâles est stérile au-dessus d'une certaine température...

« Urtho a créé les griffons mâles avec une température corporelle si élevée que leur sperme est en sommeil. Votre "rituel", c'est de méditer dans une grotte pendant deux jours pour la faire baisser. Une potion ou un simple sort peuvent avoir le même effet — c'est la seule partie pour laquelle Urtho s'est servi utilement de sa magie.

— Tu peux aussi t'asseoir sur un bloc de glace ! railla Cinnabar.

— Merci, répondit le Griffon Noir, très digne, mais je n'irai pas jusque-là.

— Sérieusement, en l'absence des herbes adéquates

et d'un Guérisseur, un mâle griffon peut se reproduire pendant la saison froide. Ou en se retirant dans une grotte avant l'accouplement et en volant très haut pendant celui-ci.

Tamsin rit de bon cœur.

— Mais vous avez le sang si chaud que vous allez devoir monter très, *très* haut.

Cinnabar joignit son rire à celui de son compagnon. Voilà longtemps qu'ils n'avaient pas utilisé leurs talents pour *créer* et cette aventure les aidait à oublier momentanément la guerre.

— Oh, et en ce qui concerne le vol nuptial... Plus il est acrobatique, mieux c'est. Tiens... (Il tendit ses notes au griffon.) Plus le vol est bon, plus il y a de chances d'avoir au moins des jumeaux.

Skan s'assit lourdement. Il était si surpris qu'il n'arrivait pas à assimiler la nouvelle.

— Et c'est *tout* ?

— Oui, répondit Cinnabar. Tout le reste n'est que poudre aux yeux... Les Dieux savent qu'Urtho est un artiste qui adore les effets spectaculaires !

« Mais vous devrez respecter tout cela à la lettre. Sinon, pas de petit !

Elle pencha la tête et l'observa.

— Tu dois savoir *pourquoi* il ne vous a pas donné la clé de votre fécondité. C'est écrit là, noir sur blanc...

Skan attendit qu'elle continue, mais elle semblait vouloir qu'il pose la question.

— Pourquoi ? grogna-t-il, la voix vibrant de colère. J'imagine certaines de ses raisons ! Nous sommes des combattants et il est difficile de partir à la guerre en laissant des petits derrière soi... Il a eu peur de se retrouver avec trop de griffonneaux affamés, au risque de ne plus pouvoir nourrir son armée. Et nous sommes ses créatures, alors il s'est arrogé le droit de contrôler les naissances.

*Cela fait partie de son programme de reproduction.*

*Comme tous les éleveurs, il ne veut que des « races » pures…*

— Il peut même l'avoir fait pour garder un moyen de pression sur nous. Alors ? Suis-je près de la vérité ?

— Non, Skan, répondit Cinnabar. Laisse-moi te lire ce qu'Urtho a écrit et je suis sûre que tu te sentiras mieux…

Elle se pencha sur ses notes :

— « J'ai souvent vu des parents humains, trop jeunes ou trop instables pour fonder une famille, mettre au monde un enfant maltraité et malheureux. Refusant que ce genre de chose arrive à mes griffons, je veux les observer et découvrir lesquels d'entre eux feront des *bons* parents. Mes créatures auront ainsi un meilleur départ dans la vie que la plupart des humains qui les entourent…

« Je ne suis pas un expert, mais j'ai appris à observer les autres et j'ai l'intention de mettre mon expérience à profit. Un enfant n'est pas une réplique de soi, un être qu'on peut modeler et contrôler à loisir pour obtenir tout ce qu'on n'a pas obtenu soi-même.

Cinnabar marqua une pause, pour laisser à Skan le temps d'assimiler ce qu'elle venait de lire.

— « Donner le jour à un enfant doit être une preuve d'amour et de respect. Si procréer demandait plus qu'un simple moment de plaisir, il y aurait peut-être moins de misère dans le monde. Mes griffons seront des créatures plus heureuses que leur créateur… »

Cinnabar regarda le grand griffon. Il clignait des yeux, complètement abasourdi. Depuis vingt-quatre heures, l'idée qu'il se faisait d'Urtho n'avait pas cessé de changer.

La joie le submergea. Une joie à l'état pur, comme celle que lui avait toujours procurée l'amitié d'Urtho et qu'il pensait avoir perdue.

*Je n'aurais jamais osé rêver… C'est une très bonne raison. Et comme ce texte n'était pas censé être lu, ce n'était pas pour se disculper… En dépit de tous ses efforts, une erreur a été commise avec Zhaneel. Alors que se serait-il passé s'il n'avait rien fait ? J'ignorais qu'il avait consacré tant de temps à tout ça…*

— Urtho est plus sage que je ne l'aurais cru. Il a bien fait de nous guider.

— Je suis sûr que vous vous débrouillerez très bien tout seuls, répondit Tamsin, une lueur dans le regard. Procréer exige des efforts, et seuls les couples motivés se lanceront dans l'aventure.

Skan ferma les yeux et s'ébroua de la tête à la queue.

— Certains de mes congénères sont paresseux… Il y aura des petits, mais dans l'immédiat, ils ne seront pas nombreux. La guerre continue et le « rituel » complet demande du temps.

Cinnabar sourit et Tamsin acquiesça.

— Au fait, pour un vol nuptial couronné de succès, les deux partenaires doivent être légers et réussir des acrobaties spectaculaires.., Sinon, tout cela n'est qu'un simple exercice physique.

Il haussa les sourcils de manière suggestive.

— Les exercices ont parfois du bon, répondit Skan.

— Tu dois le savoir ! lâcha innocemment Cinnabar. J'ai entendu dire que tu étais le plus grand expert de ce type d'exercices griffoniques que la terre ait porté…

— Moi ? répliqua Skan avec la même innocence feinte. (Il n'allait certainement pas manquer une occasion de se vanter. Avec tous ses détracteurs, il ne pouvait compter que sur lui-même pour ça.) Je suppose, puisque je suis un excellent danseur et un expert en acrobaties aériennes…

À ces mots, Tamsin fut secoué d'un rire silencieux. Cinnabar se contenta d'un sourire serein.

— Si tu ne m'avais pas donné ce genre de réponse, j'aurais été inquiète. Il est si facile de perdre la tête dans ce genre de situation…

— Je me sens parfois comme une plume ballottée par le vent… Mais je dois toujours me souvenir de qui et ce que je suis. Et puisque *je suis* irrésistible, il est de mon devoir de vous rassurer, pour que vous sachiez que je vais bien.

« Merci, mes amis, continua-t-il, changeant de sujet avant que Cinnabar ne lui demande *qui* le trouvait irrésistible. Seul, je ne serais arrivé à rien. C'est sans doute la seule occasion où vous entendrez le Griffon Noir admettre qu'il ne pouvait pas faire quelque chose.

— Pour une concession, c'est une concession, Votre Majesté ! s'écria Tamsin. Nous allions vous demander tous vos trésors, mais ça devrait...

Cinnabar lui flanqua un coup de coude.

— Tais-toi, idiot, il est sérieux ! le gronda-t-elle.

— Oui, très, dit Skan d'une toute petite voix. Et je ne suis pas le seul à vous devoir quelque chose. Tous les miens vous sont redevables.

Cinnabar secoua la tête.

— Considère ça comme un cadeau d'amis. Nous ne pourrons jamais t'en faire de plus beau... C'est donc un honneur.

Skan savait qu'ils étaient ses amis, mais jusqu'à cet instant, il ignorait à quel point ce mot avait un sens.

— Pourquoi ? souffla-t-il.

— Tamsin, Ambredragon et moi vous admirons beaucoup. Et les *trondi'irn* aussi. Personne ne peut travailler avec vous sans éprouver d'admiration. Vous avez tant de bonnes choses en vous...

Skan rougit. C'était une chose de se vanter et de louer sa propre race... Mais entendre ce genre d'éloges sortir de la bouche de dame Cinnabar ! Elle avait beaucoup voyagé, fréquentant les plus grandes cours, et elle louait rarement les mérites de quiconque.

— Mais vous n'en êtes pas moins exaspérant ! ajouta-t-elle, malicieuse. Une flopée de petits tout aussi exaspérants devrait vous apprendre l'humilité.

Skan renifla dédaigneusement et se redressa de toute sa hauteur.

— Mais certainement, dit-il. À condition que vous

m'enseigniez ce « sort »... Ainsi, je pourrai transmettre ces informations aux miens.

— Tout est prêt, mon ami, dit Tamsin, lui tendant une feuille. Mémorise ce texte, suis-le à la lettre, et tu pourras goûter aux joies de la paternité ! Ensuite, tu le transmettras à tous ceux que tu voudras condamner à nourrir leurs petits, à leur courir après et à répondre à leurs innombrables « pourquoi ? » pendant des années...

Skan se saisit de la feuille et l'apprit par cœur. Puis il la rangea dans la sacoche qu'il portait autour du cou.

— L'un de vous sait-il comment s'est déroulée l'assemblée des mages ? demanda-t-il.

Ils secouèrent la tête.

— Non, et je ne pourrai pas dormir sans le savoir, dit Tamsin. Ce qui sortira de cette réunion pourrait bien vous affecter, vous et tous les non-humains.

— Je sais. J'ai une idée : allons à la rencontre de Vikteren !

Tamsin se leva et tendit une main à sa compagne.

— Oui, allons-y !

Ils rencontrèrent le jeune mage à mi-chemin entre la Tour et la Colline des Guérisseurs.

Vikteren était épuisé et il avait hâte d'aller se coucher, mais il prit quand même le temps de les rassurer un peu.

— Nous avons trouvé une solution. Personne n'est vraiment heureux, alors je suppose que c'est un bon compromis.

Cela suffit à Tamsin. Cinnabar, elle, savait qu'elle entendrait très vite la version d'Urtho. Mais pas assez vite au goût de Skan.

Vikteren avait promis au griffon de lui en dire plus dès qu'il se serait reposé. Ils se retrouvèrent le lendemain pour aller admirer les prouesses de Zhaneel. Selon l'Apprenti, l'assemblée avait été une des réunions les plus anarchiques qu'ait connue l'armée d'Urtho.

— Il y a eu beaucoup de cris et de plaintes, mais je devrais pouvoir résumer tout ça en quelques phrases. Nous avons passé la majeure partie du temps à gémir et à rouspéter.

« Urtho a dit que les mages ne connaissaient rien à la stratégie, mais il a admis que certains de ses commandants outrepassaient leurs droits et leur fonction et il a promis d'arranger les choses. En attendant, il nous a demandé de rester à nos postes et de faire notre rapport à Étoileneige, un Adepte kaled'a'in.

Vikteren haussa les épaules.

— Étoileneige n'était pas très heureux, mais c'est l'Adepte le mieux organisé après Urtho. Il a toute une ribambelle d'aides et une douzaine d'oiseaux-messagers.

« Comme ce sont les généraux qui ont râlé le plus, j'estime que nous ne nous en sommes pas trop mal tirés.

— Je suis d'accord avec toi.

Ils s'assirent à l'ombre. Aujourd'hui, Zhaneel ne courait pas mais supervisait le travail d'un groupe de griffons. Vikteren était venu en simple spectateur. Il ne pouvait pas se permettre de s'impliquer davantage dans un projet « illégal ».

On murmurait pourtant que l'entraîneur Shire faisait pression sur les autorités compétentes, appuyé par les mages qui voyaient dans le parcours un moyen de former leurs propres recrues. Mais tant que les choses resteraient en l'état, Vikteren devrait travailler avec les ressources à sa disposition.

Ni l'un ni l'autre ne savaient ce que Zhaneel et Bichehivernale s'étaient dit. La petite femelle avait rapporté à Aubri que la *trondi'irn* n'avait pas tout à fait tort, certains griffons n'étant pas faits pour le genre d'attaques qu'elle avait imaginées. Il fallait que l'entraîneur et elle les supervisent, afin qu'ils ne se blessent pas.

*Avoir de l'autorité lui va bien !*

Elle avait infiniment plus confiance en elle-même. Cela se voyait dans sa façon de se tenir, de marcher, et même de voler. Désormais, elle pouvait croiser le regard de tout le monde, y compris celui des humains. Et elle se lissait soigneusement un plumage qui brillait de santé.

Bref, c'était la jeune créature la plus désirable que Skan ait jamais vue. Et il n'était pas le seul griffon à l'avoir remarquée.

Il aurait fallu qu'il soit aveugle pour ne pas s'apercevoir du manège des autres mâles. Dès qu'elle regardait dans leur direction, ils paradaient. Et elle était consciente de leur intérêt !

Skan claqua du bec de frustration.

Elle les traitait tous de la même manière, sans montrer de préférence pour aucun. Mais elle ne faisait pas attention à *lui* ! Pourtant, il était bien visible, surtout à la lumière du jour. Avait-elle déjà oublié qu'il avait tenu tête à Bichehivernale pour elle ?

— Alors, comment répands-tu ton petit secret ? demanda Vikteren.

— Il se répand tout seul, répondit Skan, sans perdre Zhaneel du regard.

Avait-il assez récupéré pour se joindre à ses élèves ? Avec ses dons de danseur, il deviendrait rapidement le meilleur. Qu'était-il arrivé à la petite grifaucon qui avait éveillé en lui des instincts protecteurs ? Ce qu'elle lui inspirait n'avait plus rien à voir avec ça...

— Je l'ai transmis aux huit chefs d'Ailes et ils se chargent de le répéter à d'autres... Comme l'a dit Tamsin, c'est un rituel très simple. Dans trois jours, tous les griffons devraient le connaître.

*Y compris Zhaneel. Il faut que je trouve un moyen de lui parler. Elle doit apprendre la vérité au sujet de ce qu'elle est.*

— T'a-t-on demandé comment tu l'avais obtenu ?

Skan rit.

— J'ai inventé plusieurs histoires toutes aussi plausibles les unes que les autres. Bien sûr, aucune n'est vraie. C'est une information si importante que personne ne se vantera de la posséder avant que j'aie pu en parler à Urtho. Qui voudrait lui apprendre que son secret est éventé !

Vikteren haussa les sourcils.

— C'est toi qu'ils envoient au massacre ?

Skan pâlit. Ce n'était pas le genre de choses qu'il souhaitait entendre.

— Urtho est mon ami. Et c'était *mon* idée de lui voler le secret de notre fécondité. À moi de lui dire qu'il ne nous contrôle plus par ce biais ! Tous les autres sont d'accord. Si je me charge de lui annoncer la nouvelle, il réagira peut-être moins violemment.

— Veux-tu dire qu'il ne t'écorchera pas vif ? Ils ont peut-être raison…

— J'espère…, marmonna le griffon.

*Zhaneel saura-t-elle d'où vient l'information ? J'aimerais pouvoir la lui apprendre moi-même…*

Ambredragon avait pris l'habitude de voir Zhaneel chaque jour.

La petite femelle ayant perdu des plumes lors de ses exercices, il fallait maintenant dégager les nouvelles.

Il n'avait pas encore fait ça pour un autre griffon que Skan depuis qu'il avait terminé son apprentissage. Mais c'était une tâche reposante. Sentir le tuyau dur de la plume au milieu du duvet doux, les battements du cœur sous la peau écarlate et la chaleur élevée du corps d'un griffon était absolument fascinant.

— Il était là, dit Zhaneel. Je l'ai vu. Il a l'air d'avoir maigri.

Ambredragon n'eut pas besoin de lui demander qui était ce « il ». Et il sourit en imaginant le grand Skandranon en train d'observer la femelle de loin.

— Il a maigri, c'est vrai, répondit-il. Mais il est encore convalescent. Nous ne lui avons pas autorisé beaucoup d'exercice. Il a toujours tendance à en faire trop, trop vite. Mais s'entraîner avec toi lui serait bénéfique… Dois-je me renseigner pour savoir s'il est intéressé ?

*Intéressé ? Il serait capable de piétiner tous ceux qui se dresseraient en travers de son chemin !*

— Oh…, gémit Zhaneel en pâlissant. Je… Il…

— Ne te laisse pas impressionner par lui, Zhaneel ! Ce n'est qu'un griffon comme les autres. Il est beau, mais il a autant de défauts que de qualités. Et c'est *toi* l'experte dans ce genre de tactiques. (Il lui flanqua une tape affectueuse sur le bec.) Et s'il t'intéresse, il ne faut pas le lui montrer. La plupart des femelles se jettent à son cou. Témoigne-lui de l'admiration, mais rien de plus.

— Je ne sais pas… (Elle lui jeta un coup d'œil incertain par-dessus son épaule.) J'ignore si je pourrais faire ça. C'est *Skandranon* ! Comment puis-je ne pas lui montrer…

— Et pourquoi pas ? Zhaneel, tu es son égale. L'entraîneur Shire et moi-même te l'avons répété quotidiennement. Non ?

— Ou… oui.

— Contente-toi d'être toi-même ! Tu verras, ce n'est pas si dur que ça. Ne l'as-tu pas toujours été en ma compagnie ? Montre-lui du respect et laisse-le deviner le reste. (Il gratta le bout du tuyau d'une plume qui pointait à peine.) Traite-le comme les autres griffons qui font la roue pour tes beaux yeux.

Zhaneel cligna des yeux, perplexe.

— La caille qui s'échappe est souvent plus grasse que celle qu'on attrape, finit-elle par dire. Je vais essayer, si tu penses que ça peut marcher.

— Puisque personne n'a jamais joué à ça avec lui, ça marchera, répondit Ambredragon, amusé. Et ça lui fera du bien. Il est temps qu'il s'aperçoive qu'il ne peut pas avoir toutes les jolies femelles. Que tu lui résistes l'intriguera…

Il lissa les plumes de Zhaneel avec un chiffon imbibé d'huile, pour les faire briller et enlever les bouts de tuyau.

— Voilà ! dit-il en prenant un peu de recul. Tu es très belle. Lisse, forte, compétente et prête à tout.

Elle baissa la tête.

— À faire face à n'importe qui ?

Il lui souleva le bec et croisa son regard.

— Tu es l'égale de n'importe quel griffon, ne l'oublie jamais ! Je suis *kestra'chern*, alors je sais de quoi je parle.

Elle acquiesça.

— Bien, continua-t-il en jetant le chiffon sur une pile de linge sale. Que dirais-tu d'une petite balade ?

Elle secoua la tête.

— J'aurais adoré, mais j'ai une mission tôt demain matin. Une *vraie* mission !

Le cœur d'Ambredragon se serra douloureusement. Il avait failli oublier l'objectif de tous les exercices que s'imposait sa nouvelle amie. Elle allait partir au front…

— De quel genre ? demanda-t-il.

Il ne devait pas montrer son anxiété. Après tout, il n'avait aucune raison de s'inquiéter pour elle davantage que pour les autres. Car elle avait un avantage sur eux : une technique inconnue des makaars. N'était-ce pas ce qui rendait Skan si insaisissable ?

*Oui, et c'est ce qui fait de lui la cible de tous les makaars… S'ils l'éliminent, ils frapperont les griffons où ça fait mal…*

Une fois de plus, quelqu'un qu'il aimait allait partir et devenir une cible pour l'ennemi…

Mais c'était la guerre… Zhaneel devait obéir aux ordres : elle était venue au monde et avait été entraînée pour ça.

De plus, elle était heureuse et fière d'avoir été choisie pour cette mission. Comment pouvait-il lui gâcher son plaisir ?

Ambredragon fit de son mieux pour ignorer son estomac noué et fit bonne figure. Il félicita Zhaneel et l'encouragea, comme tous les combattants qu'il avait envoyés à la guerre. Et en dépit de son anxiété, il pensait chacun des mots qu'il prononça.

C'était son devoir.

*Je dois leur donner confiance en eux. Les aider à oublier le passé ou à se souvenir de la raison qui les a poussés à se battre. Leur assurer qu'il y aura une vie après tout ça.*

— C'est une mission en altitude, répondit Zhaneel, heureusement inconsciente des états d'âme du *kestra'chern*. Je dois transporter la boîte magique qui rendra inutilisable la nouvelle arme inventée par Ma'ar — celle dont Skandranon a subtilisé un exemplaire. Pendant ce temps, le reste de la Sixième Est volera à basse altitude avec des boîtes-à-fumée. Puis les soldats attaqueront sous couvert de ce camouflage.

Elle serait donc bien au-dessus de la mêlée. Aucune arme terrestre ne devrait pouvoir l'atteindre. Mais les makaars ?

*Il faudra qu'ils affrontent toute son Aile avant de pouvoir l'attraper*, se rappela-t-il. *Et elle transportera un objet magique créé par Urtho... Tous la protégeront pour qu'il ne tombe pas entre les mains de l'ennemi.*

*Enfin, s'ils le peuvent. Si les makaars ne les débordent pas. Et si la boîte magique fonctionne comme prévu...*

Si, si, si... Qui commandait cette mission ? Si c'était Shaikman, et puisqu'elle n'était qu'un griffon, elle n'avait aucune chance. Il se ficherait bien qu'elle transporte un objet précieux...

— C'est Urtho qui a mis au point cette attaque, dit-elle, comme si elle avait lu ses pensées. Le général Sulma Farle nous dirigera sur le terrain. Je suis la seule à pouvoir transporter la boîte magique parce qu'il faut des mains pour l'activer. Si c'était fait trop loin de la cible, ça ne fonctionnerait pas.

— Alors vole haut et loin, guerrière ! répondit Ambredragon, en lui flanquant une tape sur l'épaule. (Il savait feindre la confiance mieux que quiconque.) Pour fêter ton retour, je ferai préparer un festin de poissons.

— De poissons ? s'écria Zhaneel, enthousiaste.

Contrairement aux autres griffons, qui privilégiaient la viande, elle aimait le poisson… encore vivant.

*Certains rapaces préfèrent peut-être le poisson à la viande. À moins que ce ne soit une caractéristique de Zhaneel.*

— Oui, de poissons ! Crus pour toi… et cuisinés pour moi.

Elle claqua le bec de dégoût, pour le taquiner, mais ne déclina pas son invitation.

Ce qu'Ambredragon ne lui dit pas, c'était qu'il avait l'intention d'inviter Gesten… et Skan à se joindre à eux. Bien sûr, il n'informerait pas le Griffon Noir qu'il y aurait la petite femelle. L'effet de surprise était de rigueur. Et avec un peu de chance, tout se terminerait comme il le souhaitait.

*Mais il faut d'abord qu'elle survive à cette mission*, pensa-t-il.

Zhaneel tenait la précieuse boîte entre ses pattes de devant, même si elle savait qu'elle était attachée à elle par des courroies. Urtho lui avait donné des ordres précis. Elle devait voler très haut, bien plus haut que le reste de la Sixième. Puis elle plongerait et passerait au-dessus des troupes de Ma'ar après avoir activé le mécanisme.

Un de leurs espions avait confirmé que les bâtons cracheurs d'éclairs avaient été distribués aux soldats. Urtho lui avait dit que la boîte contenait une sorte de lanterne dont le faisceau rendrait ces armes inutilisables. Il faudrait qu'elle fasse plusieurs passages pour s'assurer qu'aucune ne lui avait échappé. Avec un peu de chance, grâce à son agilité et à sa rapidité, elle s'en sortirait sans mal.

Urtho n'avait pas su lui dire combien de passages elle devrait effectuer. Cela dépendrait de deux choses : si les cibles étaient rassemblées et si les mages de Ma'ar avaient posé des boucliers sur les armes ou sur leurs porteurs.

*Sur les armes, sans doute, mais certainement pas sur les soldats qui les manipulent. Ma'ar considérerait ça comme un gaspillage d'énergie.*

Urtho était certain que sa boîte agirait à travers un bouclier. Il l'avait avertie de ne pas utiliser de sort pendant que le mécanisme serait activé — car il annulait toute magie. Le mage ignorait ce qui se produirait s'il annulait deux sorts en même temps. Après tout, il n'avait eu qu'un exemplaire de l'arme pour faire des tests.

Selon Urtho, il existait une vingtaine de types de boucliers, mais les troupes pouvaient être protégées par un bouclier-barrière, un déflecteur de force ou un champ de commotion. Et l'interaction de ce bouclier et des armes pouvait être douloureuse.

*Peu importe. Impossible de prévoir ce qui va se passer. Ça pourrait créer un grand vent... ou une lumière aveuglante. Je dois garder ça à l'esprit.*

Ils approchaient de leur cible. Zhaneel prit de l'altitude. Bientôt, les griffons de son Aile ne furent plus que des points bruns et gris au-dessous d'elle. Le soleil lui chauffait le dos et le vent lui glaçait le ventre et les pattes. L'oxygène était rare et ses poumons devinrent douloureux à cause de l'effort qu'elle devait fournir pour battre des ailes.

Bientôt, elle serait une flèche vivante transperçant le ciel. Le Col de Stelvi et Laisfaar n'étaient plus très loin. Zhaneel n'avait jamais vu cette ville, mais elle savait que les envahisseurs y avaient fait de nombreux dégâts.

*Ils détruisent tout sur leur passage, alors pourquoi auraient-ils agi autrement cette fois ?*

Il y avait eu des griffons. Et elle savait ce que les forces de Ma'ar faisaient aux siens. Elles avaient certainement torturé ses parents...

Une raison suffisante pour haïr les créatures qu'elle survolait — et pour souhaiter que le mécanisme les fasse souffrir.

L'heure était venue.

Elle volait au-dessus du col. Et un peu plus loin, c'était Laisfaar. L'armée du Kiyamvir formait une tache floue et mouvante, bien au-dessous de ses compagnons. Des makaars noirs s'envolèrent de leurs perches et se précipitèrent à la rencontre de l'Aile. Ils avaient l'intention d'entraîner les griffons suffisamment bas pour que les soldats puissent les abattre avec leurs lances et leurs arbalètes...

Zhaneel replia les ailes et tomba comme un caillou, serrant entre ses pattes la précieuse boîte.

Elle sentait la pression de l'air et voyait la terre se rapprocher de plus en plus vite. La petite femelle plissa les yeux et garda les ailes serrées contre le corps. Elle contrôlait sa trajectoire avec un minimum de mouvements. Les autres griffons ne pouvaient pas se soucier de son sort. C'était à elle de veiller sur eux. Elle devait passer au milieu de leur formation, ce qui exigeait un minutage parfait.

Mais elle n'avait pas bravé pour rien les obstacles de son parcours. Elle traversa comme une flèche les lignes des griffons, puis celles des makaars.

Le sol vint à sa rencontre.

*Maintenant !*

Zhaneel déploya les ailes et tendit le cou. Puis elle battit des ailes pour freiner sa chute, enclencha le mécanisme et fendit l'air au-dessus des soldats ennemis, qui la regardèrent passer, bouche bée.

Sa trajectoire l'amenait vers la falaise. Elle continua son chemin comme si de rien n'était. Les combattants qu'elle venait de survoler n'avaient pas de bâtons cracheurs d'éclairs, mais ceux qui se tenaient entre eux et la falaise pouvaient en avoir...

Une explosion — pas de lumière, mais de feu — la fit dévier de sa route. Ma'ar avait-il inventé une nouvelle arme ? Elle reprit de l'altitude, pour mieux voir.

À l'intérieur d'un cercle grossier, le sol était jonché de corps calcinés. Tout autour, les soldats fuyaient.

*Ma'ar a dû placer un bouclier sur ses armes, comme nous le pensions... Urtho ignorait ce qui se passerait quand son mécanisme annulerait deux sorts à la fois.*

*On dirait que je viens de le découvrir ! Le bouclier à tenu le temps que les armes se retournent contre leurs détenteurs.*

Une joie sauvage l'envahit quand elle imagina les pertes qu'elle allait infliger à l'ennemi à chacun de ses passages.

Elle piqua.

Cette fois, ils la virent arriver et essayèrent de fuir, pensant que la boîte était responsable de la mort de leurs camarades !

Zhaneel mesura rapidement la distance qu'il fallait au mécanisme du Mage du Silence pour « désactiver » les armes ennemies.

Le cœur battant la chamade, le sang bouillant dans les veines, elle passa et repassa au-dessus des lignes adverses, semant la mort. Des makaars essayèrent de l'arrêter, mais elle était beaucoup trop rapide. Quand ils s'approchaient assez, elle les assommait et laissait ses camarades les achever. Lorsqu'ils essayaient de la suivre, ils étaient obligés de faire demi-tour, car ils ne supportaient ni le manque d'oxygène ni le froid.

Elle passa et repassa, des flammes jaunes et orange explosant sous elle. Pendant ce temps, ses compagnons massacraient les makaars.

Puis vint le moment où elle ne déclencha plus rien. Les makaars, qui s'étaient fait de plus en plus rares, abandonnèrent le combat.

En dépit de son instinct, qui lui criait de poursuivre ses ennemis, elle reprit de l'altitude. Elle avait des ordres : protéger la boîte et la ramener à Urtho. Il était temps de quitter la scène et de laisser leur heure de gloire aux griffons de la Sixième. Car ils devaient activer les boîtes-à-fumée.

Les mages de Ma'ar avaient dû essayer de neutraliser les effets de l'artefact qu'elle transportait — sans savoir qu'il annulait tous leurs sorts. Ils prendraient certainement cette nouvelle attaque pour un assaut magique et perdraient un temps précieux à combattre une illusion ou un sort de fumée… qui n'existait pas. Quand ils réaliseraient qu'ils avaient affaire à de la *vraie* fumée, il serait déjà trop tard.

Mais elle ne serait pas là pour voir le résultat de l'attaque. Les ordres d'Urtho étaient très clairs.

— *Quand il n'y aura plus de combattants armés de bâtons cracheurs d'éclairs, tu devras rentrer aussitôt.*

Skandranon aurait peut-être ignoré ces ordres… Pas elle !

Alors que Zhaneel atteignait son altitude de croisière, elle sentit la fatigue s'abattre sur elle. Ses ailes étaient douloureuses. Les piqués successifs l'avaient exténuée. Elle avait mal au cou et au dos. Tout ce qu'elle voulait, c'était un endroit où se poser…

*Non, pas maintenant. Ma'ar pourrait t'observer… Et un seul petit griffon ne ferait pas le poids contre le Kiyamvir ou un de ses mages. Il adorerait te mettre la main dessus. Tu as saboté ses précieuses armes. Dépêche-toi de t'enfuir ou il te traquera…*

La peur, que la fureur de la bataille avait momentanément étouffée, lui redonna des forces. À quelle distance Ma'ar pouvait-il « voir » ? Penserait-il à chercher un griffon qui se repliait ?

*Impossible de le dire, Zhaneel ! Ta seule chance est de t'enfuir à tire-d'aile et de retourner derrière les boucliers d'Urtho.*

Battant frénétiquement des ailes, elle jeta un petit coup d'œil en arrière.

De la fumée montait au-dessus du champ de bataille. Sous cette épaisse couverture, les soldats d'Urtho arrivaient par le Portail pour reprendre le Col de Stelvi.

Puis elle les vit. Des petites taches brunes et grises. Leur tâche accomplie, les griffons de la Sixième rentraient… Et ils volaient fièrement en formation !

Ma'ar avait bien trop de soucis pour s'occuper d'un seul griffon. Urtho avait envoyé suffisamment de troupes pour reprendre le col et elles affronteraient un ennemi démoralisé.

La peur reculant, elle ralentit pour permettre à ses compagnons de la rattraper.

Ma'ar avait décidément de quoi s'inquiéter. Il ne perdrait pas son temps à essayer de repérer le griffon responsable de tant de destruction.

Elle avait accompli sa mission. Son Aile et elle apprendraient l'issue de la bataille en même temps que le reste de l'armée. Mais cette fois, ils avaient une chance de l'emporter.

*Et pour l'instant, c'est tout ce qu'on peut demander.*

# CHAPITRE XII

Bichehivernale s'arrêta avant d'avoir franchi le seuil de la tente d'Ambredragon, plissant les yeux à cause du soleil. Le *kestra'chern* lui posa la main sur l'épaule.

— Rappelez-vous, dit-il. Nous ne pouvons plus rien faire… Si vous avez travaillé pour que les griffons soient en forme, vous avez accompli votre devoir. Et si vous avez imaginé le pire, vous êtes prête pour leur retour ! Personne ne peut en faire davantage. Seuls les dieux ont ce pouvoir.

— Je sais ! Je veux dire, ma *tête* le sait, mais…

— Alors écoutez-la et cessez de vous croire surhumaine ! (Il lui tapota l'épaule, puis la poussa doucement en direction du rabat.) Ils seront bientôt là.

— C'est vrai. Euh… merci, Ambredragon. Pour vos conseils et pour le massage.

Bichehivernale lui sourit tristement — mais c'était le premier sourire qu'il voyait sur son visage —, et partit.

Ambredragon se laissa tomber sur son lit en soupirant. Il aurait eu besoin d'un massage, mais il n'avait pas le temps de se faire dorloter. Quelques exercices de relaxation suffiraient.

*Je dois m'occuper du festin de la victoire.*

La plupart des préparatifs avaient été effectués par Gesten, bien sûr. Ambredragon avait sacrifié certaines des récompenses accumulées dans ses coffres, mais l'hertasi avait réussi l'impossible en les échangeant contre les services de soldats convalescents. Ils avaient ramené un daim pour Skan, un plein baquet de truites pour Zhaneel, un panier de champignons pour Gesten et une volée de cailles jeunes et dodues. Le *kestra'chern*, qui n'avait pas vu de cailles depuis longtemps, s'en était réservé une sans hésitation.

Ce serait un festin digne de ce nom ! Skan lui avait expliqué que toutes les viandes crues n'avaient pas le même goût et que les griffons étaient las des animaux d'élevage.

*Comme les soldats de leurs rations.*

Mais avant de finir les préparatifs, il avait massé Bichehivernale. La jeune femme allait mieux, physiquement et psychologiquement, mais le départ de la Sixième l'avait laissée oisive... Et elle avait commencé à broyer du noir.

*Elle aurait besoin de penser moins et d'agir plus.*

Mais ce n'était qu'un de ses nombreux problèmes. Certes, elle pensait trop et les choix à faire la paralysaient et la rendaient vulnérable. Il suffisait qu'on lui donne un ordre pour qu'elle s'empresse d'obéir, ainsi elle croyait ne pas pouvoir être blâmée si quelque chose tournait mal.

Elle était si peu impulsive qu'elle ne pouvait se rappeler la dernière fois qu'elle était sortie de ses gonds...

*Du moins c'est ce qu'elle dit... et je la crois.*

Tout cela était dû en partie à l'amant — mieux valait dire « partenaire sexuel », car l'amour était absent de leur relation — qu'elle s'était choisi. Ambredragon ne savait toujours pas comment elle avait pu s'acoquiner avec ce cochon de Conn Levas.

Et il ignorait encore pourquoi elle portait ce nom.

Elle parlait peu de son passé, l'obligeant à imaginer les raisons qui l'avaient poussée à choisir un patronyme à consonances kaled'a'in. Toute l'apparence de Bichehivernale n'était qu'illusion.

Elle n'était pas kaled'a'in, mais elle connaissait suffisamment les coutumes de ce peuple pour laisser croire qu'elle avait eu des contacts avec lui dans le passé. Et elle avait choisi une profession kaled'a'in.

Ses parents exigeaient d'elle l'impossible. Elle en avait gardé le réflexe de se montrer toujours surhumaine, et de plus, elle avait d'excellentes manières.

C'était intéressant, car elle prétendait n'être qu'une simple *trondi'irn*. Or, les Kaled'a'in ne recevaient pas la même éducation que l'élite des territoires d'Urtho. Elle imitait Conn Levas et ses semblables, mais dès qu'elle était nerveuse, le masque glissait. Il fallait qu'elle réfléchisse avant d'agir sans avoir l'air de réfléchir. Et elle ne pouvait se résoudre à jurer.

Bref, dès qu'elle n'était pas observée, ou en cas de tension, elle se conduisait comme une dame.

Dans un camp où la plupart des individus ne se lavaient pas régulièrement, elle était toujours d'une propreté exemplaire. Quant à son uniforme, il était aussi impeccable qu'au premier jour.

Surtout, elle avait un sens inné de l'autorité, même si elle n'était pas en position de l'exercer.

Ambredragon savait tirer des conclusions. Bichehivernale était de haute naissance, peut-être même aussi haute que Cinnabar.

*Ce qui expliquerait bien des choses...*

La jeune femme évitait soigneusement la Guérisseuse. Elle devait craindre que la praticienne découvre sa véritable identité sous le masque de la *trondi'irn*. On pouvait changer de visage, de nom et même de couleur de cheveux, mais pas de manière d'être.

*Même si Cinnabar a deviné l'identité de Bichehivernale, elle n'en parlera à personne. À moins que certains événements ne l'y poussent.*

Maintenant qu'il y pensait, Cinnabar s'était faite très discrète au sujet de la *trondi'irn* depuis qu'elle était devenue sa patiente. Pourtant, après l'épisode de la réaffectation des hertasis, elle était très en colère contre elle. Elle avait même parlé d'en référer à Urtho. Mais quand on rapportait les faits et gestes de Bichehivernale en sa présence, elle restait silencieuse…

Qu'elle ait ou non identifié Bichehivernale n'était pas très important. Cinnabar était une Empathe puissante et elle avait dû découvrir la peur et les traumatismes émotionnels enfouis sous la carapace de la jeune *trondi'irn.*

*Elle a confiance en moi et se dévoile peu à peu. Je crois que c'est le cas le plus difficile que j'ai traité. À côté, celui de Zhaneel était simple. Il m'a suffi pour la soigner de la persuader qu'elle est exceptionnelle.*

*Mais Bichehivernale est si secrète… J'ignore de quoi elle a peur, alors je ne peux pas encore l'aider.*

Elle avait peut-être accepté Conn Levas dans son lit parce que c'était un homme plutôt simple à comprendre.

*Si elle lui donne tout ce qu'il veut, il est content de la croire sienne, ce qui lui confère une identité. Il est si possessif qu'il en devient protecteur. Il ne sait pas qu'elle n'est pas kaled'a'in, ce qui prouve à quel point il est observateur !*

Mais ça, Ambredragon le savait déjà. Dans cette guerre, un mage engagé par amour de l'argent était forcément peu observateur et doté d'une morale des plus élastiques — il aurait aussi bien pu combattre pour l'autre camp. Ambredragon ne pouvait pas ignorer la pièce du puzzle nommée « Conn Levas ».

*Elle s'est engagée dans l'armée pour une raison que j'ignore, mais elle l'a fait avec la peur au ventre à l'idée d'être reconnue. Comme elle est intelligente, elle a choisi de devenir* trondi'irn, *parce que c'est différent de ce qu'elle était avant. Peut-être a-t-elle embrassé cette profession à cause d'une autre angoisse. Ce que Ma'ar et ses mages sont capables de faire la terrifie, mais une* trondi'irn *reste derrière les lignes.*

Il l'avait vue morte de peur quand ils avaient appris ensemble certaines nouvelles des combats. Elle contrôlait son expression, mais il y avait toujours un instant où la terreur s'affichait sur ses traits.

*Quand Conn Levas l'a approchée, elle a dû croire à un cadeau des dieux. Il l'a peut-être séduite. Je suis sûr qu'il doit pouvoir être charmant quand il veut. Il a une identité et une position, tout ce qui manquait à Biche-hivernale. En devenant sa compagne, elle s'est fait une place. Quant aux griffons... Apparemment, ils n'étaient que des animaux sophistiqués, dont elle n'avait rien à craindre.*

Mais Zhaneel et Ambredragon avaient balayé ses idées préconçues.

Zhaneel lui ayant ouvert les yeux, elle savait désormais qu'elle s'occupait de *personnes*. Elle était dans l'obligation de veiller à ce qu'« elles » reçoivent le meilleur traitement. Et bien sûr, elle devait les défendre contre tous, y compris le commandant de la Sixième Est.

Car elle était responsable des griffons !

Elle aurait préféré continuer de l'ignorer, pour éviter une tension supplémentaire. Aussi longtemps que les griffons n'étaient pas des « gens » à ses yeux, elle avait tenu le coup. Aujourd'hui, elle savait que derrière les becs et les yeux étranges, il y avait des personnalités. Ce n'étaient plus des animaux, mais des êtres intelligents qu'elle envoyait au massacre.

Elle ressentait de nouveau les choses et — quelle ironie ! — cela commençait à provoquer la ruine de sa relation avec Conn Levas. Aussi longtemps qu'elle s'était interdit d'éprouver quoi que ce soit, elle se fichait de ce qu'il lui faisait subir. Mais plus maintenant. Et elle ne lui accordait plus les marques de déférence auxquelles il estimait avoir droit.

*Si les circonstances les ont tenus éloignés l'un de l'autre un moment, quand l'opération sera finie, il reviendra... et il réclamera son dû. Mais elle ne pourra pas ignorer son indifférence et son arrogance. Alors elle mettra fin à leur relation. Je suis sûr qu'elle trouve déjà de bonnes excuses pour ne pas coucher avec lui.*

*Dois-je me renseigner pour savoir s'il va voir un* perchi *? Ou dois-je rester en dehors de ça ?*

Comment savoir ? Ce n'était pas la relation client-*kestra'chern* habituelle. Et seule une moitié du couple était sa patiente. Où finissait le « besoin de savoir » et où commençait l'« indiscrétion » ?

Les traumatismes de Bichehivernale l'avaient fragilisée. Si elle affrontait Conn Levas, il prendrait un malin plaisir à la briser. Pourtant, Ambredragon avait découvert que la jeune femme cachait en elle une force sur laquelle il aurait aimé pouvoir s'appuyer de temps en temps. Il avait besoin de quelqu'un à qui se confier... Dès qu'elle irait mieux, elle remplirait ce rôle mieux que quiconque. Un *kestra'chern* pouvait rarement se fier à autrui, mais il avait confiance en elle. Trop souvent, sa profession devenait une source de conflit ou de dérision. Pas avec Bichehivernale !

Il le *savait*. Mais il n'aurait su dire comment.

La partie du camp où il vivait était inhabituellement silencieuse. La plupart des *kestra'chern* avaient dû décider de faire une sieste, en prévision du retour de la Sixième.

Ambredragon était aussi détendu qu'il pouvait l'être. Même les maux de tête qu'il avait eus en massant Bichehivernale avaient disparu. Il se leva. Il était temps de se mettre au travail. D'abord, il allait essayer d'avoir des nouvelles de la Sixième et de l'attaque. Et si tout s'était bien passé, Zhaneel et ses compagnons seraient très bientôt de retour.

*Je vais trouver un oiseau-messager... ou m'en approprier un.*

Ce ne serait pas difficile. Les oiseaux-messagers étaient nombreux. Pour les attirer, il suffisait de leur offrir de la nourriture et d'attendre. Ambredragon avait rarement besoin de leurs services, mais il gardait pour eux une réserve de délicieuses graines de tournesol — qu'il appréciait lui aussi, comme beaucoup d'humains.

Il en prit une grosse poignée dans le sac posé à côté

de son lit et l'éparpilla devant sa tente. En quelques minutes, il n'eut que l'embarras du choix. Les oiseaux-messagers faisaient un boucan inversement proportionnel à leur taille.

Il les étudia un moment, puis en choisit un rouge et noir à collerette bleue. Sifflant doucement, il tendit la main. L'oiseau sauta sur ses doigts sans la moindre hésitation.

Les oiseaux-messagers n'avaient pas subi les mêmes modifications que les oiseaux de proie des Kaled'a'in. Mais ils étaient réceptifs à certains ordres mentaux limités. Ambredragon tint le petit volatile devant lui et plongea son regard dans le sien.

*Va au champ des griffons. Attends les griffons. Cherche ce griffon... (Il lui « montra » Zhaneel.) Écoute, reviens et répète ce que tu as entendu.*

Ce dernier ordre était un des plus communs. Les oiseaux pouvaient mémoriser plusieurs phrases, et si aucune ne contenait d'informations intéressantes, il suffisait de les renvoyer au travail.

L'oiseau s'élança. Les ailes de ces volatiles, obligées de soutenir leurs petits corps dodus, battaient bruyamment. De plus, ils pépiaient et gazouillaient sans cesse. C'étaient de très mauvais espions, car on les entendait venir de loin...

Il y en aurait sans doute des centaines autour du champ des griffons. Évidemment, la mission de la Sixième était censée être secrète, mais il y en aurait autant que si des tonnes de graines avaient été renversées à cet endroit.

Le meilleur moyen, pour se tenir discrètement au courant sans se montrer, c'était d'envoyer un oiseau-messager.

*Et je suis un homme discret.*

Très bien, il avait son espion ailé et il pouvait s'occuper du dîner. Les préparatifs qui lui revenaient étaient simples : enlever tout le mobilier de la pièce de réception, sauf les coussins. Il en disposa un pour Gesten et un autre pour lui-même, puis il empila les autres pour en faire deux couches. Enfin, il disposa des bâches devant, car les griffons avaient tendance à manger salement.

Le daim, les cailles et le baquet de truites attendaient derrière la tente. Gesten avait confié ses champignons et la caille d'Ambredragon aux cuisiniers, parlant de surprises gastronomiques, mais sans en dire plus.

Ambredragon revêtit son costume de fête kaled'a'in — le vrai, pas celui qu'il mettait pour recevoir ses clients. Il était composé d'une chemise de soie, d'une tunique et d'un pantalon serré en cuir, le tout décoré de franges de perles. Se débarrasser de sa personnalité de *kestra'chern* l'aida à se détendre un peu plus.

*Je me demande si Bichehivernale a déjà vu des costumes de fête kaled'a'in...*

Il s'attachait les cheveux quand il entendit un oiseau pépier devant sa tente.

Il sortit et leva une main, plissant les yeux pour repérer le petit espion, qui atterrit sur son index en gazouillant de plus belle. Ambredragon lui posa sa main libre sur le dos, pour le calmer.

Quand le *kestra'chern* retira sa main, l'oiseau répéta ce qu'il avait entendu.

— Elle est épuisée ! Allez lui chercher de l'eau !

— Je me sens très bien...

Zhaneel ! Puis la voix de l'entraîneur Shire :

— Zhaneel, j'ai établi une liaison avec Urtho. Peux-tu lui faire un rapport ?

De nouveau, la voix de Zhaneel.

— La boîte a provoqué des explosions et tué des centaines de soldats. Les bâtons devaient être protégés par des boucliers. Il y a des blessés parmi les griffons, mais pas de morts. De la fumée s'élevait quand nous sommes partis.

L'oiseau imita le cri de triomphe qu'avait poussé la foule. « Zhaneel » répéta qu'elle se sentait bien mais « Bichehivernale » ne voulut rien entendre.

Ambredragon fit cadeau de quelques fruits secs au

petit oiseau. Il était si heureux qu'il faillit lui en donner plus que de raison.

Zhaneel viendrait après avoir fait son rapport à Urtho et s'être reposée un peu.

Gesten arriva avant Skan, tirant une carriole de victuailles. Ambredragon haussa les sourcils. Il se fichait de la dépense, mais où diable l'hertasi avait-il déniché tout ça ?

Mieux valait ne pas le demander. Certaines personnes savaient se procurer des choses rares et les revendre à bon prix. Les récompenses destinées à payer les *kestra'chern* étaient recherchées. L'ironie, c'est qu'il récupérerait bientôt certaines d'entre elles.

— Skan est en chemin, dit Gesten. J'ai apporté des petits cadeaux pour lui. J'espère qu'il appréciera !

— Garde le meilleur pour Zhaneel. Elle le mérite !

— J'ai aussi quelques petites choses pour toi. Et *ne me dis pas* que tu n'as pas besoin de gâteries de temps en temps. Entre Bichehivernale, Zhaneel et le Machin Noir, tu es épuisé. (Gesten poussa la carriole au fond de la partie « publique » de la tente et commença à la décharger.) Regarde… Du pain aux noix tout frais, du *vrai* fromage, une casserole de légumes, des pâtisseries, des anguilles pour Zhaneel et un cœur pour Skan.

— Je ne suis pas sûr de vouloir savoir comment tu t'es procuré tout ça, souffla Ambredragon, un peu sous le choc.

— Légalement ! Alors, ce ne sont pas tes affaires !

— Quelles affaires ? demanda Skan en entrant. Je suppose qu'Ambredragon essaie de se trouver des excuses pour n'avoir pas réussi à nous offrir un repas digne de ce nom…

— Tu le connais ! répondit Gesten avant que le *kestra'chern* ait pu se défendre. Si personne d'autre ne possède une chose, alors il ne veut pas l'avoir non plus. Un vrai martyr !

— C'est faux ! s'écria Ambredragon. (Pour le

prouver, il engloutit une pâtisserie.) Mais j'estime qu'il ne faut pas tirer avantage de ma position.

— Oh ? railla Skan. Et comment appelles-tu ça ?

— Gâter un client, répondit Ambredragon sans la moindre hésitation. Tu *es* un de mes clients, non ?

— Eh bien, oui…

— Et tu viens à peine de finir une longue et pénible convalescence ?

— Oui, mais…

— Et tu mérites bien quelques faveurs ?

Skan toussota.

— Eh bien, je…

— Tu vois ? s'écria Ambredragon en se tournant vers Gesten.

— Mon œil ! répondit l'hertasi.

Il entreprit de ranger les provisions. Voyant le cœur, Skan approcha.

— Fiche le camp ! (Gesten lui flanqua une tape sur le bec.) C'est ton dessert. Et arrête de baver !

— Je ne bave jamais ! s'offusqua le Griffon Noir.

« Pas même devant Zhaneel ? », faillit demander Ambredragon. Mais il se retint. Il ne voulait pas gâcher la surprise.

— J'espère que tu n'avais pas prévu de manger tout de suite, dit-il à Skan. Il est encore un peu tôt pour moi.

— J'attendrai, répondit paresseusement le Griffon Noir. Je suppose que vous mourez d'envie d'apprendre ce qui s'est passé au Col de Stelvi…

— Je suis sûr que tu parlerais même si nous nous en fichions ! railla Gesten. Mais puisque ce n'est pas le cas, fais-nous profiter de tes dons d'orateur.

Le Griffon Noir feignit d'être offensé et lui jeta un coussin ; l'hertasi l'évita sans mal.

— Tu ne pourras pas gâcher ma bonne humeur. La Sixième a repris le Col de Stelvi et Laisfaar !

Il se lança dans un long récit.

— J'ai gardé le meilleur pour la fin, finit-il par conclure, les yeux brillants. Le général Shaikman et le commandant Garber ont été mis à pied pour « raisons médicales ». Le général Farle est désormais responsable de la Sixième, en récompense de sa victoire d'aujourd'hui, mais surtout pour : « une utilisation appropriée et stratégique de ses ressources aériennes. »

— Les griffons, quoi, s'écria Ambredragon. Dont Zhaneel.

Skan rougit en l'entendant prononcer le nom de sa nouvelle amie. Il allait sonder un peu plus le terrain quand une silhouette se découpa sur la toile.

— Ah, voilà notre quatrième convive ! dit le *kestra'chern* en se levant et en soulevant le rabat de la tente. Belle dame, venez éclairer cette soirée de votre présence.

Il s'inclina et invita Zhaneel à entrer.

En dépit de la fatigue qui se lisait sur ses traits, Zhaneel était radieuse. Bichehivernale avait fait de son mieux pour la rendre présentable pour un œil humain — car elle avait dû rencontrer Urtho. Mais il suffisait de regarder Skan pour s'apercevoir qu'elle l'était aussi pour un œil griffonique.

Elle franchit le seuil, vit qui était là et se figea. Ambredragon lui posa une main sur l'épaule pour l'empêcher de fuir.

— Tu connais Gesten, bien sûr, dit-il. Voici Skandranon... C'est lui qui t'a suggéré de venir me voir, mais je crois savoir que vous n'avez pas été présentés.

Ambredragon n'eut aucune difficulté à lire le regard de Skan. *Tu me le paieras !* Mais ce n'était qu'une juste punition pour ce qu'il avait fait croire à la petite femelle.

— J'ai pris la liberté de l'inviter à notre festin de la victoire, Zhaneel. J'espère que ça ne t'ennuie pas.

— Non, bien sûr...

Elle ne fit pas mine de vouloir fuir et elle ne perdit pas sa langue, retrouvant une contenance plus vite qu'il ne s'y était attendu.

Elle cligna une ou deux fois des yeux, puis s'avança dans la pièce et s'installa sur sa « couche ».

Skan ne parvint pas à se ressaisir aussi vite. Tandis qu'ils dînaient, il resta silencieux, laissant à Ambredragon et à Gesten le soin d'alimenter la conversation. Zhaneel se montra amicale et admirative, mais pas plus impressionnée que ça par le Griffon Noir, ce qui le surprit beaucoup.

À la nuit tombée, elle semblait parfaitement à son aise. Skan réussit — *avant* la fin du dîner — à lui demander si elle acceptait de le prendre dans une de ses classes, à condition qu'Ambredragon approuve...

— C'est mon Guérisseur, tu sais. C'est le meilleur Guérisseur de griffons qui soit !

Ambredragon sourit malicieusement.

— Merci, Skan. Personnellement, je pense qu'un peu d'exercice te ferait du bien... À condition que Zhaneel accepte de se charger d'un griffon qui discutera ses ordres.

— Je crois que Skandranon est suffisamment intelligent pour savoir qu'on ne conteste pas les ordres de l'entraîneur...

Seul Ambredragon, assis près d'elle, put voir qu'elle avait un peu rosi.

— Sais-tu que le général Farle est désormais à la tête de la Sixième ? demanda-t-il. Skan nous a fait part de la nouvelle.

— C'est extraordinaire ! Un bon commandant ! Il avait tout prévu pour l'attaque d'aujourd'hui et il a réussi à trouver des solutions à ce qui n'était pas prévisible.

— Shaikman et Garber n'ont désormais plus rien à perdre, dit Gesten. Je déteste les savoir sans rien d'autre à faire que ressasser leur amertume...

— Personne ne leur a nui ! dit Skan. Ils ont gardé leurs grades. Ils ne commandent plus, voilà tout...

— Ce qui signifie qu'ils n'ont plus de pouvoir sur personne ! insista l'hertasi. Ils ont échoué et tout le monde le sait. Ils ont perdu la face. Ça peut rendre un homme comme Shaikman très dangereux.

Ambredragon se contenta de hausser les épaules.

— Il pourrait l'être s'il avait des partisans, mais ce n'est pas le cas. Penser à lui me coupe l'appétit. Le général Shaikman tombera dans l'oubli avec ou sans nous, alors oublions-le !

— Je suis d'accord, grogna Skan.

En dépit de ses paroles rassurantes, Ambredragon ne réussit pas à oublier le général…

… et son caractère vindicatif.

Skandranon avait mal partout et il avait besoin d'un bon bain pour se débarrasser de la boue qui lui collait au plumage. Voilà pourquoi il venait voir son ami Ambredragon. Avec un peu de chance, il serait entre deux rendez-vous.

Il le trouva allongé sur une pile de coussins, dans sa chambre. Le *kestra'chern* était en aussi piteux état que lui.

— Orage et tempête ! s'exclama le griffon. Avec qui t'es-tu battu ? Ou plutôt, avec *quoi* ? On dirait que tu as gagné la guerre à toi tout seul !

— Ne me le demande pas, soupira Ambredragon. Ce n'est pas ce que tu crois. Et tu n'as pas l'air en meilleur état que moi. (Il écarta des mèches de cheveux humides de sueur de son visage et riva sur Skan un regard amusé.) Zhaneel ?

— Oui, mais ce n'est pas non plus ce que tu crois, répondit le griffon. Malheureusement. C'était une leçon. (Il grogna.) J'ai voulu l'impressionner, mais ce n'était pas une bonne idée. Elle a décidé que si j'étais si génial, *je* pouvais faire le parcours avec *elle*.

Ambredragon se plaqua une main sur la bouche.

Skan lui jeta un regard noir.

— Tu n'as pas intérêt à rire !

Le *kestra'chern* lui retourna un regard innocent.

— Et pourquoi rirais-je ? Tu as visiblement dépassé tes limites. Qu'y a-t-il de drôle à ça ?

Le Griffon Noir plissa les yeux. Il ignorait pourquoi, mais il avait l'impression qu'Ambredragon était derrière tout ça...

— Oui et je suis *épuisé*. J'ai besoin de Gesten, mais aussi de tes talents... Ah, et de te parler.

Ambredragon acquiesça, comme s'il s'en était douté.

*Quoi de surprenant s'il tire les ficelles ?*

— En privé, je suppose ? demanda le *kestra'chern*.

*Comme s'il ne le savait pas !*

— Oui, confirma Skan. (Il aplatit les oreilles, l'air misérable.) C'est Zhaneel ! C'est elle... C'est la bonne, je veux dire. Mais je ne suis qu'un élève de plus à ses yeux !

— Et qu'est-ce qui te fait croire ça ?

— Elle... n'est pas impressionnée par mes prouesses ! Ça me rend dingue ! Je ne sais pas quoi faire !

— Laisse-moi récapituler, dit Ambredragon en s'appuyant sur un coude. Tu as décidé que Zhaneel est la partenaire idéale et tu es bouleversé parce qu'elle ne se pend pas à ton cou. Quand tu fais l'intéressant, tu ne parviens toujours pas à l'impressionner. C'est ça ?

— Je n'aurais pas dit ça comme ça !

— Moi, si ! lança Gesten en entrant. Tu as l'air d'une vieille serpillière ! Si j'étais à la place de Zhaneel, je ne voudrais pas de toi non plus.

— *Ambredragon !* gémit le Griffon Noir.

— Assez, Gesten ! Skan, t'est-il jamais venu à l'esprit de parler à Zhaneel ? As-tu essayé de savoir qui *elle est* au lieu de lui vanter tes mérites ?

— Euh...

— La prochaine fois, fais-le ! Tu pourrais être surpris du résultat.

« Gesten, la vieille serpillière à besoin de tes services pour l'aider à ressembler de nouveau à un griffon. Pour une fois, j'irai prendre mon bain dans la tente commune. Je ne suis pas en aussi mauvais état que j'en ai l'air.

— Si tu veux, répondit l'hertasi, pas très convaincu. Mais je crois que tu t'es froissé quelque chose.

— Alors j'irai voir Cinnabar pour qu'elle y remédie ! Skan a plus besoin de ton aide que moi… et puis, nous sommes censés nous partager tes excellents services, non ?

— Très bien. Allez, viens, Machin Noir ! Tu vas devoir te contenter de *mes* massages, parce que Ambredragon n'est pas en état.

Skan se releva en gémissant.

— Si c'était nécessaire, j'accepterais les services d'un makaar, dit-il. Et je le courtiserais si ça pouvait l'aider à enlever toute cette boue plus vite !

Gesten se retourna vers le griffon en battant des cils.

— Je n'aurais jamais cru ça, Skan ! Alors comme ça, tu brûles d'une passion secrète pour ma modeste personne ?

Le Griffon Noir se contenta de renifler dédaigneusement et le suivit derrière la tente. Gesten ouvrit un compartiment dans la roulotte qu'Ambredragon utilisait quand l'armée se déplaçait et en sortit les brosses et les peignes conçus pour les griffons.

— Tu devrais quand même prendre un bain, tu sais ? Tu es un mage, donc tu peux chauffer suffisamment l'eau pour que tes muscles ne se crispent pas.

— Je préfère attendre que tu aies enlevé le plus gros, répondit Skan. Sinon, ce sera un bain de boue.

— Tu marques un point…

Gesten entreprit de le brosser vigoureusement, envoyant des paquets de boue séchée voler alentour.

— En dehors de ton soudain attachement à Zhaneel, qu'y a-t-il de neuf dans le camp ?

Skan ignora la première partie de la question.

— Nous avons repris le col, mais impossible de

faire reculer davantage Ma'ar. Je ne sais pas si les choses vont bien ou mal pour nous…

— Personne ne le sait. (Gesten posa la première brosse et en prit une plus fine.) Urtho est désemparé. Ma'ar ne nous laissera jamais tranquilles, mais notre chef n'enverra pas ses troupes à une mort certaine pour se débarrasser de lui. C'est le problème, avec un commandant qui a de l'éthique. Le chef qui se fiche de la vie des autres a toujours l'avantage.

Skan secoua la tête.

— C'est trop compliqué pour moi, du moins pour l'instant.

— J'imagine, oui. Je sais ce que tu as à l'esprit — ou plutôt ce que tu as d'esprit. J'ignore pourquoi Ambredragon est persuadé que tu pourras séduire Zhaneel avec. Je te connais depuis longtemps et je n'ai jamais eu la preuve que tu en avais beaucoup…

Cette fois, Skan ne mordit pas à l'hameçon.

— Gesten ? demanda-t-il, très sérieux. Crois-tu qu'elle me remarquera si je fais ce qu'Ambredragon m'a dit ? J'ai tout essayé…

— Alors tu n'as rien à perdre. (Gesten lui flanqua une grande claque sur l'épaule, soulevant un nuage de poussière.) Qui sait ? Son travail, c'est le cœur, alors je pense qu'il sait de quoi il parle.

Skan réfléchit.

*Comme je dois toujours lui apprendre ce qu'elle est, autant faire d'une pierre deux coups.*

— Mais avant tout, Skan, continua Gesten, il y a une chose que tu dois *absolument* prendre…

Skan se tordit le cou pour le regarder.

— Quoi ? demanda-t-il.

L'hertasi le regarda longuement.

— Un bain !

Il soulevait le rabat de la tente quand la brosse vola dans les airs et le percuta.

# CHAPITRE XIII

Zhaneel regarda sa main. Car c'en était une, pas un accident de la nature. Ambredragon avait vu juste : elle était le résultat d'une expérience réussie.

— Je suis la première d'une nouvelle race de griffon ? dit-elle, parvenant miraculeusement à parler d'une voix normale. Tu en as vu les preuves dans la Tour ?

Skan acquiesça. Ses grands yeux dorés étaient rivés sur elle comme s'ils étaient l'aiguille d'une boussole et elle la Croix du Nord.

— Il y en a une cinquantaine... Surtout avec des aigles comme modèle. Tu es la seule qui soit inspirée d'un faucon. J'ignore ce qu'Urtho avait dans la tête en te concevant, mais tu es bien un grifaucon.

— Un grifaucon, répéta Zhaneel avec délectation. Rien de tout ça... (Elle montra ses mains.) ... n'est accidentel. Et je suis la seule de ma race.

— Tu es donc parfaitement normale, répondit-il. Mais, Zhaneel... tu n'es pas vraiment la seule représentante de ta race... Tu es le seul grifaucon *réussi*. (Il se tut un moment, puis il décida de continuer :) Il y a... une vraie mal-née, dans la Tour. Une attardée. On dirait qu'elle était partie pour devenir un grifaucon et que quelque chose est allé de travers.

— Pourquoi Urtho la garde-t-il dans la Tour… ? Je…

Elle ne termina pas sa phrase. Toutes les insultes et les brimades qu'elle avait subies dans son enfance lui revinrent en mémoire…

Les griffons ne pouvaient pas pleurer, mais leurs gorges se serraient et ils éprouvaient l'envie irrésistible de hurler. Elle baissa la tête pour étouffer son cri de détresse.

*C'est sans doute mieux pour elle d'être attardée. Ainsi elle ne saura jamais à quel point le monde est cruel. Et elle ne regrettera pas ce qu'elle n'a jamais eu.*

— A-t-elle un nom ?

— Urtho l'a appelée Kechara. Elle m'a dit qu'il vient souvent la voir et qu'il joue avec elle.

— Kechara, souffla Zhaneel, « Bien-Aimée »… Oui, ça ressemble à Urtho de protéger cette pauvre créature et de la rendre heureuse.

Depuis quelques semaines, elle avait appris à connaître et à comprendre leur chef.

Elle se demanda si Skan savait combien de fois Urtho était venu la voir. Ambredragon était au courant. Parfois les paroles du *kestra'chern* lui rappelaient ce que lui avait dit le Mage du Silence. Et inversement !

— Il faut que nous prenions Kechara avec nous ! Ensemble, nous la protégerons des insultes ! Nous lui servirons de famille… Vois-tu, nous n'aurons pas de petits avant un certain temps, même si, grâce à toi, nous pouvons désormais choisir notre moment. Alors elle nous aidera à apprendre notre rôle de parents.

Elle baissa timidement la tête. Skan la regarda, bouche bée. À mesure que son cerveau enregistrait les paroles de la petite femelle, il prenait un air de plus en plus stupide.

Zhaneel savait qu'il devait être épuisé après la leçon de l'après-midi. Elle lui jeta pourtant un coup d'œil par-dessus son épaule, puis s'élança vers le ciel. Alors que la lune se levait, elle l'entraîna dans une véritable course de séduction qui se termina sur le flanc d'une colline, non loin de la Tour d'Urtho…

Le chaos régnait sur l'aire d'atterrissage, au milieu des cris des hommes et des hurlements des griffons blessés. Tous les *trondi'irn* et les Guérisseurs étaient là et parvenaient — un miracle — à ne pas se gêner.

Bichehivernale maintenait un griffon en vie par la seule force de son don et de sa volonté. Elle injuriait et réconfortait cette femelle, en attendant qu'un Guérisseur plus expérimenté s'occupe d'elle.

— Tu n'as pas intérêt à mourir, Feliss ! cria-t-elle. Si tu meurs, je demanderai à Urtho de fourrer ton âme dans le corps d'une prêtresse de Kylan la Chaste ! Ça t'apprendra !

Un flot de larmes lui brouilla la vue et l'étouffa à moitié. Elle les essuya, continuant d'ignorer qu'elle perdait son énergie au même rythme que Feliss son sang. Dieux ! c'était tellement plus facile, *avant*.

Avant qu'Ambredragon lui fasse aimer les griffons et que Zhaneel les lui fasse respecter…

D'autres larmes lui montèrent aux yeux. Ne pouvant pas les essuyer, elle attendit, aveuglée par son chagrin…

Jusqu'à ce qu'un don supérieur au sien se serve d'elle comme d'un conduit et que les plaies guérissent sous ses mains. Bichehivernale ferma les yeux et se concentra pour n'être plus que le guide de l'énergie de Guérison et pour soutenir le cœur faiblissant de Feliss.

Quand ce fut terminé, elle ouvrit les yeux et aperçut Cinnabar.

Elle avait fait de son mieux pour éviter de croiser son chemin depuis le jour où elle avait vu un éclair de reconnaissance passer dans ses yeux.

*Qui aurait cru qu'une chanson me trahirait ?*

Revenant d'une visite chez Ambredragon, elle s'était surprise à fredonner un air entraînant. Son dos ne la faisait plus souffrir et Conn était loin. Que pouvait-elle demander de plus ?

Elle n'avait pas pris garde à ce qu'elle fredonnait jusqu'au moment où elle avait croisé Cinnabar. Alors, elle s'était rappelé que l'air avait été à la mode à la cour du haut roi Leobhan, une semaine avant que Ma'ar le défie. Comme les nobles qui s'étaient enfuis, la chanson était tombée dans l'oubli. Seule une personne qui fréquentait la cour à cette époque pouvait s'en souvenir.

Bichehivernale s'était empressée de disparaître. Avec un peu de chance, Cinnabar croirait avoir mal entendu... Mais elle l'avait surprise plus d'une fois à l'observer à distance. Et si quelqu'un pouvait l'identifier, c'était elle !

Et voilà que la Guérisseuse la regardait d'un air qui semblait dire : « J'ai enfin résolu l'énigme. »

— Tu t'es bien conduite, dit Cinnabar. Sans ta ténacité, cette femelle serait morte. Tu es une bien meilleure Guérisseuse et *trondi'irn* qu'avant.

— Merci, murmura Bichehivernale.

— Oui, tu t'es améliorée ! Débarrasse-toi de la créature qui se fait appeler Conn Levas, reviens parmi les tiens et tu seras *sensationnelle* ! Il ne te mérite pas, Reanna.

Sur ces mots, Cinnabar l'abandonna à sa stupeur.

*Reanna.*

Bichehivernale approcha d'un autre patient. Heureusement que ses mains savaient quoi faire, parce que sa tête était ailleurs.

Dame Cinnabar l'avait démasquée !

Combien de temps s'écoulerait-il avant que Cinnabar dise à son parent, Urtho, que Reanna Laury — disparue et présumée en fuite — travaillait dans son armée ? Combien de temps avant que la honte s'abatte sur elle et que tout le monde sache ?

Mais avant qu'elle n'ait pu se remettre du choc, Cinnabar revint.

— Les autres et toi vous finirez seuls, dit-elle. On a besoin de moi sur la Colline. Les griffons ne sont pas les seuls blessés. Et, Reanna…

Bichehivernale sursauta en entendant son ancien nom.

Cinnabar lui posa une main sur le bras.

— Je n'en parlerai à personne. Si tu veux n'être que Bichehivernale, tu le seras… Mais dis la vérité à Ambredragon. Il sait certaines choses que tu devrais entendre. Parfois, quand on est au cœur d'une situation, on ignore ce qui se passe vraiment. Si j'étais un petit poisson dans un banc, j'ignorerais pourquoi il va ici ou là. Je saurais seulement que le banc fuit, pas ce qu'il fuit !

Sur ce discours plutôt obscur, elle tourna les talons.

Bichehivernale était assise dans sa petite tente austère, tressant et retressant nerveusement de fines lanières de cuir. Elle avait un rendez-vous pour un massage… Un moment qu'elle attendait toujours avec impatience.

Mais maintenant… Cinnabar savait ! Et même si elle avait promis de ne pas divulguer son secret…

— *Dis la vérité à Ambredragon…*

Pourquoi lui avait-elle suggéré cela ? Qui était cet homme pour qu'elle lui confie ce qu'elle n'avait jamais avoué à personne ?

Et pourquoi avait-elle envie de suivre ce conseil ?

*Oh, dieux… que vais-je faire ? Que vais-je lui dire ?*

Elle pouvait continuer de se taire. Mais Ambredragon comprenait le langage du corps mieux que personne et il verrait aussitôt qu'elle lui cachait quelque chose.

Délier les langues était sa spécialité…

*Je pourrais cesser de le voir.*

Bien sûr, mais elle n'allait pas seulement chez lui pour son dos. Ambredragon était devenu… Ce qui se rapprochait le plus d'un ami.

La seule personne à qui elle révélerait volontiers son secret.

*Alors pourquoi ne le fais-tu pas ?*

Parce qu'elle avait peur de perdre son estime…

Elle se souvint alors de ce que Cinnabar avait dit :

— *Débarrasse-toi de la créature qui se fait appeler Conn Levas. Reviens parmi les tiens.*

Cinnabar avait parfaitement raison. Conn et elle étaient aussi mal assortis qu'un poisson et un oiseau.

Elle avait toujours su que leur liaison était temporaire. Quand le mage l'avait courtisée, elle avait accepté de devenir sa compagne parce qu'elle pensait que Ma'ar aurait très vite raison d'eux. Mais Urtho était un bien meilleur chef que prévu et elle avait vécu au-delà de ses espérances.

Elle s'était dit que Conn se lasserait d'elle. Mais les femmes de la Sixième devaient fuir le mage, car il s'accrochait.

Passé maître dans l'art de la manipulation, il faisait d'elle ce qu'il voulait. Elle détestait les scènes. Lui savait se montrer menaçant, puis transformer ses menaces en cajoleries.

De son côté, leur relation était aussi calculée et dénuée de passion qu'un mariage de raison. Il lui fournissait une *identité* et elle lui donnait ce qu'il voulait. Chacun avait gardé sa tente et ils ne partageaient rien — excepté leur couche, parfois.

*Mais on ne peut pas accepter quelqu'un dans son lit sans conséquences affectives…*

Elle n'ignorait pas cela. Même si elle voulait se débarrasser de lui, aussi longtemps qu'il aurait besoin d'elle, elle resterait. Bref, elle ne serait pas libre avant qu'il la quitte.

Ambredragon avait réussi à lui faire admettre la vérité. Elle ne voulait plus de Conn ; tout ce qu'il lui inspirait, c'était de la pitié. Le *kestra'chern* lui donnait plus de plaisir que le mage et il ne l'avait jamais touchée de la même façon.

Et maintenant, Cinnabar lui conseillait de se débarrasser de Conn…

*Elle doit croire qu'il sape mon énergie et c'est vrai. Chaque fois qu'il revient du front, il me fait une scène. Je passe la moitié de la nuit à le consoler… et c'est moi qui me sens mal. Par les dieux, j'en arrive à souhaiter qu'il meure, puis je m'en veux d'avoir pensé une telle horreur…*

C'était si compliqué ! Ambredragon pourrait sûrement l'aider à démêler tout ça… Mais si elle allait le voir, il finirait par savoir ce qui la tracassait.

Elle avait mal à l'estomac, comme toujours quand elle se mettait dans des états pareils. Ambredragon aurait certainement un remède pour ça aussi… Et si elle pouvait garder la conversation sur ce sujet, tout irait bien.

Bichehivernale jeta les lanières de cuir et se leva.

Il était temps d'aller à son rendez-vous.

Ambredragon comprit que quelque chose n'allait pas à l'instant où il vit Bichehivernale. Cela ne lui aurait pas échappé même s'il n'avait pas été Empathe.

*C'est si évident qu'un* Apprenti *l'aurait remarqué !*

Elle était très raide, la petite ride de frustration, entre ses yeux, plus prononcée que d'habitude. Les yeux rouges, elle courbait le dos comme si elle s'attendait à prendre un coup.

— Conn Levas est de retour ?

— Non, répondit-elle. (Elle lui tourna le dos et commença à se dévêtir, n'ayant rien perdu de sa pudeur.) Les fantassins sont toujours là-bas, mais c'est la débâcle. Vous savez que Ma'ar a repris le col… La Sixième a été durement touchée. Les griffons de la Troisième et de la Quatrième ont rapatrié les blessés sur des filets.

— C'est ce que j'ai entendu dire…

Skan était passé le voir avant de partir. Étant le seul à pouvoir suivre Zhaneel, il lui servait de garde du corps.

Les deux amis d'Ambredragon ne faisaient pas de patrouilles. Directement sous les ordres d'Urtho, ils transportaient ses armes magiques.

— Après un jour comme aujourd'hui, je ne suis pas étonné que vous soyez tendue.

— Mon estomac est complètement noué. (Elle se tourna vers lui avec un mélange d'espoir et de résignation.) Auriez-vous quelque chose pour me soulager ?

— Oui, si vous acceptez de me faire confiance. Je vous prescris une infusion d'herbe-vero, de racine de lis-alem et de mauve. Et j'ai tout ça sous la main ! Vous n'êtes pas la seule à en avoir besoin, aujourd'hui.

Les yeux de la jeune femme s'arrondirent. Ces trois ingrédients étaient réputés pour délier les langues… et effacer les inhibitions.

— Je ne sais pas… Mais c'est vrai qu'étant donné l'état de mon dos et celui de mon estomac, je ferais bien de suivre votre prescription…

Ambredragon alla lui préparer l'infusion.

— Croyez-moi, je sais ce que vous ressentez, dit-il. Depuis le début de cette guerre, j'ai souvent eu recours à mes herbes. Je suis avec les forces d'Urtho… laissez-moi réfléchir… depuis qu'il a repris le flambeau du haut roi.

Elle accepta le breuvage amer, grimaça après y avoir goûté, puis le but d'un trait.

— Depuis bien plus longtemps que moi, donc. Vous devez avoir été à la cour.

— Moi ? Non, je n'étais qu'un *kestra'chern* kale-d'a'in. Tous les clans ont accouru à l'appel d'Urtho et il lui a fallu plusieurs mois pour nous organiser. Il n'y a pas de rang parmi les *kestra'chern*. J'ai acquis ma position et tout le reste plus tard.

Elle s'allongea sur le ventre.

— Mais tous les clans l'ont soutenu… Vous devez avoir été dégoûté par la désertion des nobles…

Au ton de sa voix, il marqua une pause, une bouteille d'huile tiédie à la main. Elle devait savoir qu'*il* avait conscience qu'elle n'était pas kaled'a'in. Et la direction qu'elle venait de donner à leur conversation...

*Je dois m'y prendre avec douceur*, pensa-t-il. *Si je réussis, toutes les questions que je me pose à son sujet pourraient avoir des réponses...*

— Nous l'avons soutenu parce que nous étions protégés et que nous n'avons jamais ressenti la peur, répondit-il. Nous avons nos propres mages, vous savez. Nous ne nous en vantons pas et ils ne servent que leur peuple, mais entre les chamanes et eux, Ma'ar n'a pas pu nous atteindre... Ni infiltrer d'agent parmi nous. Contrairement à ce qu'il a fait à la cour du haut roi...

— Que voulez-vous dire ?

Il la massa doucement et répondit, sur un ton apaisant :

— Ma'ar n'a jamais usé d'une tactique directe quand il pouvait atteindre son but par la bande. Tricherie, trahison, manipulation... Voilà ses armes favorites. Grâce à elles, il a pu prendre le contrôle de son pays d'origine et affaiblir ceux qu'il a conquis. Peut-être est-il sans cœur et sans la moindre finesse, mais il n'en fait jamais trop pour obtenir ce qu'il veut.

— Qu'est-ce que ça a à voir avec nous ? insista Bichehivernale. Quel rapport avec les lâches qui ont abandonné leur roi et leurs terres ?

— Tout, bien sûr ! Ma'ar avait une douzaine d'agents à la cour, pour y semer la zizanie et y répandre des rumeurs, afin de paralyser le royaume. *Je* ne connais pas leurs identités, mais Cinnabar, oui. Elle a même contribué à leur arrestation...

« Quand Ma'ar a estimé que ses agents avaient rempli leur mission, il en a envoyé un avec un petit “cadeau” pour le roi et ses fidèles.

La bouche du *kestra'chern* se plissa de dégoût.

— Si ça, ce n'est pas de la tricherie ! Savez-vous ce qu'est un *dyrstaf* ?

— Non.

— Skan pourrait vous en parler mieux que moi. À

l'époque, il était à la Tour et il a tout découvert en même temps que les autres. Cinnabar aussi, mais elle n'est pas un mage… (Il essaya de se rappeler ce que Skan et Cinnabar lui avaient dit.) C'est un objet en apparence ordinaire, mais qui contient une version insidieuse d'un sort de peur.

« Il commence par émettre une légère anxiété qui se transforme vite en peur panique. Mais comme ce n'est pas une *véritable* attaque, les boucliers personnels ne peuvent rien contre son action. Quand l'agent l'a introduit au palais, il n'était pas activé et n'a déclenché aucune alarme.

— Un sort de peur ? souffla la jeune femme. Mais pourquoi les boucliers du palais… ? Que je suis bête, il était à l'intérieur quand il a été activé, alors comment auraient-ils pu l'empêcher d'y *pénétrer* ?

— L'artefact a terminé son œuvre pendant la nuit, quand tout le monde était vulnérable. Les mages ne furent pas affectés, car ils ne se séparent jamais de leurs boucliers. Tout comme les Guérisseurs, parce qu'ils ont un degré plus ou moins fort d'Empathie.

— Mais les autres…

— Tous les autres l'ont été ! (Ambredragon soupira.) Au matin, le palais était désert. Et ce n'est pas seulement la noblesse qui a fui, mais *tous* les habitants du palais !

« Cinnabar m'a dit qu'il ne restait plus que les mages, les Guérisseurs… et le roi, tous dans un triste état. Il n'y avait plus une mule dans les écuries ! Ils ont fait venir Urtho, mais quand il a trouvé le *dyrstaf*, c'était trop tard.

— Mais personne n'est revenu ! C'étaient tous des lâches !

— Ils ne sont pas revenus, en effet ! Mais pas par lâcheté, parce qu'ils étaient *meurtris*. Le *dyrstaf* inflige à l'âme et au cœur une blessure invisible dont il est d'autant plus difficile de guérir.

« Ces gens étaient si profondément touchés qu'ils

n'ont pas pu surmonter la peur et la honte. Certains, comme le roi, en sont morts.

— Il est… mort ? Je l'ignorais…

Ambredragon soupira.

— Il était vieux et avait le cœur malade. Urtho l'a retrouvé caché dans sa garde-robe et le pauvre en a conçu une telle honte qu'il est mort le mois suivant. Comme il était sans enfant, et que tous les prétendants au trône avaient fui, le Mage du Silence a pris les choses en main.

— Et Cinnabar ? Pourquoi n'a-t-elle pas fui ? N'est-ce pas la preuve que tous les autres étaient des lâches ?

— Cinnabar était déjà une Guérisseuse formée, cher cœur. (*Contrairement à toi. Car ta famille était trop égoïste pour te le permettre…)* Vous avez travaillé avec elle et vous devez savoir qu'elle est très puissante. Et son Empathie est à peine plus faible que ses dons de Guérison ! Elle était protégée des émotions *extérieures*. Voilà pourquoi elle était parmi ceux qui ont appelé Urtho.

— Ils disaient que sa famille était excentrique, marmonna Bichehivernale, parce qu'elle permettait aux enfants de suivre une formation, comme s'ils allaient travailler en tant que Guérisseur ou mage. Moi, je l'enviais…

Quand elle réalisa sa gaffe, elle gémit.

— Si vos parents vous avaient permis de suivre une formation, vous auriez été près de Cinnabar, ce jour-là, dans la salle du trône. Mais il n'y a pas d'être plus vulnérable qu'un Empathe non formé. De toutes les personnes présentes à la Cour, vous étiez sans doute *la plus vulnérable*. Les autres ont fui sous l'action du *dyrstaf*, mais je suis étonné qu'il ne vous ait pas frappée à mort.

— Si seulement ça m'avait tuée !

Pour ne pas l'effaroucher, il s'assit à côté d'elle. Puis il la prit par les épaules, la retourna et l'attira contre lui.

Lui caressant les cheveux et la nuque et la berçant comme une enfant, il la laissa verser les larmes qu'elle avait trop longtemps refoulées.

Elle commença à frissonner. Gesten entra, aussi silencieux qu'une ombre, et tendit une robe de chambre au *kestra'chern*. Ambredragon le remercia du regard et enveloppa la jeune femme dans le vêtement.

Elle se détendit à mesure qu'elle se réchauffait et ses sanglots s'apaisèrent.

— C'est pour ça que tu as choisi le nom Bichehivernale, dit-il doucement. Je me suis posé la question. Pas parce que ça sonne kaled'a'in... Mais parce qu'une biche est un animal traqué et que tu souhaitais que le froid de l'hiver t'enveloppe et t'empêche de ressentir de nouveau...

— Je n'avais jamais vu de kaled'a'in avant de venir ici !

— Ah. (Il lui caressait la nuque d'une main et la serrait contre lui de l'autre) Tu n'es pas obligée de me répondre, mais qui es-tu ? Si tu as encore de la famille, elle serait sans doute heureuse d'avoir de tes nouvelles...

— Comment pourrais-tu savoir si les miens sont encore en vie ?

— Si je communique ton nom à Urtho, il te le dira...

« J'ai aussi perdu ma famille. Il y a en moi un vide que rien ne peut combler, parce que j'ignore ce qu'elle est devenue.

— Oh. Je suis... désolée.

— Merci.

— Mon nom était dame Reanna Laury...

Ambredragon écouta Bichehivernale jusque tard dans la nuit. Il l'inscrivait toujours pour le dernier rendez-vous, en prévision du moment où ses barrières céderaient.

Il lui parla, l'aida à se calmer... et ne fit rien pour la

séduire. Elle s'attendait à ce qu'il essaie. Et s'il lui en avait laissé l'occasion, *elle* l'aurait séduit. Mais la situation était déjà assez compliquée, et il n'aurait pas été professionnel de céder à la tentation.

Même s'il en avait très envie.

Il sentait en elle une nature passionnée que Conn Levas n'avait certainement jamais soupçonnée. Et elle ne demandait pas mieux que de la lui montrer.

Mais être *kestra'chern* impliquait aussi d'avoir le sens du temps. Et ce n'était *pas* le bon moment.

Il la renvoya dans sa tente, épuisée et réconfortée émotionnellement, mais pas physiquement. Puis il se jeta sur son lit et imagina tout ce qu'il aurait voulu lui faire.

Ambredragon n'avait jamais espéré rencontrer une compagne pour la vie. Il s'estimait déjà chanceux de trouver une amante de temps en temps.

Il n'avait certainement jamais imaginé qu'il allait rencontrer une femme faite pour lui — même si elle l'ignorait encore. Pour l'instant, elle sentait seulement qu'il pouvait la réconforter et répondre aux questions qui lui dévoraient l'âme et le cœur. Il attendrait qu'elle soit guérie — qu'elle sache qui elle était et qu'elle le veuille comme *partenaire* et non comme protecteur.

Car Bichehivernale était une femme forte, compétente, pleine de vie et de compassion, même si elle hésitait à laisser s'exprimer ce sentiment par peur d'être blessée.

Elle avait trouvé le courage de revenir et de suivre une formation alors que d'autres, bien moins affectés qu'elle, étaient restés cachés dans leurs trous. Bien sûr, elle n'était pas revenue sous son ancienne identité. Mais c'était tout aussi bien. Les forces de la Maison de Laury étaient désormais sous les ordres d'Urtho et ne s'en portaient pas plus mal.

Il pensait avoir réussi à la convaincre de ça... Mieux, il supposait qu'elle s'en était aperçue, mais qu'elle avait refusé de le reconnaître jusqu'à ce soir. Pour elle, ne pas prendre la tête de ses troupes était une preuve de plus de sa lâcheté.

— Si nous étions dans la situation du seigneur Cory, lui avait-il dit, ce serait différent. Il est vieux... Si un de ses enfants réapparaissait, ce serait une bonne chose.

— Mais les forces des Laury sont sous les ordres du général Michelore. Je suis sûre qu'elle est un excellent chef et Urtho lui fait confiance.

« Je n'ai aucune raison de reprendre mon ancienne identité.

— Tu devrais peut-être poser la question à Cinnabar. Si elle te dit de ne pas t'en faire, tu pourras rester Bichehivernale. (Il avait ri doucement, avant d'ajouter :) Et si on te demande pourquoi tu as un nom kaled'a'in, tu répondras que tu as été adoptée par un clan. Je peux arranger ça, si tu veux.

— Oui, s'il te plaît...

Il se demanda si elle mesurait les implications de ce qu'elle venait de dire. Les Kaled'a'in n'acceptaient pas facilement les étrangers. Pour être adopté par un clan, il fallait épouser un de ses membres ou devenir son frère de sang, ou lui rendre un service.

Mais il n'avait pas regretté sa proposition. Si elle désirait être adoptée, il veillerait à ce que ce soit fait.

Car si les choses tournaient comme il le souhaitait...

*Il faudra d'abord qu'elle rompe avec Conn Levas. Sinon, elle aura toujours le sentiment de l'avoir trahi et elle s'est déjà considérée comme une traîtresse bien assez longtemps.*

Il allait devoir faire preuve de patience, mais c'était une vertu typiquement kaled'a'in. Il en fallait pour entraîner un cheval ou un rapace et pour créer les chevaux de guerre et les oiseaux-liges. Il en fallait aussi pour devenir Guérisseur, chamane ou *kestra'chern.*

*Mais j'ai l'impression d'avoir assez patienté pour*

*une vie entière ! Pour une fois, j'aimerais être récompensé sans avoir à attendre !*

Il savait que ce n'était pas possible. Mieux valait se féliciter d'avoir trouvé un peu de vie et de chaleur dans cet enfer.

Sur cette pensée encourageante, il s'endormit.

# CHAPITRE XIV

Les trilles d'un oiseau réveillèrent Ambredragon. Il s'assit dans son lit, clignant des yeux.

*Un oiseau-messager ? À cette heure ?*

C'était le matin. Qu'avait-il pu…

Pour qu'on lui envoie un oiseau-messager, il fallait qu'une catastrophe se soit produite. Sinon, un hertasi aurait fait l'affaire. Il leva le rabat avant que Gesten ait eu le temps de réagir. L'oiseau, très agité, vint se poser sur son épaule :

*Nous avons besoin de toi sur la Colline*, dit-il avec la voix de Tamsin. *Immédiatement !*

En temps normal, Ambredragon était la dernière personne que Tamsin appelait à l'aide. Le Guérisseur avait conscience de ses limites : l'Empathie du *kestra'chern*, au contact des blessés, pouvait devenir incontrôlable. En dépit de ses dons, il n'aurait pas fait un bon Guérisseur.

Il s'habilla à la hâte et partit au pas de course. D'autres personnes sortaient prestement de leurs tentes, à peine vêtues. Quoi qu'il ait pu se passer, c'était grave.

*Très* grave.

Il découvrit à quel point quand il atteignit le quartier des Guérisseurs. Horrifié par le nombre de mourants, il s'arrêta net.

Les victimes étaient tellement nombreuses que les

tentes ne pouvaient pas les contenir. Il y en avait partout. Le sang imbibait le sol, formait des flaques, tachait les vêtements et les bandages de fortune... La douleur le frappa de plein fouet, s'écrasant contre ses boucliers, et le fit chanceler.

— Ambredragon ! cria Vikteren. Tamsin m'a demandé de t'attendre. Ils ont besoin de toi pour les non-humains. Si tu veux de mon aide, je t'assisterai.

— Oui, évidemment.

Le *kestra'chern* plissa les yeux pour y voir dans la pénombre. Quand il y fut arrivé, il le regretta. Une dizaine de kyrees gisaient près de l'entrée, dans un état indescriptible. À côté, des tervardis et des hertasis étaient allongés sur des grabats. Et au fond, il vit trois dyhelis.

Une seule division comptait un tel nombre de non-humains. Son cœur se serra.

— Dieux... La Deuxième...

— Il n'en reste plus rien, confirma Vikteren. Ma'ar l'a prise à revers, mais on ignore comment.

L'heure n'était pas à la discussion. Son assistant et lui s'approchèrent de leur premier patient, un kyree ouvert de la tête à la queue, et ils ne pensèrent plus qu'à la tâche qui les attendait.

Ambredragon travailla avec ses mains et avec ses dons. Il recousit les blessures, les guérit, réduisit les fractures...

Il travailla jusqu'à ce que le temps ne signifie plus rien et qu'il oublie sur qui il s'acharnait, faisant confiance à son instinct et à sa formation pour continuer. Puis il fut tellement épuisé par la douleur et la peur des autres que tout devint gris, puis noir...

Il reprit ses esprits sous l'eau froide. Vikteren le soutenait d'une main et pompait de l'autre. Le *kestra'chern* écarta le mage et s'agenouilla. Il ne s'était jamais senti aussi faible.

— Tu t'es évanoui, dit Vikteren. Je t'ai fait subir le même traitement qu'à un ivrogne...

— C'est sans doute ce que tu pouvais faire de mieux. Je dois y retourner…

Il voulut se lever, mais Vikteren l'en empêcha en lui posant une main sur l'épaule.

— Inutile. Tu t'es évanoui après avoir fait le tour de la tente et guéri quelques humains dans la foulée. Les autres, personne ne peut plus rien pour eux.

Le *kestra'chern* cligna des yeux. Le mage était couvert de sang et il avait les yeux gonflés.

— Nous avons fini ? demanda Ambredragon, n'osant pas y croire.

Vikteren hocha la tête.

— Oui, les derniers blessés ont été évacués par le Portail de Jerlag. L'arrière-garde a suivi et le Portail a été fermé il y a une heure.

*Évacués ? Le Portail fermé ?*

Ambredragon cligna de nouveau des yeux et regarda autour de lui. Il faisait nuit. La lumière venait des globes très brillants employés par les Guérisseurs.

*Nous avons travaillé toute la journée ?*

— Le Portail a été fermé au coucher du soleil, dit Vikteren, répondant à sa question muette. Urtho est au terminal et…

Une perturbation de l'énergie magique, plus une sensation étrange, comme si le monde se dérobait sous leurs pieds, leur fit tourner instinctivement les yeux vers le nord… et le Portail de Jerlag.

Au loin, il y eut une explosion de lumière. Vikteren jura et Ambredragon, aveuglé, sentit des larmes lui monter aux yeux. Il leur fallut un moment avant de ne plus voir d'éclairs. Et plus longtemps encore pour recouvrer l'usage de la parole.

— Voilà, c'est fini, souffla le mage.

— A-t-il…

Ambredragon avait du mal à le croire, mais Vikteren était un mage et il saurait mieux que lui ce qu'Urtho avait fait.

— Il l'a nourri avec sa propre énergie ! Ma'ar a

peut-être pris Jerlag, mais ça lui a coûté plus qu'il ne le pensait. C'est la première fois qu'Urtho fait imploser un de ses Portails permanents.

Cette dernière phrase sonnait comme un présage.

*Mais ce ne sera pas la dernière...*

Ambredragon n'arrivait pas à imaginer la puissance déchaînée par l'implosion d'un Portail permanent. Mais Vikteren le pouvait.

— Ça a dû provoquer un trou aussi large que le camp et aussi profond que la Tour est haute...

Le *kestra'chern* le rattrapa juste avant qu'il tombe. Comme il était trop lourd pour qu'il pût le soutenir, il l'aida simplement à s'asseoir. Vikteren cligna des yeux et le regarda.

— Tu as perdu connaissance une seconde, dit Ambredragon. Tu n'es pas en meilleure forme que moi...

— Enfin, tu deviens raisonnable, Ambredragon ! dit Gesten, escorté de deux des hertasis de Cinnabar. La dame m'a dit où je pourrais vous trouver. Tamsin, Skan et elle étaient inquiets.

« Dierne et Lyle sont là pour toi, Vikteren. Ils t'accompagneront jusqu'à ta tente et te donneront à manger. Aubri m'aidera à ramener Ambredragon.

« Bon travail, mon garçon ! Tamsin m'a dit que mon employeur et toi avez pris en charge tous les non-humains gravement blessés. Si j'avais un steak, je te le cuirais moi-même.

— Des œufs durs et du fromage suffiront, répondit Vikteren. Je préfère ne pas voir un morceau de viande pour l'instant.

Gesten fit signe à ses congénères de s'occuper du mage.

— Il faut manger et dormir, à présent. Et boire ce qu'ils te donneront. Ça t'évitera de rêver.

— De cauchemarder, oui ! marmonna Ambredragon alors que Vikteren et ses deux assistants s'éloignaient. Je me souviens de mes premiers blessés de guerre...

— Comme nous tous, dit Aubri. Gesten, si tu peux l'aider à se lever… Appuie-toi sur moi, Ambredragon…

Le *kestra'chern* faillit s'évanouir de nouveau et retomba lourdement.

— C'est bien ce que je pensais, grommela l'hertasi. Tu es complètement vidé. Demain matin, tu seras dans un triste état.

— Je le suis déjà. (Ambredragon attendit que le monde se stabilise.) J'espère que tu as une solution, parce que je n'ai pas très envie de dormir dans la boue.

— C'est pour ça que je suis venu avec Aubri. Donne-nous un instant.

Gesten entra dans une des tentes et en ressortit avec un brancard qu'il fixa sur le dos d'Aubri.

— Allez, Ambredragon, grimpe !

Ambredragon parvint à se hisser sur le brancard, mais il était tellement nauséeux qu'il dut s'y reprendre à plusieurs fois. Son sang battait à ses tempes au rythme de son pouls. Il n'avait qu'une envie : qu'on l'assomme !

Il s'était vidé de toute son énergie et il en payait le prix. Mais il ne devait pas être le seul dans ce cas.

Le *kestra'chern* ferma les yeux pendant le trajet jusqu'à sa tente et les rouvrit au moment où il sentit qu'on le mettait au lit.

Quand il se réveilla, la tente était silencieuse et Gesten avait baissé les lampes.

— Tiens, dit l'hertasi, lui fourrant une tasse dans la main. Bois ça. Tu sais ce que c'est.

Un mélange d'herbes pour son mal de tête et pour l'aider à dormir, si sirupeux que la cuillère aurait pu tenir debout toute seule ! Mais il était trop épuisé pour protester. Obéissant, il but le liquide trop sucré et attendit que le sommeil l'emporte.

Bichehivernale n'avait jamais autant désiré se cacher dans un trou et y dormir un siècle. Mais elle se força à rentrer dans sa tente et s'écroula sur son lit, tout habillée.

Urtho était en train de perdre !

*Nous disparaissons peu à peu au lieu d'être écrasés d'un coup, comme je l'avais cru.*

Elle n'était plus seulement responsable de ses griffons. À tout moment, on pouvait l'appeler sur la Colline. Tous ceux qui savaient manier une aiguille et enrouler un bandage étaient mis à contribution. Elle avait vu Ambredragon travailler si longtemps et si dur qu'il avait perdu connaissance. Les autres *kestra'chern* étaient venus aussi. Même les *perchi* avaient aidé à mélanger les potions et à changer les bandages. Pour l'heure, toutes les rivalités étaient oubliées.

*Oui, et Shaikman et Garber sont de retour...*

Même si le général n'avait plus ni mage ni non-humain sous ses ordres, il était responsable de nombreuses morts inutiles. Quand il atteignait un objectif, c'était au prix de trop de sang.

*J'aimerais qu'Urtho le charge des catapultes. Au moins, elles ne peuvent pas mourir !*

Par bonheur, elle n'était plus obligée de jouer les perroquets pour Garber, ni de lui trouver des excuses. La Sixième tenait bon... pour le moment. Peut-être Ma'ar leur laisserait-il le temps de souffler un peu ?

Entendant des pas approcher, elle roula sur le côté. C'était Conn, bien sûr. Elle se demandait comment il faisait pour avoir de l'énergie alors que tout le monde était épuisé.

Il entra et approcha de son lit, attendant qu'elle se réveille. Mais elle n'allait pas jouer le jeu.

*Tu me fatigues, Conn. Ta « fougue » me fatigue ! J'en ai assez d'être ta mère en même temps que ton amante. Tu n'as pas une once de considération pour moi.*

*Que je sois maudite si je joue la comédie ! Tu me prendras comme je suis... trop fatiguée pour bouger un muscle, sans rien à offrir, pas même à moi-même.*

Il attendit, puis la poussa du bout du pied.

*Très romantique, Conn !*

Mais elle avait déjà vu des gens si profondément endormis que seul un séisme aurait pu les réveiller. Conn fit un commentaire peu flatteur, puis il tourna les talons et sortit.

Elle n'osa pas bouger, de peur qu'il soit resté dans les parages. Il pouvait revenir avec un seau d'eau froide et le lui jeter dessus…

*Il ne ferait jamais ça. Il détesterait utiliser un lit trempé.*

Mais il pouvait trouver un autre moyen… Heureusement, il ne dénicherait pas d'oiseau-messager.

*Ces petites créatures adorent jouer et s'il réussissait à en convaincre une de venir me crier dans les oreilles…*

Elle attendit, mais il ne se passa rien. Quand son bras fut tout engourdi, elle se retourna sur le dos, entrouvrant les paupières. Il y avait une lampe à l'extérieur de sa tente. Si quelqu'un avait rodé autour, elle aurait vu une silhouette à travers la toile. Mais aucun signe de Conn !

Elle s'assit en grommelant. Ses yeux étaient secs et douloureux, comme si elle avait été prise dans une tempête de sable. Cessant de se masser la main gauche, elle les frotta.

Le camp était effroyablement silencieux. Tous les soldats qui n'étaient pas de garde en profitaient pour se reposer. Elle entendit les sentinelles aller et venir entre les rangées de tentes, les drapeaux claquer dans l'air nocturne…

… et quelque chose marmonner au-dessus d'elle.

Une créature était perchée à l'endroit où les piquets se croisaient. Elle se leva et la toucha, sa main rencontrant des plumes…

*Mais ça aurait tout aussi bien pu être une chauve-souris ou une vilaine bestiole créée par la magie !*

Ce n'était qu'un oiseau-messager. Elle glissa les doigts sous son ventre et le porta à hauteur de sa poitrine.

Bien que domestiqués, ces oiseaux pinçaient dès qu'ils étaient effarouchés. Il accepta ses caresses, puis gonfla ses plumes et la regarda en penchant la tête.

Bichehivernale alla se placer sous la lumière pour qu'il sache qui elle était. Après une légère hésitation, il dit avec la voix d'Ambredragon :

*Annule le rendez-vous de ce soir. Trop fatigué. Demain, peut-être. Suis désolé.*

C'était incroyable. Le volatile parvenait à imiter la voix d'Ambredragon et l'épuisement qui lui faisait manger ses mots.

La jeune femme retourna s'asseoir sur son lit, déçue. D'accord, elle n'était pas en état de traverser la moitié du camp et il n'aurait pas pu lui faire un massage...

*Mais nous aurions conversé. Et pleuré ensemble...*

Elle réalisa qu'elle ne le considérait plus comme le « *kestra'chern* Ambredragon »... Elle avait envie de lui parler des combattants qu'elle n'avait pas pu sauver de ceux qui ne verraient ou ne marcheraient plus jamais... Elle voulait pleurer sur son épaule, puis lui offrir le même réconfort. Elle en avait besoin et elle savait que lui aussi. Ses amis, aussi épuisés que lui, ne seraient pas en mesure de le consoler.

*Ou ils ont d'autres personnes vers qui se tourner.*

S'il n'avait pas annulé leur rendez-vous ! Si elle avait pu aller le voir...

*Et pourquoi pas ? Les amis n'ont pas besoin de rendez-vous.*

Oui, mais...

Il lui faudrait traverser la moitié du camp ! Cette idée suffisait à lui faire monter les larmes aux yeux. *Il* avait épuisé son énergie guérisseuse, mais *elle* avait porté, soulevé et tiré des blessés toute la journée.

Des pas crissèrent sur les graviers, entre les tentes, venant dans sa direction. Elle les ignora, car ils étaient beaucoup trop légers pour être ceux de Conn.

*Si je peux trouver suffisamment d'énergie pour me lever, aller à la salle commune est envisageable. Et si je réussis à marcher jusque-là, je pourrai pousser jusqu'aux bains. Et si…*

Les pas s'arrêtèrent devant sa tente et une silhouette se découpa sur la toile…

Puis l'homme se retourna pour partir.

— Ambredragon ?

— Bichehivernale ? J'ai cru que tu dormais…

— Je suis trop fatiguée pour dormir. Entre ! J'étais en train de chercher le courage d'aller te voir.

Il souleva le rabat et la regarda. L'oiseau-messager était toujours au creux de sa paume.

— Tu as eu mon message…

— Depuis quand des amis ont-ils besoin d'un rendez-vous ? Je pense que nous avons tous les deux besoin de parler.

— Oh, oui !

Alors qu'elle le regardait, une douce chaleur l'envahit, comme si la glace, enfin, commençait à fondre.

— Veux-tu parler la première, ou puis-je le faire ? demanda-t-il en s'asseyant.

*Il* avait besoin d'*elle*, et non l'inverse ! Elle sentit la douleur qui le rongeait. Depuis combien de temps portait-il ce fardeau ? Il ne datait pas d'aujourd'hui.

— Toi d'abord. Je crois que tu en as plus besoin que moi. Et puis, c'est toi qui as marché jusqu'ici…

Il faisait trop sombre pour qu'elle voie son visage, mais elle sentit qu'il était surpris.

— Oui, peut-être…

Bichehivernale posa l'oiseau et prit une des mains d'Ambredragon entre les siennes, la frictionnant pour la réchauffer.

*Parfois, il suffit de partager un peu de chaleur…*

Skan s'écarta, permettant à Zhaneel de fondre sur le makaar qui le poursuivait. C'était une créature tachetée de bleu, sans corne depuis sa récente collision avec un de ses congénères. Le Griffon Noir servait d'appât et la grifaucon leur tombait dessus.

Un craquement sinistre l'avertit du succès de Zhaneel. La petite femelle passa sous lui à une vitesse trois fois supérieure à la sienne. Les yeux de Skan brillèrent, comme toujours quand la grifaucon se battait à ses côtés. Il la regarda reprendre de l'altitude.

*Elle est merveilleuse ! Impossible de l'arrêter quand elle est dans son élément ! Et cette nouvelle race de makaar semble moins solide. Ça en fait deux depuis Kili... Je me demande s'il vit encore.*

Ils occupaient les makaars pour qu'ils n'attaquent pas les troupes pendant leur retraite.

*Encore une retraite ! J'avais pourtant dit à Urtho de piéger la vallée pour ralentir la progression de Ma'ar, mais nos ressources sont limitées. D'accord, j'aime m'amuser un peu avec les makaars, mais je préférerais être au chaud sous une tente... avec Zhaneel.*

Le jour, le Griffon Noir était très voyant. Pour pallier cet inconvénient, Zhaneel et lui avaient mis au point cette stratégie. Et bien que les makaars aient fini par comprendre, ils parvenaient quand même à en éliminer quelques-uns.

Une formation de quatre makaars arriva derrière lui... bien plus vite que la précédente. Et bien trop rapidement pour que Zhaneel ait eu le temps de reprendre sa position. Il pouvait les laisser le poursuivre à loisir ou les attaquer.

*Les deux solutions réduisent mes chances de survie... N'avais-tu rien de mieux à faire, stupide griffon ? Tu aurais pu manger ou danser... Danser ?*

*Voilà une chose à laquelle ils ne doivent pas s'attendre ! Et ça devrait briser leur formation... Avec ça, ils sont perdus.*

Il allait enfin pouvoir expérimenter le pas de danse hertasi que lui avait montré Poidon au festival des Moissons ! Avec les soins que lui avaient prodigués Ambredragon, Cinnabar et Tamsin, ses muscles et ses tendons devraient pouvoir le supporter. Seule sa vitesse était peut-être un peu élevée...

*Et pendant que tu te décides, les makaars se demandent à quelle sauce ils vont te manger ! Urtho ne t'a pas seulement donné des ailes, mais un cerveau. Qui a mémorisé des sorts...*

*Il suffit d'un moment de calme... Tu ne peux rien faire pendant que tu voles, mais en tombant, ça devrait être possible.*

Le makaar de tête gagnait du terrain. Skan reconnut Kili et sut que c'était le moment ou jamais. Il se redressa, bec pointé vers le ciel. La pression de l'air contre son cou faillit interrompre l'apport de sang à son cerveau, mais il tint bon. Lentement, il commença à prendre de l'altitude.

La vieille maxime affirmant qu'il était possible d'échanger de la vitesse contre de l'altitude se vérifia jusqu'à ce que ses ailes soient pliées selon un certain angle. Au-delà, comme son vieil ennemi devait le savoir, il tomberait.

*Zhaneel, si ça ne fonctionne pas, ne raconte à personne ce que j'ai essayé de faire.*

Les makaars crièrent d'excitation. Skandranon se plaça à la verticale, une patte de derrière tendue et l'autre repliée. Les ailes déployées, il resta suspendu en l'air pendant un minuscule moment de calme.

Un simple moment de calme dans la tempête...

Zhaneel battait furieusement des ailes. L'air se faisait rare au-dessus des nuages qui les dissimulaient, le Griffon Noir et elle, et ses poumons avaient du mal à lui fournir l'oxygène dont elle avait besoin.

En dépit de sa fatigue et de ses pattes douloureuses, à force d'abattre les makaars en plein ciel, elle savait qu'elle faisait une *différence*. Se battre aux côtés du Griffon Noir était merveilleux. Ils s'entendaient si bien que rien, semblait-il, ne pouvait mal tourner. Mais elle était suffisamment intelligente pour reconnaître une illusion. Chacune de leurs passes pouvait être la dernière !

Ils avaient abattu de nombreux makaars, mais cette

victoire était amère : ils couvraient simplement la retraite des troupes d'Urtho. Leurs mages n'avaient pas pu arriver à temps pour empêcher celui de Ma'ar d'ouvrir un Portail. Quand Skan avait enfin réussi à l'éliminer, beaucoup trop de soldats étaient déjà passés.

Puis les makaars avaient fondu sur eux.

Zhaneel avait eu l'occasion de montrer sa bravoure. Le Griffon Noir était resté accroché dans le filet qui servait de camouflage au mage et le poids du cadavre, coincé dedans, l'avait empêché de décoller. La grifaucon avait coupé les mailles, puis elle avait jeté le corps au fond d'un ravin, pendant que Skan reprenait de l'altitude.

Maintenant, son cher Griffon Noir attendait qu'elle frappe de nouveau. Elle s'aligna sur la position où elle croyait le trouver et se prépara à piquer... mais il n'était pas au rendez-vous !

Elle sentit sa gorge se serrer. À cette hauteur, si elle hurlait à la mort, elle pouvait s'étrangler

Il aurait *dû* être *là* ! Elle replia ses ailes, plongea...

... et fut aveuglée par une soudaine clarté. Elle plissa les yeux... et vit une masse noire tomber au milieu d'une formation de quatre ennemis.

*Skandranon !*

Zhaneel fondit sur les makaars sans défense. *Aucune* de ces fichues bestioles ne ferait de mal à son bien-aimé !

Skandranon ouvrit les yeux et vit que la terre se rapprochait dangereusement.

Comme il n'y avait pas de makaar au-dessous de lui, il se permit une pensée philosophique.

*Ne regarde jamais en arrière, tu pourrais voir une flèche gagner du terrain.*

Encore quelques secondes et la vitesse de sa chute serait telle qu'il pourrait déployer ses ailes et reprendre son vol. Alors, il irait dire bonjour aux makaars, puis il retrouverait Zhaneel.

Elle devait être à son poste et le chercher partout.

*Jusqu'ici, tu as survécu, danseur du ciel, mais que va-t-il t'arriver après la frayeur que tu es en train de lui faire ?*

Avant qu'il ait trouvé une réponse à cette question, une aile de makaar envahit son champ de vision.

*L'aile de Kili !*

Skan frappa l'ennemi qui était à un doigt de l'éventrer. Il tendit les deux pattes de devant, prêt à déchirer les ailes du makaar et à l'entraîner avec lui dans la mort…

… Mais il vit Zhaneel piquer sous son nez, suivie par une giclée de sang noir, une aile… et le cadavre du chef ennemi.

En riant, il lâcha l'aile qu'il tenait encore. La grifaucon fit écho à sa joie.

*Oh, dieux, je suis amoureux.*

Encore sous le choc du sort lancé par Skandranon, les trois autres makaars s'enfuirent. Plus une seule créature d'Urtho ne vint interdire leur retraite. Bientôt, les troupes de Ma'ar s'arrêteraient pour compter leurs pertes.

Ils étaient sains et saufs. Et Zhaneel volait à ses côtés, aussi belle et confiante que dans les rêves les plus fous du Griffon Noir.

*Oh, oui, Zhaneel, je suis amoureux ! Peu importe ce qui arrivera, tu mérites qu'on vive pour toi.*

## CHAPITRE XV

*La paix, enfin !*

Ambredragon laissa retomber le rabat derrière son dernier client et soupira de soulagement. Gesten leva le nez, croisa son regard, puis détourna les yeux, comme s'il venait de se raviser.

*Il ne s'agit pas d'une plainte ou d'un commentaire, sinon il ne se serait pas gêné. Ce doit donc être une requête.*

— Allez, Gesten, parle. Tu veux quelque chose. Quoi que ce soit, tu l'as mérité.

— Je suis fatigué et j'aimerais partir tôt. Mais je ne veux pas te laisser tout le travail, surtout si tu es fatigué aussi. Je pensais que non, mais je t'ai entendu soupirer…

Ambredragon secoua la tête.

— C'était un soupir de contentement. Je suis ravi de faire le travail pour lequel je suis formé et n'avoir pas à jouer les Guérisseurs de second ordre.

Le *kestra'chern* commença à ranger les lotions et les huiles, vérifiant que les bouteilles étaient bien fermées. Il n'était pas sûr de pouvoir se réapprovisionner, les cosmétiques et les crèmes n'étant pas une priorité pour les herboristes. Il savait préparer ses propres produits, mais où trouverait-il le temps et les composants pour faire ça ?

Cependant il n'aurait peut-être jamais besoin de les remplacer… Ma'ar pouvait veiller à cela.

Il ne fallait pas penser à ce genre de chose. Mieux valait profiter de ce moment de répit, car il ne durerait certainement pas.

— Non, Gesten, je ne suis pas fatigué. Bizarrement, je crois que m'épuiser sur la Colline m'a appris à mieux gérer mes ressources. Je suis en meilleure forme que je ne l'ai jamais été… C'est un tel plaisir de n'être qu'un simple *kestra'chern* !

Le silence de l'hertasi lui mit la puce à l'oreille. Il se tourna vers lui.

— Arrête de sourire ! Et file dormir ! Moi, je rangerai. Je le faisais avant que tu me proposes tes services, sais-tu ?

Le sourire de Gesten s'élargit, mais il était aussi fatigué qu'il prétendait l'être. Lui non plus n'avait pas pris beaucoup de repos, ces derniers temps. Peut-être moins encore que le *kestra'chern*. Ses écailles étaient ternes et il traînait sa queue comme un fardeau.

Hélas, l'épuisement n'avait aucun effet sur sa langue.

Il s'inclina très bas.

— Oui, ô grand *kestra'chern*, maître des massages et des sens, prélat de la zone érogène, dieu de…

— Ça suffit ! coupa Ambredragon. Un de ces jours, je vais me fâcher.

— Ce jour-là, la lune deviendra violette, les poissons voleront dans le ciel et les oiseaux nageront dans l'océan… Tu ne te fâches jamais, Ambredragon, même contre ceux qui le méritent. La dernière fois que tu t'es mis en colère, c'était à cause du stupide Guérisseur venu te passer un savon. Et tu as réussi à te calmer entre le réfectoire et ta tente !

« Tu devrais te fâcher plus souvent. Tu es trop poli. Et tu te contrôles trop bien. Les barrages peuvent céder, tu sais.

Le *kestra'chern* se contenta de secouer la tête sans

cesser de ranger ses bouteilles dans leur coffre en bois capitonné. Quoiqu'il arrive, aucune ne se briserait.

Après tout ce qui s'était passé, une tâche simple était reposante. Comme parler à son cher hertasi.

— Non, je ne suis pas *poli*. Je connais trop bien la nature humaine, et toutes les manières dont elle peut être manipulée pour engendrer un monstre, voilà tout. Les sentiments et les motivations des gens sont tellement évidents pour moi que je ne peux pas les détester.

« Depuis que j'ai discuté de notre ennemi avec Urtho, je suis parvenu à comprendre pourquoi Ma'ar est ce qu'il est... Mais je ne décolère pas pour autant.

— À part contre Ma'ar, tu ne restes jamais fâché plus de quelques minutes, insista Gesten. Voilà pourquoi certains pensent que tu es faible et qu'ils peuvent te piétiner à loisir ! Si tu ne ripostes pas, c'est qu'ils ont raison !

Le *kestra'chern* haussa un sourcil, surpris.

— Ah oui ? Intéressant. C'est très bien ainsi, ne crois-tu pas ? S'ils me jugent faible, ils me sous-estimeront. S'ils pensent que je meurs de honte, ils imagineront que je ne peux pas m'occuper de leurs cas. Ainsi je les vaincrai plus facilement.

L'hertasi renifla avec dédain.

— C'est ce que *tu* crois... mais que fais-tu des gens comme ce maudit Guérisseur ? De ceux qui te regardent de haut et disent du mal de toi dans ton dos ? Que fais-tu pour démentir les rumeurs qu'ils répandent ?

Ambredragon haussa les épaules.

— Ce que je fais toujours. Je commence par découvrir qui ils sont. Quand je sais qui tient la dague, je peux éviter le coup, me protéger derrière un bouclier ou en référer aux personnes compétentes.

— Tu sais « éviter », je te l'accorde, et c'est pour ça qu'on te croit faible ! Quand tu « évites », tes détracteurs imaginent que ça prouve qu'ils ont raison, parce que tu ne te retournes pas contre eux !

Le jeune homme réfléchit au problème. Il souleva le coffre et le rangea à sa place, contre le mur de la tente.

— C'est vrai, admit-il enfin. Mais aussi longtemps que ce qu'ils disent ne me fait pas de mal, *pourquoi devrais-je m'en soucier ?* Et si ça rend ces crétins heureux…

— Je ne peux pas croire ce que tu dis ! Le venin qu'ils crachent est comme une boue qui salit ce qu'elle éclabousse et contamine ceux qu'elle touche ! Pourquoi veux-tu qu'ils soient heureux ?

Ambredragon se tourna vers son ami et s'assit en souriant tristement.

— Parce qu'ils sont amers et que rien d'autre ne peut les rendre heureux. Ils me calomnient parce qu'ils savent que j'ai de nombreux amis influents.

« Ils tirent si peu de plaisir de la vie que je ne vois aucune raison de les priver de la joie de me tourner en ridicule.

— Tu es fou, Ambredragon… Mais je le savais déjà. Je vais me coucher. Bonne nuit.

— Bonne nuit, Gesten.

*Aurais-je dû lui dire toute la vérité ?* se demanda Ambredragon en empilant des coussins dans un coin. *Il a peut-être raison. Je devrais me fâcher plus souvent. Mais j'ai à peine assez d'énergie à consacrer à l'essentiel…*

Sans la guerre, aurait-il réagi de la même manière ? Impossible de le savoir. Il songea aux « ennemis » qu'il avait parmi les Guérisseurs et les gradés.

Certains officiers le calomniaient parce qu'il leur avait refusé ses services. Aucun ne s'en était vanté, mais tous l'avaient dénigré à la moindre occasion. Quant aux Guérisseurs, ils ne supportaient pas qu'il « rabaisse » leurs talents. Ils étaient furieux qu'il s'en serve pour donner du plaisir… et qu'il soit bien payé pour cela.

Il comprenait. Ils avaient passé des années à se perfectionner et pensaient que des dons comme les leurs ne devaient pas servir à procurer quelque chose d'aussi superflu que le plaisir. Mais pourquoi tout devait-il être mortellement sérieux ? La plupart des gens avaient besoin d'oublier la mort et la guerre de temps en temps.

*Il suffit de voir Skan. Au milieu du chaos, il trouve du temps pour rire et aimer !*

C'était sans doute pour cela que ses détracteurs étaient aussi ceux du Griffon Noir !

*Ils n'enrobent pas une pilule amère de sucre, de peur qu'elle ne soit plus aussi efficace. Et peu importe si ça la rendrait plus facile à avaler !*

En temps de paix, ils feraient sans doute le siège de la Tour d'Urtho pour qu'Ambredragon soit jeté dehors.

*Et ils seraient encore plus furieux que maintenant, car je serais un* kestra'chern *très riche... Sans vouloir me vanter.*

Mais s'ils étaient en paix, Urtho l'appellerait et ils dîneraient ensemble. Puis tout resterait comme avant, sinon qu'Ambredragon connaîtrait le nom de ses ennemis.

*C'est exactement ce qui se passe aujourd'hui, mais ce sont Tamsin, Gesten, Cinnabar et Skan qui me rapportent ce genre de choses. Les* kestra'chern *servent dans l'armée. Si nos ennemis essayaient de débarrasser le camp de notre présence et de celle des* perchi, *ils auraient une émeute sur les bras.*

Haïrait-il ses détracteurs s'il en avait le temps et l'énergie ?

*Je ne crois pas*, admit-il. *Mais leurs calomnies me blesseraient cruellement. C'est le cas aujourd'hui, même si je m'efforce de ne pas y faire attention. Comme l'a dit Gesten, c'est une boue qui salit tout ce qu'elle touche...*

En dépit de ce qu'il avait dit à l'hertasi, il était blessé et malheureux et il dut faire un effort pour se ressaisir.

Il se laissa absorber par toutes les petites choses qu'il ne faisait plus très souvent depuis que Gesten était à son service. Tandis qu'il remettait de l'ordre dans sa tente, il fit de même dans son esprit.

*Même si Skan prétend qu'un intérieur rangé est le signe d'un cerveau dérangé*, pensa-t-il, amusé. *Heureusement que les griffons ne possèdent pas grand-chose, parce que j'ai vu sa tanière.*

— Ambredragon ?

Le murmure était celui d'une voix féminine. Il fut suivi par un son qui ressemblait à des sanglots étouffés.

Il laissa tomber la dernière couverture qu'il venait de plier et pivota, se demandant si son imagination lui jouait des tours. Mais il n'avait rien imaginé. Bichehivernale se tenait sur le seuil de sa tente, en larmes.

Ambredragon tendit la main et la tira à l'intérieur. Puis il ferma le rabat, pour qu'on ne vienne pas les déranger.

— Que s'est-il passé ? demanda-t-il en la voyant s'effondrer sur le sofa. Ne t'inquiète pas, mon dernier client est parti et personne ne viendra nous interrompre. Nous avons toute la nuit pour parler.

— Je pourrais te prendre au mot, assura-t-elle en s'essuyant vivement les yeux avec le dos de la main. Désolée, je n'avais pas l'intention de me donner en spectacle. Mais quand je t'ai vu — tu avais l'air si fort et si confiant — je... je me suis sentie horrible !

Il s'assit à côté d'elle, la prit dans ses bras et lui tendit une serviette propre pour qu'elle s'essuie les yeux.

— Qu'est-il arrivé ? Raconte-moi tout.

Elle inspira profondément, hoquetant tellement elle faisait d'effort pour se contrôler.

— C'est... Conn, dit-elle. Tu sais que nous n'avons pas... depuis des semaines. Surtout parce que j'étais épuisée, mais aussi parce que... Ambredragon, je *ne le voulais pas*. Je n'ai plus rien à lui offrir. J'aimerais qu'il me laisse tranquille.

« Cette nuit, ses camarades et lui sont rentrés au

camp. Il est venu pour… Je lui ai dit de partir, et pas seulement pour ce soir.

— Et ? l'encouragea Ambredragon.

— Il a dit que je suis une garce frigide et sans cœur incapable d'aimer. Une gamine pourrie. La pire amante qui soit ! Faire l'amour avec moi, a-t-il ajouté, c'est comme coucher avec une planche, et aucun autre homme ne me désirera jamais.

« Si je suis *trondi'irn*, c'est parce que personne ne voudrait de moi comme Guérisseuse, et que nul ne s'inquiète de savoir si une *trondi'irn* est compétente. Bref, s'il n'y avait pas eu la guerre, je serais une ratée totale…

Elle pleurait si fort qu'Ambredragon devait tendre l'oreille pour comprendre ce qu'elle disait.

— Et tu as peur que tout ça soit vrai ?

Elle acquiesça. Avec ses yeux rougis et gonflés et son nez écarlate, elle avait l'air misérable. Il éprouva une envie irrésistible de la protéger.

Puis celle de prendre une arbalète et de partir à la recherche de Conn Levas.

*Et j'ai dit à Gesten que je ne pouvais me fâcher contre personne…*

Rien de tout ça ne résoudrait le problème. Bichehivernale n'avait pas besoin d'être protégée. Il fallait qu'elle reprenne confiance en elle.

— Tu penses que c'est vrai parce que tu es très portée sur l'autocritique et que ses paroles contenaient suffisamment de vérités pour que tu les croies. Nous savons que Conn Levas est un manipulateur. Tout ce qui l'intéresse, c'est le résultat qu'il obtient. Il se fiche du mal qu'il fait !

Il s'écarta un peu et la regarda droit dans les yeux.

— Il a peur que quelqu'un pense que *tu* l'as laissé tomber parce qu'il n'était pas assez viril pour te retenir. Alors il dit toutes ces horreurs en espérant que ça te pousse à rester.

« Quelle est l'insulte qu'il a proférée qui te viens spontanément à l'esprit ?

— Garce frigide...

— En d'autres termes, tu es une mauvaise amante et tu es froide, c'est ça ? En ce qui le concerne, c'est la vérité !

« Tu dis toi-même que tu ne l'aimes pas et que tu t'es servi de lui pour avoir une *identité*. Reanna n'aurait jamais choisi un homme comme lui...

— Reanna n'aurait pas pris un amant et surtout pas un de basse extraction. Je... je...

Il secoua la tête.

— Tu voulais qu'aucune émotion n'entre dans l'équation, mais il a deviné tes peurs et tes angoisses et il s'en est servi contre toi. Entre nous, ça prouve que tu peux avoir des émotions.

« Il a dit aussi que tu es incompétente, et tu as suffisamment de conscience professionnelle pour craindre qu'il ait raison. (Il réfléchit une seconde.) La pire chose que j'aie entendu dire de toi — et, crois-moi, un *kestra'chern* entend tout — c'est que tu servais de perroquet à Garber sans remettre en question ses ordres. Personne n'a contesté tes compétences, uniquement tes... euh... manières. Et maintenant que tu traites les griffons comme des individus, tout le monde chante tes louanges. Y compris Cinnabar.

— Vraiment ? demanda-t-elle.

— Je ne connais pas très bien Conn Levas et je n'en ai pas envie. Il est venu me voir un jour et j'ai réussi à éviter un autre rendez-vous. J'ai connu assez de gens comme lui — tous les *kestra'chern* qu'il a consultés pensent la même chose.

« Le centre du monde de Conn, c'est Conn. Il s'intéresse aux autres s'ils peuvent ajouter à sa fortune ou à son prestige. Dans son univers, il y a les utilisateurs et les utilisés. Si tu n'es plus un objet, tu deviens une *rivale*. Voilà pourquoi il t'a accusée d'être égoïste et pourrie. Pour lui, la vie est un miroir. Il voit ses qualités et ses défauts chez tout le monde.

Elle hocha la tête et s'essuya les yeux dans la serviette.

— Quant au reste de son discours…

*Dois-je le faire ? Qu'arrivera-t-il si je le fais ? Et si je ne fais rien ?*

— … aimerais-tu avoir un avis professionnel ?

Elle s'écarta, les yeux écarquillés de surprise. Mais, à son grand soulagement, il ne vit ni peur ni dégoût sur son visage.

— Tu ne peux pas… Veux-tu dire…

— Mon avis sera tout ce qu'il y a de plus professionnel, mais mes motivations sont égoïstes. Je te trouve très attirante, Bichehivernale. Je ne veux pas compliquer notre relation, ni la mettre en péril, mais j'aimerais que nous soyons plus que de simples amis.

Elle cligna plusieurs fois des yeux, rougissant et pâlissant tour à tour. Un moment, il crut qu'elle allait refuser et il souhaita ne jamais lui avoir fait ce genre de proposition.

Puis elle se jeta dans ses bras. Mais pas à la manière d'une femme qui se noie. Plutôt comme un aigle qui retrouve son nid après un vol long et pénible.

Alors il n'eut plus aucun doute au sujet de ses sentiments… ni des siens.

Skan profitait d'un après-midi de repos et — que les dieux soient loués ! — des soins d'Ambredragon. Les deux amis conversaient au soleil et, pour qu'on ne les dérange pas, le *kestra'chern* s'occupait de remplacer les rémiges que le griffon avait perdues ou abîmées au combat.

— Sur le front, nous sommes dans une impasse, dit Skan alors que le *kestra'chern* glissait une de ses anciennes plumes dans le tuyau d'une autre.

La chaleur du soleil était si agréable qu'il tendit le cou et aplatit les oreilles pour mieux en profiter.

— C'est ce que j'ai entendu dire, répondit Ambredragon, concentré sur sa tâche.

Skan tourna la tête et le regarda, un peu envieux. Il aurait aimé avoir des mains pour faire ce genre de chose seul. Même Zhaneel ne pouvait pas réparer ses plumes. Mais elle avait moins besoin que lui des humains.

La grifaucon n'avait plus à se soucier de son absence de vraies serres. Un des humains de la Sixième lui avait fabriqué des substituts métalliques. Elle pouvait les porter sans rien perdre de sa dextérité, car elles fonctionnaient mieux quand elle gardait les poings fermés.

Zhaneel s'était montrée si efficace avec ses nouvelles armes que l'homme avait été sorti du rang. Il fabriquait désormais des serres de combat pour les autres griffons. Ceux qui en étaient équipés pouvaient abattre trois makaars d'un coup.

Un seul problème : dès que l'ennemi aurait compris le stratagème, il le copierait.

*Aussi longtemps que les makaars qui verront de près nos serres de combat finiront en bouillie, notre secret sera bien gardé.*

— J'ai cru comprendre que la rumeur qui circule dans le camp est bien plus intéressante, continua le griffon.

Ambredragon planta la plume retaillée sur la tige fixée dans le tuyau de l'ancienne.

— Si tu veux parler de ma relation avec Bichehivernale, nous ne sommes plus dans une impasse.

« Tiens-toi tranquille, le temps que la colle sèche !

— Plus dans une impasse ? demanda le griffon, réprimant l'envie de se secouer frénétiquement, ce qui aurait ruiné le travail du *kestra'chern*. Ne pourrais-tu pas m'en dire un peu plus ?

Ambredragon frotta la colle qu'il avait au bout des doigts et jeta le chiffon dont il s'était servi pour s'essuyer les mains.

— Que voudrais-tu que je te dise ? Elle est une *tron-*

*di'irn* et je suis un *kestra'chern*. Nous avons chacun nos responsabilités. Les miennes me tiennent occupé l'après-midi et une partie de la nuit, les siennes toute la journée. Mais nous nous arrangeons.

« Conn Levas n'est plus dans le camp. Il s'est contenté de tourner en ridicule le choix de son nouvel amant. S'il est satisfait avec ça, tant mieux pour lui. Je me moque de ce qu'il peut dire aussi longtemps qu'il lui fiche la paix.

« Nous avons un espion chez les mages, tu sais. Vikteren nous répète tout ce qu'il dit.

— Mouais... (Skan jeta un regard peu convaincu à son ami, qui décida de l'ignorer.) Tamsin et Cinnabar ne voient pas les choses de la même façon.

— Tamsin est un incorrigible romantique et Cinnabar a été élevée au son des ballades. Bichehivernale et moi sommes satisfaits de notre arrangement. Nous continuons à faire notre devoir, comme avant. C'est tout ce que les autres ont besoin de savoir.

Skan leva la tête et aplatit les oreilles.

— Pardon ! Je n'avais pas l'intention de me montrer indiscret... Quand on aime, on a tendance à vouloir que tout le monde soit dans le même cas.

Ambredragon lui tapota l'épaule.

— Désolé, vieil oiseau. Il y a ceux qui croient que Bichehivernale et moi sommes liés pour la vie, et ceux qui me voient dans le rôle de l'abominable *perchi* qui a séduit la femme de Conn Levas le Vertueux.

« Les deux versions me fatiguent.

Skan hocha la tête... Mais pour lui, cela ne faisait aucun doute : Ambredragon et Bichehivernale étaient liés pour la vie. C'était l'avis de Tamsin et Cinnabar, et un couple lié pour la vie savait en reconnaître un autre.

— Ce ne sera pas facile, avait dit Tamsin, pensif. Le lien pour la vie est rarement aussi romantique que dans les ballades. Il faudra qu'ils soient forts. Et qu'ils soient prêts pour ce genre d'intimité, car ils sont tous les deux doués d'empathie.

« Comment se disputer avec quelqu'un dont on ressent la peine ? Et on n'est plus une personne, mais une sorte d'entité à deux têtes affublée de deux personnalités. Tamsin-et-Cinnabar. Mieux vaut ne pas aimer une chose que l'autre déteste, car on partage tout.

— Mais quand ça fonctionne, avait ajouté Cinnabar, c'est merveilleux. Une union où les forces sont partagées et les faiblesses neutralisées. Je pense que les avantages dépassent les inconvénients, mais j'ai d'excellentes raisons de voir les choses ainsi.

Aucun d'eux n'avait pris la peine de souligner l'évidence : Tamsin était un roturier et Cinnabar une dame de la haute noblesse. S'il n'y avait pas eu la guerre, la famille de la Guérisseuse aurait sans doute opposé son veto à leur mariage.

Si Ambredragon niait partager ce type de lien avec Bichehivernale, c'était son problème... Et ça semblait plutôt sage de sa part.

— Personne ne peut empêcher les gens de parler, dit le griffon. Conn est à l'origine de presque toutes les rumeurs. Mais si ce n'était pas Bichehivernale, tes détracteurs trouveraient autre chose à te reprocher. Dis-moi juste une chose : êtes-vous heureux ?

— Autant qu'on puisse l'être dans ces circonstances. Nous ne sommes pas malheureux, si tu vois ce que je veux dire. (Il lissa la plume en soupirant.) C'est la guerre. Elle s'occupe des blessures physiques et moi de celles du cœur et de l'esprit. Je l'aide à traverser les épreuves et elle me soutient. Un jour, peut-être...

Skan savait ce qu'il avait voulu ajouter

— Un jour, peut-être, quand la guerre sera finie...

Elle durait depuis si longtemps qu'une génération entière de griffons n'avait rien connu d'autre.

— Est-ce sec ? demanda Skan.

Ambredragon sursauta.

— Oui, je crois. Secoue-toi un peu, pour voir.

Skan ne se le fit pas dire deux fois. Rien n'agaçait tant un griffon que devoir rester immobile.

La plume collée tint bon. Le griffon sourit et salua le travail d'Ambredragon d'un hochement de tête.

— Comme toujours, mon ami, tu t'es surpassé ! Tu devrais revenir sur le droit chemin et t'installer artiste sur plume.

— Peu de griffons montrent autant d'enthousiasme que toi dans l'exercice de leurs fonctions. Je ne crois pas avoir dû réparer plus d'une douzaine de plumes ces deux dernières années. Je mourrais de faim !

— Tu pourrais t'occuper des aigles, suggéra Skan.

— Et tu pourrais tirer une roulotte ! répondit Ambredragon. Non, merci. J'aime ce que je fais. Je détesterais m'occuper d'autours psychotiques, de faucons névrosés et d'aigles assassins. As-tu déjà entendu cette devinette : comment sait-on quel oiseau fait travailler un dresseur ?

— Non, répondit Skan.

Les aigles et les faucons le fascinaient.

— L'homme qui s'occupe d'un faucon a des marques autour du poignet à cause de ses serres nerveuses. Celui qui s'occupe d'un autour a l'avant-bras blanc toute l'année, parce qu'il est obligé de porter en permanence un gantelet. Et celui qui s'occupe d'un aigle a un bandeau sur un œil.

Le Griffon Noir gloussa.

— Un proverbe kaled'a'in, je suppose... Mais que veux-tu dire par « serres nerveuses » ?

— Un oiseau nerveux à tendance à resserrer sa prise et les faucons pèlerins sont réputés pour leur grande nervosité, répondit Ambredragon. Souviens-toi de ça la prochaine fois que ta petite grifaucon sera effrayée quand elle tient une certaine partie de ton anatomie entre ses « mains ».

Skan aplatit les oreilles.

— Tu n'es pas sérieux, n'est-ce pas ?

Ambredragon éclata de rire.

— Tu ne ferais rien pour la rendre nerveuse, non ?

— Évidemment non ! répondit le griffon, très sûr de lui.

Mais l'instant suivant, il l'était beaucoup moins.

— Très bien, tête de piaf ! J'ai déjà passé trop de temps en ta compagnie. Mon linge sale m'attend. Toi, retourne aux côtés de ta compagne.

La crête du griffon frémit de plaisir. Il avait une *compagne*. Et pas n'importe laquelle : la belle, rapide et forte Zhaneel !

Il tira affectueusement sur une mèche de cheveux du *kestra'chern*, puis le poussa en direction de sa tente.

— Va t'occuper de ton linge. Mais rappelle-toi qu'un intérieur rangé…

—… est le signe d'un cerveau dérangé. Oui, je sais.

Ambredragon se repeigna avec ses doigts, puis sourit et partit avant que le griffon ait trouvé quelque chose à répondre.

Skan s'élança dans les airs pour rejoindre les tanières des griffons. D'habitude, c'était un vol sans histoire, mais quand il eut atteint une certaine altitude, il vit qu'il se passait quelque chose. Ses congénères volaient dans toutes les directions… Crêtes dressées et oreilles baissées, ce qui n'était pas bon signe. Pourtant, le reste du camp était calme…

Il accéléra. Quoiqu'il puisse se passer, il devait le savoir… Et tout de suite !

Les tanières avaient été construites dans une colline artificielle, pour que chacune soit munie d'une aire d'atterrissage. Tous les griffons étaient réunis sur les rochers où ils avaient l'habitude de paresser au soleil, entre leurs habitations et le camp.

Skan atterrit près d'un groupe de la Sixième, incluant Aubri. Tous écoutaient ce qu'il disait et montraient de nombreux signes d'agitation.

— J'ai de mauvaises nouvelles, Skan, annonça Aubri. Peu de gens le savent. Le général Farle est mort.

— *Quoi ?* cria le Griffon Noir.

Il était aussi surpris que si Aubri lui avait appris que

la Tour s'était écroulée. Farle était mort ? Mais comment pouvait-on tuer un général sans éliminer d'abord tous ses hommes ?

D'accord, Farle aimait l'action, mais il n'était pas stupide.

— Nous pensons qu'un commando a franchi nos lignes pour le tuer, ainsi que presque tous les officiers de la Sixième. Nous ignorons qui a agi et comment. La tente a explosé et quand la fumée et la poussière ont disparu, il ne restait plus qu'un trou fumant. Les mages essaient de comprendre ce qui s'est passé.

Skan jura. Il n'y avait personne pour remplacer Farle… à part Shaikman. La version officielle prétendait que ce dernier avait pris quelques vacances pour permettre à Farle de se faire la main.

Urtho était un incorrigible optimiste. Au lieu de se rappeler ce qu'avait fait Shaikman, il se souviendrait des faits d'armes de son père. Et il lui donnerait une seconde chance, pensant qu'il avait retenu la leçon.

Shaikman perdrait la face si Urtho nommait un subordonné à la tête de la Sixième pendant qu'il continuerait de se tourner les pouces. Jusque-là, le Mage du Silence avait pu maintenir la fiction officielle…

Mais dès que les troupes apprendraient la mort de Farle, ce ne serait plus possible. Et il serait obligé de choisir entre déshonorer Shaikman ou redonner son commandement à l'homme qui n'avait jamais pu achever une tâche de sa vie.

Skan savait quelle décision il prendrait. Shaikman était de haute naissance et il avait de sérieux appui.

Tout le monde semblait être arrivé à la même conclusion. Avec Shaikman à leur tête, les griffons de la Sixième redeviendraient des cibles… Mais que pouvaient-ils faire ?

Skan passa d'un groupe à l'autre, se contentant d'écouter ce qui se disait.

*Ce fou va nous envoyer à une mort certaine et nous ne pouvons rien faire pour l'empêcher.*

L'anxiété et la panique étaient telles qu'aucun griffon ne parvenait à trouver de solution.

*Heureusement... je suis là.*

C'était le moment ou jamais de vérifier les théories qu'il avait lues.

*As-tu la trempe d'un meneur, tête de piaf ?*

Il regarda l'assemblée. Certains griffons avaient commencé à s'ébouriffer les plumes comme des oiseaux-messagers nerveux.

*Eh bien, on dirait que je n'ai pas le choix. C'est moi... ou personne.*

Il sauta sur le rocher le plus haut et fit crisser ses serres sur la pierre. Tous les regards se tournèrent vers lui.

— Excusez-moi, dit-il, mais nous avons une solution. Urtho n'a plus aucun moyen de nous contrôler. Nous pouvons partir et laisser la guerre derrière nous.

Le silence dura quelques secondes, puis l'assistance répondit à ses paroles par un chœur d'objections.

Il hocha la tête, mais ne dit rien. La plupart des griffons exprimaient leur loyauté envers Urtho. Aucun ne voulait l'abandonner. Ils entendaient juste être débarrassés de Shaikman.

Quand les murmures se turent, Skan reprit la parole.

— Je suis d'accord avec vous, dit-il. Nous devons être fidèles à Urtho. Mais les mages, qui sont dans la même situation que nous, vont se servir de leur autonomie pour sauver leur peau. Je crois que nous devrions faire de même.

Les griffons hochèrent vigoureusement la tête.

— À toi de jouer, Griffon Noir ! cria Aubri. Tu es le seul à pouvoir nous guider.

Skan rougit de plaisir et d'embarras.

— Très bien, dit-il en se demandant si ce qu'il allait faire était un suicide ou s'il réussirait à sauver sa race. J'espère mettre les choses au point avec Urtho avant que Shaikman ait pu réagir à la mort de Farle... Et là où on trouve Shaikman, on trouve aussi Garber. Voilà ce que nous allons faire…

Garber envoya deux oiseaux-messagers, mais Skan les ignora. Un des griffons, qui avait de très bonnes relations avec les petits volatiles, parla au deuxième. Peu après qu'il eut repris son vol, tous ses congénères quittèrent les alentours de la tente de Shaikman et se dispersèrent dans le camp.

Shaikman et Garber devraient désormais leur envoyer un messager humain. Les griffons de la Sixième regagnèrent leurs tanières.

Il ne resta plus que Skan.

Le Griffon Noir était allongé sur un énorme rocher plat et prenait le soleil quand un aide de camp aux couleurs de la Sixième arriva. Il venait chercher les griffons dont Garber avait besoin.

Ceux-ci assistaient à la confrontation, cachés dans l'ombre. Et ils ne montreraient pas le bout d'une plume avant que Skan ne les y ait invités.

Le jeune homme balaya l'aire du regard. Elle semblait complètement déserte. Les griffons n'étaient pas avec leur *trondi'irn* — qui n'avait pas été mise dans le secret. Ils n'étaient pas à l'entraînement, ni sur le parcours d'obstacles créé par Zhaneel. Et pas non plus aux alentours de la tente de commandement.

Ils devaient être sur l'aire ou dans leurs tanières…

À moins qu'ils ne soient partis. Mais personne ne leur en avait donné la permission.

L'étendue d'herbe, devant les tanières, était malgré tout déserte. Aucun griffon en vue et nulle indication de l'endroit où ils pouvaient être. Il n'y en avait pas un seul dans les bacs à sable, ni près de l'étang. Ou prenant le soleil sur un rocher.

À part Skan.

Le Griffon Noir regarda l'homme, qui essayait d'imaginer un compromis entre les ordres qu'il avait reçus et ce qu'il avait découvert. Skan n'était pas précisément affecté à la Sixième, mais il avait volé avec Zhaneel. Il faudrait bien qu'il fasse l'affaire.

L'aide de camp avança vers le Griffon Noir.

Skan leva la tête.

— Le général Shaikman a envoyé deux oiseaux-messagers pour rallier les griffons de la Sixième. Pourquoi n'a-t-il reçu aucune réponse ?

Skan se contenta de le regarder comme il aurait admiré un daim bien gras et juteux.

L'aide de camp devait être plus courageux que la moyenne, car il ne parut pas impressionné par le grand carnivore qui aurait pu le couper en deux d'un coup de bec. Bravement, il continua.

— Le général Shaikman ordonne aux griffons de la Sixième de venir immédiatement. Ils doivent être déployés.

— Pourquoi ?

Le jeune homme cligna des yeux, comme s'il était surpris que Skan ait répondu et plus encore qu'il lui ait demandé une information.

Il était tellement surpris, en fait, qu'il la lui donna.

— Vous ferez des passages au-dessus des troupes ennemies, au-dessous de Panjir. Au niveau des cimes. Vous larguerez des pierres et…

— Et nous nous transformerons en cibles mobiles pour les sept batteries de catapultes, répondit Skan. En cibles à peine mobiles, aurais-je dû dire, car il y a juste assez de place, entre les parois, pour qu'un griffon puisse passer. Nous aurons l'air de perles sur un collier. Et si les hommes ne parviennent pas à nous abattre, les makaars nous tailleront en pièces.

« Merci, mais allez dire à Shaikman que nous déclinons son invitation. Et ajoutez que le message vient du Griffon Noir.

Sur ce, Skan reposa sa tête sur ses pattes, ferma les yeux et feignit de s'être rendormi.

L'aide de camp n'essaya pas d'argumenter, ce qui était tout à son honneur.

Tournant les talons, il repartit.

Skan sauta du rocher.

— Et maintenant ? cria un des griffons resté dans l'ombre.

— Maintenant, je vais voir Urtho avant que Shaikman ait pu lui parler, répondit le Griffon Noir.

Puis il s'élança dans les airs, en direction de la Tour.

*Où est Urtho à cette heure ? Sûrement dans la Salle de Stratégie.*

Ce n'était pas très pratique. Ne pouvant pas pénétrer dans les profondeurs de la Tour sans devoir franchir une porte et rencontrer un garde, Skan aurait préféré atterrir sur le balcon d'Urtho et s'adresser directement à lui.

Il se posa devant la Tour, avança vers le garde et le salua d'un hochement de tête.

— Skandranon... J'aimerais voir Urtho au sujet d'une affaire de la plus haute importance. J'apprécierais que vous lui fassiez part de ma requête.

Le garde acquiesça, puis il frappa à la porte et murmura quelques mots.

— Voilà, Skandranon, dit-il en se retournant vers le griffon, votre message est passé. Ça ne devrait pas être long.

— Merci.

Le griffon dut résister à l'envie de faire les cent pas. Ses serres le démangeaient et il éprouvait le besoin quasi incontrôlable de mettre quelque chose en pièces. Mais il resta aussi immobile et serein qu'une statue de granit... Si on ignorait sa queue, qui s'agitait et frétillait comme un poisson hors de l'eau.

D'une minute à l'autre, il s'attendait à voir arriver un des hommes de Shaikman avec un message urgent pour le Mage du Silence.

Enfin, après une attente interminable, un coup frappé à la porte attira l'attention du garde. L'homme prit le message et se tourna vers Skan.

— Le Mage est dans la Salle de Stratégie, dit-il, l'invitant à entrer.

Skan connaissait bien la Tour. Il se contenta de hocher la tête et entra.

Le second garde, de l'autre côté de porte, le salua. Le Griffon Noir lui rendit son salut et continua son chemin. Urtho avait bâti la Tour en pensant aux non-humains. Et en particulier à ses chers griffons. Les sols étaient en pierre naturelle grossièrement taillée, pour que les serres accrochent. Les couloirs et les portes étaient assez larges pour permettre le passage à des créatures plus imposantes que de simples humains.

La Salle de Stratégie se trouvait derrière la troisième porte à droite.

Urtho se tenait près de la table où se trouvait la carte stratégique. Les zones contrôlées par Urtho étaient colorées en bleu, celles par Ma'ar en rouge...

Il y avait beaucoup trop de rouge.

— Urtho, commença Skan, toujours sur le seuil. Je...

— Les griffons de la Sixième et toi avez fomenté une révolte, dit le Mage du Silence.

Les oreilles de Skan s'aplatirent contre son crâne.

— Comment le savez-vous ?

Un hertasi ferma la porte derrière lui et sortit par un couloir secondaire, les laissant seuls.

— Je suis un mage, lui rappela Urtho. Si je ne gaspille pas mon énergie inutilement, je n'en garde pas moins un œil sur ce qui se passe dans mon camp. Je savais que vous n'accepteriez pas Shaikman, mais je ne me doutais pas que vous vous révolteriez. (Il croisa les bras et regarda le griffon dans les yeux.) Ce n'est pas très malin. Vous ne pouvez pas survivre sans moi.

*Par tous les enfers ! Eh bien, je crois que c'est le moment de lui dire la vérité.*

— Si, nous le pouvons !

Malgré son entraînement qui lui criait de ne pas se faire plus grand que son créateur, Skan leva la tête et le regarda de haut.

— Je suis désolé, Urtho, mais nous n'avons plus besoin de vous. Nous connaissons les secrets qui nous rendent féconds. Et si vous ne me croyez pas, Zhaneel vous le prouvera, si vous voyez ce que je veux dire.

Jamais il n'avait vu Urtho aussi décontenancé. Surpris, oui, voire choqué, mais pas au point d'en rester sans voix.

L'expression d'Urtho était si drôle que Skan ne put se contenir. Il éclata de rire. Le visage du Mage du Silence refléta de l'agacement et… un rien de colère.

— Qu'y a-t-il de si drôle, poulet trop bien nourri ?

Skan dut se contenter de secouer la tête.

— Votre visage…, réussit-il à articuler.

Urtho s'empourpra un peu plus… Puis, comme à contrecœur, il sourit.

— Tu penses avoir l'avantage, n'est-ce pas ?

Skan parvint à contrôler son hilarité.

— Oui et non, répondit-il. Nous pouvons partir dès maintenant. Vous n'avez plus aucun moyen de nous contrôler, Urtho. Mais ça ne veut pas dire que nous le ferons. Nous ne voulons plus être sous les ordres d'imbéciles comme Shaikman et Garber. Ils pensent pouvoir nous envoyer au massacre !

« Attendez ! (Il leva une serre pour empêcher son créateur de parler.) Laissez-moi finir. Je sais ce que Shaikman et Garber veulent faire des griffons de la Sixième.

Il répéta à Urtho ce que l'aide de camp lui avait dit.

— Vous voyez ? lança-t-il au Mage du Silence. Si nous suivons les ordres de Shaikman, les griffons de la Sixième réussiront à détourner l'attention des troupes de Ma'ar, mais au prix de la mort de la moitié de leurs effectifs.

— Je vois, souffla Urtho. Oui, je vois…

— Nous ne voulons pas vous nuire, Urtho, mais nous refusons les missions suicides. Ce n'est peut-être pas comme ça que vous voyiez les choses, mais c'est ainsi que nous les ressentions.

« Vous nous avez dotés d'un besoin pressant de nous reproduire et vous vous en êtes servi pour faire pression sur nous. Nous préférerions vous servir par loyauté…

— Moi aussi je préférerais cela, murmura Urtho. (Il cligna des yeux, puis il se cacha le visage dans les mains.) Comment as-tu fait pour découvrir le rituel ? Je suis sûr que c'est toi ! Tu es le seul qui peut avoir réussi ça.

Skan lui adressa un sourire innocent.

— Je ne peux rien vous dire, messire Urtho.

# CHAPITRE XVI

Un instant, en voyant Skandranon le défier, Urtho avait ressenti une colère noire. Comment cette créature osait-elle lui dicter sa loi ? Voler des connaissances qu'elle ne pouvait pas utiliser avec sagesse ?

Puis son intelligence avait repris le dessus. Skan avait *osé* parce qu'il n'était pas une « créature », mais un être vivant, pensant, intelligent et en droit d'avoir son indépendance. Les griffons étaient tout ce qu'il avait espéré qu'ils deviendraient… sans oser rêver en être le témoin.

Ils avaient le droit de contrôler leur destinée. S'il était responsable de leur anatomie, leurs esprits leur appartenaient. C'était lui qui n'avait aucun droit de leur dicter sa loi, et il avait beaucoup de chance qu'ils ne lui en veuillent pas.

*Ils auraient pu partir à tire-d'aile*, pensa-t-il tandis que Skan riait. *C'est un miracle qu'ils ne l'aient pas fait. Dieux, nous avons eu chaud…*

Il comprit à quel point ils avaient eu de la chance quand Skan lui expliqua les plans de Shaikman. Etudiant la topographie des lieux, il découvrit un détail que le Griffon Noir n'avait pas vu… et c'était mieux ainsi. Shaikman avait voulu tenter le tout pour le tout. Quand ce genre d'attaque était payant… Mais celle du général était condamnée comme un flocon de neige tombé dans une poêle à frire !

Shaikman voulait passer à la postérité dans la catégorie « héros et génie militaire »…

Mais les héros et les génies n'étaient jamais… des imbéciles.

Urtho le maudit silencieusement. Le père de Shaikman était un brillant stratège et un grand commandant. Son fils n'avait-il rien appris de lui ?

Ignorant la réponse à cette question, il allait devoir résoudre le problème autrement. Shaikman resterait à la tête de la Sixième, mais tous les non-humains actuellement sous ses ordres seraient affectés ailleurs. Sans mage et sans soutient aérien, il devrait faire plus attention.

*Ça les mettra hors d'état de nuire, son second et lui.*

Il faillit se fâcher quand Skan refusa de lui donner les noms de ses *complices*. Dame Cinnabar devait être dans le coup, évidemment. Et où on la trouvait, Tamsin et Ambredragon n'étaient pas loin.

*Ils ont dû faire le coup quand Cinnabar m'a demandé la permission de « consulter vos notes sur les griffons ». Moi qui croyais qu'ils cherchaient un remède pour des troubles intestinaux !*

Le *kestra'chern* avait dû demander à un de ses clients de lui fabriquer une « clé » pour ouvrir les serrures magiques. Mais comment avaient-ils fait pour éliminer toutes les fioritures ajoutées au rituel pour n'en garder que l'essentiel ?

— Combien êtes-vous à connaître le rituel ? demanda-t-il, commençant à éprouver de l'admiration pour les « voleurs ».

— Nous le connaissons tous. Ce n'est pas très compliqué, Urtho. Ça montre à quel point nous avons été bien conçus.

« Je n'avais aucune raison de garder l'information pour moi, donc je l'ai partagée avec les miens.

Urtho ne put s'en empêcher ; il secoua la tête, admiratif.

— Et vous avez réussi à me le cacher...

— Nous ignorions comment vous réagiriez et nous ne voulions pas que vous le sachiez avant que le bon moment soit venu.

— Tu es l'agneau sacrificiel ? demanda Urtho en lui jetant un regard en coin. Moi qui croyais que ces bêtes-là étaient jeunes et tendres...

Skan se redressa et bomba le torse.

— On offre en sacrifice ce qu'il y a de mieux et c'est ce que je suis !

Il regarda Urtho sous ses paupières baissées. Le mage éclata de rire.

— Je me rends, mon ami ! dit-il en lui flanquant une claque sur l'épaule. Les Kaled'a'in soumettent leurs enfants à une épreuve quand ils atteignent l'âge adulte. Je crois que vous avez réussi la vôtre. Les griffons ne sont plus mes enfants. Ce ne sont plus les enfants de personne. Je suis heureux que nous ayons eu cette conversation, Skan. Je dois vous donner de terribles nouvelles. Tu n'aurais pas pu mieux choisir ton moment.

Il appela l'hertasi.

— Convoque le général Shaikman. Quand il sera dans le Bureau de Marbre, fais venir tous les commandants dans la Salle de Stratégie.

Il se tourna de nouveau vers Skan.

— Je vais réaffecter les non-humains de la Sixième... J'ai toutes les raisons de le faire, puisque les commandants se plaignent sans cesse de manquer d'hommes. Shaikman n'aura plus que des humains sous ses ordres.

« Les griffons ont-ils une préférence ?

— Ah... euh... Judeth de la Cinquième...

Urtho acquiesça.

— Excellent choix ! Elle n'a pas d'Ailes de griffons et doit emprunter celles de la Quatrième et de la Sixième. Considère que c'est fait. Mais les griffons doivent avoir leur porte-parole. Vous connaissez mieux vos besoins que nous... Skan, je te nomme commandant dc toutes les Ailes. Tu seras responsable devant moi, c'est tout.

La surprise de Skan se transforma en stupéfaction. Il leva la tête, comme si on lui avait botté l'arrière-train.

— *Moi ?* couina-t-il. Pourquoi moi ? Je suis très honoré, Urtho, mais...

— Tu as dû penser à devenir le chef de tous les griffons, sinon pourquoi aurais-tu lu mes livres sur les grands commandants du passé ? Et les autres ont confiance en toi, comme ils l'ont montré en te choisissant aujourd'hui.

*La température a-t-elle monté ?*

Skan se sentit rougir et il baissa la tête.

— Ils ne m'ont pas vraiment *choisi*..., avoua-t-il. Ils ne semblaient pas pouvoir raisonner, tellement ils étaient paniqués, alors j'ai pris les choses en main. Et personne ne s'y est opposé.

— Raison de plus pour que je te nomme porte-parole. Comment crois-tu que je suis arrivé à la tête de cette armée ?

— Ce n'est pas comparable...

— J'ai certaines choses à te dire. J'ignore si tu le sais, mais j'ai commencé à envoyer des familles entières vers l'ouest depuis que nous avons envisagé d'abandonner la Tour.

Il se tourna vers la carte et la regarda, songeur.

— Je n'ai jamais approuvé qu'il y ait une telle concentration de gens au même endroit. Quand j'ai mesuré le chaos que générerait une évacuation d'urgence...

Skan acquiesça, admiratif. Il n'avait pas réalisé à quel point Urtho avait pensé à tout.

— J'ai posté des groupes aux confins de notre territoire, suffisamment près d'un Portail permanent pour rester en contact avec nous, mais assez loin pour être en sécurité au cas où quelque chose arriverait…

Urtho n'acheva pas sa phrase.

— S'il se produit quelque chose, dit Skan, des groupes avancés seront déjà en place. Ainsi, nous pourrons évacuer plus facilement. Et les combattants, sachant leurs familles en sécurité, se consacreront uniquement à la retraite.

— Je ne veux pas d'une autre Laisfaar, souffla le Mage du silence. Ni d'un nouveau Col de Stelvi.

Skan avait de bonnes raisons de soutenir cette motion. Les griffons morts continuaient de lui rendre régulièrement visite dans ses cauchemars…

*… Tu voleras de nouveau, selon le désir d'Urtho…*

— Qui vas-tu choisir comme second ? demanda le Mage du Silence. Je suppose que ce sera un combattant chevronné… (il jeta un coup d'œil en coin au griffon)… comme Zhaneel.

Skan toussota.

— Eh bien, je vais nommer Zhaneel… Tous les griffons la respectent, y compris ceux qui n'ont jamais tâté de son parcours d'obstacles.

« Je voulais vous demander autre chose…

— Vraiment ?

Une fois de plus, l'estomac et le bréchet de Skan se serrèrent et il rougit.

— J'ai… euh… un peu exploré la Tour…

— Et ?

— J'ai découvert… les modèles.

— Comment as-tu pu… ! s'exclama Urtho avec une colère qui retomba aussitôt. Peu importe…

— J'ai fait la connaissance de Kechara.

Urtho pâlit.

— Je ferais bien de m'asseoir… Tu dois me haïr.

Skan secoua la tête. S'il était bon juge des réactions humaines, il venait de porter un rude coup au mage.

— Comment le pourrais-je ? Plus je passais de temps avec elle, plus je comprenais vos raisons. Vous n'avez pas seulement voulu la protéger des insultes et du mépris… Elle peut parler par la pensée. Et elle est même très puissante dans cet exercice.

Il retint son souffle.

— T'a-t-elle parlé par la pensée ?

Skan acquiesça, heureux d'avoir découvert la vérité tout seul.

— Elle m'a donné plus d'informations que le permettait son vocabulaire limité. Alors, je me suis souvenu qu'elle m'avait attaqué avec son esprit *avant* de le faire physiquement. Et j'ai compris qu'elle m'avait parlé par la pensée autant que de vive voix.

Il raconta toute l'histoire à Urtho, omettant seulement de lui avouer qu'il avait ouvert la salle avec la « clé » de Vikteren.

— Zhaneel et moi voudrions la prendre avec nous. Elle pourrait nous être très utile pour faire circuler les messages entre les Ailes.

— Je vois que tu as pensé à tout, dit Urtho, s'essuyant le front avec sa manche. Je dois avouer… que j'avais envisagé d'utiliser ses dons. Mais je me suis montré trop protecteur. Les mal-nés ne vivent généralement pas très vieux… Sais-tu, Skan, qu'elle est aussi âgée que toi ? Elle a l'air plus jeune parce qu'elle est si enfantine.

« J'avais peur qu'on se serve d'elle pour faire pression sur moi. Je ne voulais pas devoir partir en guerre pour sauver et protéger une seule mal-née… Voilà pourquoi je l'ai enfermée.

— Je déteste vous contredire, Urtho, mais vous êtes parti en guerre et Kechara n'a rien à voir là-dedans. Personne ne pénétrera dans le camp pour s'emparer d'elle. Inutile de la garder prisonnière plus longtemps.

Skandranon s'assit en face du Mage du Silence. Il était encore sous le choc : Kechara, aussi vieille que lui ! Urtho avait dû prendre soin d'elle pour qu'elle vive plus de deux décennies.

— Tu as raison. Elle mérite un peu de liberté… mais

à condition que tu ne l'emmènes pas trop loin de la Tour.

— Évidemment ! J'aimerais évacuer les familles de griffons, si vous n'y voyez pas d'inconvénient. En commençant par les couples ayant des petits en bas âge et les jeunes qui n'ont pas encore fini leur entraînement. (Il réfléchit un instant.) Je leur dirai que vous êtes inquiet de savoir tous les griffons au même endroit et que vous voulez nous redéployer pour plus de sûreté.

Urtho considéra la question en étudiant la carte.

— Que penses-tu d'ici et d'ici ? demanda-t-il, montrant deux vallées. Je pourrais y envoyer les Kaled'a'in et les griffons par un Portail, avec les convalescents et les volontaires.

— J'ai une meilleure idée. Grâce à un Portail secondaire, envoyez les griffons encore plus loin. Justifiez cette décision en disant que nous sommes des gros mangeurs ! Expédiez les Kaled'a'in au sud, et les volontaires et les convalescents au nord. Ainsi, nous ne les aurons pas dans les jambes et ils pourront entraîner les jeunes.

— Bien sûr ! Ils pourront apprendre à chasser et à reconnaître les aliments comestibles. Ainsi, ils seront mieux préparés...

— Et dites-leur de nous envoyer leurs surplus. Comme ça, même s'ils ne nous livrent pas grand-chose, ils auront le sentiment d'être utiles.

*Rien que d'y penser, j'en ai l'eau à la bouche.*

— Si je charge les hertasis de l'acheminement, ils nous enverront sûrement davantage que « pas grand-chose ». Ils sont pleins de ressources, voilà pourquoi je leur ai confié l'intendance. Ils peuvent nourrir une centaine de soldats avec dix miches de pain !

En dépit de l'enthousiasme d'Urtho, Skan sentit qu'il était préoccupé.

*Les choses vont-elles plus mal qu'il ne le dit ?*

Mais il n'eut pas le temps de poser de question, car l'hertasi revint.

— Les commandants sont là, annonça-t-il.

Le mage regarda Skan et haussa les épaules.

— Fais-les venir, Seri. Comme ça, ils entendront ce que j'ai à dire.

Les commandants entrèrent, Judeth la dernière, impeccable dans son uniforme noir et argent, les couleurs qu'elle avait choisies. Plus d'un officier pâlit en voyant l'importance des nouvelles conquêtes de Ma'ar.

*Savent-ils une chose que j'ignore ?* se demanda le Griffon Noir.

— Mes dames et messires. Je vous ai fait venir pour plusieurs raisons... Tout d'abord, pour vous annoncer que le général Farle a été assassiné.

À la réaction des officiers, Skan comprit que peu étaient au courant de la triste nouvelle.

— Vu les circonstances, je dois réaffecter les ressources non-humaines et magiques de la Sixième.

« Général Judeth, à la demande de leur représentant officiel, je vous confie les Ailes de griffons. Je sais que vous les dirigerez efficacement.

— Je ferai de mon mieux, messire.

— Je vous fais confiance, ajouta Urtho, s'adressant aux autres. Je sais que vous vous partagerez équitablement le reste des ressources.

Skan vit avec satisfaction qu'ils commençaient tous à réfléchir aux possibilités qui s'offraient à eux.

— Et maintenant... Je suppose que vous connaissez Skandranon, le Griffon Noir.

Tous acquiescèrent, certains se permettant même un petit sourire. Skan les salua de la tête.

— Je viens de le nommer commandant des Ailes. Les griffons ont désormais leur porte-parole... et le même statut que les mages.

Certains froncèrent légèrement les sourcils. Judeth s'éclaircit la gorge.

— Contre toute attente, le compromis avec les mages s'est révélé profitable. Nous avions pensé que cela poserait des problèmes, mais ce n'est pas le cas.

Bien au contraire. (Les coins de sa bouche frémirent, mais elle ne sourit pas.) Certains mages font même preuve, depuis, d'une spectaculaire augmentation de leur potentiel. Apparemment, savoir que leur responsable peut évaluer leur performance les incite à se surpasser. Skandranon, je vous connais de réputation et je fais confiance à Urtho, donc je pense que vous aurez d'aussi bons résultats.

Skan rougit. Il savait ce que sous-entendait le général en parlant de sa « réputation ». Néanmoins, il réussit à lui répondre d'une voix parfaitement posée.

— Je vous promets qu'aucun griffon ne refusera de faire son devoir à moins d'avoir une bonne raison. Conscients que nous sommes en guerre, nous demandons uniquement à ne pas être envoyés à une mort certaine.

« Les griffons sont au service de toutes les races !

— J'ai vu votre réaction en découvrant l'importance des territoires conquis par Ma'ar, dit Urtho. Vous avez toutes les raisons d'être inquiets. Je viens de remettre la carte à jour. Il a beaucoup avancé, au cours de ces derniers mois.

« Nous savions tous que nous perdrions du terrain. Mais pas à ce point. Je ne vous cache pas que l'heure est grave…

« Ma'ar s'est installé dans le palais.

Tous encaissèrent la nouvelle sans broncher. Skan fut outré par le sans-gêne de Ma'ar. À l'idée que les lieux que tant de héros avaient considérés comme leur foyer étaient souillés par la présence du Kiyamvir, il avait envie de…

— Il vous aurait été difficile de nous cacher la gravité du problème alors que nous avons cette carte sous le nez, fit remarquer sèchement le général Movat. Qu'allons-nous donc faire ?

— La priorité, c'est d'évacuer tous les non-combattants. Je compte les envoyer à l'ouest, après avoir rouvert six Portails permanents de la Tour. C'est une terre sauvage — des montagnes, des vallées boisées... Ma première Tour se dressait là, et j'ai voulu préserver l'intégrité de la contrée.

— Une bonne chose, intervint le général Korad. Ma'ar n'imaginera jamais que vous y avez envoyé vos non-combattants.

— C'est ce que je crois aussi. (Urtho montra du doigt les six destinations des Portails.) Si nous devons abandonner la Tour, la plupart des gens qui pourraient poser un problème seront déjà loin. Et quand nous les rejoindrons, ils auront eu le temps de construire des camps pour nous accueillir.

« Nous leur dirons que nous nous séparons pour ne plus former une trop grosse cible. Je crois que ça devrait les rassurer.

Les généraux étudièrent ses propositions. Urtho les regardait ; Skan observait le mage.

*Il a l'air satisfait. S'ils n'ont pas émis d'objection, c'est que son plan est bon. Voilà comment il s'y prend ! Il expose sa stratégie et la modifie en fonction de leurs réactions ! Je m'étais demandé comment un mage avait pu devenir un si fin stratège...*

— J'aimerais qu'un mage accompagne chaque groupe, dit le général Judeth. Un Adepte, si possible.

« Ainsi, si les choses tournent mal, il pourra ériger un Portail.

Urtho acquiesça.

— Mes Kaled'a'in seront *là*, dit-il, montrant l'emplacement du doigt. Ils ont assez de mages avec eux. Pour les autres groupes, vous savez sans doute mieux que moi lesquels sont familiers de ce genre de terrain.

*Il veut dire qu'ils doivent pouvoir survivre sans aucun confort. Les mages les plus âgés partiront avec les Kaled'a'in. Ces nomades sont à l'aise dans n'importe quelle contrée.*

L'efficacité des généraux impressionna Skan. Il ignorait qu'on pouvait prendre autant de décisions en échangeant si peu de paroles.

— Ceci est secondaire, dit enfin le général Korad. Qu'allons-nous faire pour défendre la Tour ?

Urtho hésita, puis demanda humblement.

— Êtes-vous certain que nous devrions le faire ?

Un chœur d'objections répondit à sa question.

Urtho les fit taire d'un geste.

— Beaucoup d'objets entreposés entre ses murs ne peuvent pas être transportés. Or ils ne doivent pas tomber entre les mains de Ma'ar. Je les détruirai. Ils ne sont pas irremplaçables.

« Cette Tour est ma maison, mais je n'y resterai pas au prix de la vie de mes soldats. Beaucoup d'entre nous ont perdu leur foyer. Le mien n'est pas plus sacré.

Il tapota la carte du bout de l'index.

— Si Ma'ar passe nos défenses *ici* et *ici*, il pourra déployer ses troupes le long de cette ligne.

« Dans ce cas de figure, à moins de multiplier nos forces par dix, nous ne pourrons pas le repousser et encore moins le battre.

Les généraux étudièrent la carte.

— Vous avez raison, répondit Korad. Bon sang, je déteste devoir l'admettre… mais s'il arrive jusque-là, il nous tiendra à sa merci.

— *Si* nous restons dans cette Tour, lui rappela Urtho. En nous retirant, nous pourrons choisir un terrain où l'attendre… Ou continuer à fuir en le forçant à trop tirer sur sa chaîne de ravitaillement. Il arrivera bien un jour où ses désirs de conquête seront satisfaits !

« Nous irons vers l'ouest, puis vers le sud, en direction des terres des Haighlei.

— Les Rois Noirs ? demanda Judeth. (Skan savait que cela faisait référence à la couleur de leur peau et non à une prédilection pour le mal.) Nous aideront-ils ?

Urtho haussa les épaules.

— Je l'ignore. Mais je sais qu'ils nous accueilleront. Et leur magie est si différente de la nôtre que Ma'ar réfléchira à deux fois avant de les attaquer.

Judeth se mordilla la lèvre.

— Si Ma'ar nous poursuit aussi loin, ce sera notre dernier espoir. Mais je vais faire en sorte qu'il n'en ait pas les moyens !

Elle paraissait si déterminée que cela fit froid dans le dos au griffon.

— Comment allez-vous expliquer tout ça à Shaikman ? demanda Korad.

Urtho haussa de nouveau les épaules.

— Je lui dirai qu'il est parfait pour commander des troupes au sol. Et que les non-humains ne sont pour lui qu'une source d'ennuis. Puis je lui communiquerai notre nouvelle stratégie.

« Je veux que vous informiez vos hommes de nos décisions. L'évacuation doit avoir lieu aussi vite que possible.

Les généraux comprirent qu'il les invitait à se retirer.

— Dès que vous aurez tout arrangé, venez me voir avec les chefs d'Ailes de la Sixième, dit Judeth au Griffon Noir. Bonne chance, Skandranon. Urtho a pris une sage décision en vous confiant cette fonction.

Quand elle fut partie, Skan se tourna vers Urtho.

Le mage lui sourit.

— Je le pense aussi, Skan ! Et maintenant, va annoncer la nouvelle aux tiens et prépare-les à l'évacuation.

« La déesse kaled'a'in sait que nous avons tous du pain sur la planche !

Skan s'inclina respectueusement. Arrivé sur le pas de la porte, il hésita. Urtho avait recommencé à examiner la carte.

— Urtho..., dit-il.

Le mage se retourna, surpris qu'il soit encore là.

— Je veux que vous sachiez une chose. Nous ne serions jamais partis ! Nous ne vous sommes pas seulement loyaux... nous vous aimons !

« L'amour est plus difficile à gagner que la loyauté, mon ami. Vous êtes mon père bien-aimé.

Il s'en fut, laissant la porte se refermer derrière lui.

Mais avant, il crut voir les yeux d'Urtho s'embuer de larmes.

Le réfectoire était plein à craquer et il y faisait une chaleur étouffante. Ambredragon passa une main dans ses cheveux trempés de sueur. Depuis quelques jours, ce tic nerveux était devenu une habitude.

Tous les *kestra'chern* étaient réunis. De folles rumeurs circulaient dans le camp, certaines étant des variations sur d'anciennes idioties.

Quand il leva une main pour réclamer le silence, des dizaines de paires d'yeux se tournèrent vers lui.

— On parle d'évacuation depuis des semaines. Aujourd'hui, c'est devenu une réalité. Tous les non-combattants quitteront le camp. (Un murmure monta de la foule et mourut aussitôt.) Urtho m'a laissé libre de vous dire la vérité et c'est ce que je vais faire.

« Ma'ar nous menace directement. Urtho prétend vouloir évacuer les non-combattants pour que nous ne soyons pas une trop grosse cible. La vérité, c'est qu'il ne veut pas les avoir dans les jambes en cas de retraite précipitée.

Il laissa l'assistance assimiler l'information, puis continua.

— Nous serons parmi les derniers à partir, parce que nous pouvons servir aux côtés des Guérisseurs. Je vous recevrai un par un, pour savoir où vous voulez être évacués. Quand les derniers civils seront loin, vous gagnerez la destination de votre choix.

« Les Portails resteront ouverts, donc vous pourrez continuer de recevoir vos clients...

Un homme leva la main.

— Et si Urtho décide d'une retraite alors que nous sommes en visite ?

— Bonne question. En cas de retraite précipitée, vous devrez vous débrouiller seuls et vous aurez beaucoup de chance si vous pouvez atteindre le bon Portail. (Il haussa les épaules, impuissant.) Mais vous feriez mieux de demander à vos clients de venir à vous. Nous avons l'intention de décourager les allées et venues entre les sites d'évacuation et la Tour. Ne serait-ce qu'à cause du couvre-feu et du rationnement.

Il marqua une nouvelle pause. Une autre main se leva.

— La situation est-elle si mauvaise ? demanda une jeune femme.

— Je ne peux pas tout vous dire, mais Urtho est inquiet. Il a commencé à sortir certains objets de la Tour.

Lis se leva, déterminée.

— Il doit bien y avoir quelque chose à faire ! Nos clients vont se décommander, donc nous pouvons nous rendre utiles.

Ambredragon se détendit en entendant les autres approuver ces paroles.

— Merci, Lis. J'espérais que l'un de vous y penserait. Oui, il y a à faire pour nous, d'un côté et de l'autre des Portails. D'abord, nous pouvons aider à prendre soin des enfants...

Gesten étudia l'assemblée du regard. Chaque tribu hertasi avait envoyé au moins un représentant, constata-t-il, satisfait. Il ignorait pourquoi Urtho l'avait nommé porte-parole de son peuple, mais il s'acquitterait au mieux de sa tâche.

— Très bien, dit-il. Vous savez que tous les non-combattants vont être évacués et nous en faisons partie. Seuls ceux qui servent les Guérisseurs et les griffons resteront.

« Quand vous aurez fait vos paquets, aidez les familles à déménager, puis allez à la Tour pour savoir si on a encore besoin de vous. Si ce n'est pas le cas, rejoignez votre lieu d'évacuation et *restez-y* !

— Et si nous avons des devoirs envers un civil *et* un combattant ? demanda quelqu'un dans le fond.

— Ça dépend de vous ! Si vous vous sentez aptes à

supporter les combats, restez. Sinon, vous serez bien plus utiles ailleurs. Et croyez-moi, vous en aurez l'occasion ! Il faudra construire des habitations, des bains et des latrines, trouver des sources d'approvisionnement, tenir prêts les véhicules et installer des infirmeries. Beaucoup de familles seront composées d'une mère seule avec ses enfants. Elles auront besoin de notre aide.

— Y aura-t-il des mages ? demanda une voix anxieuse. Et des Guérisseurs ? Certaines de ces femmes sont enceintes et je ne sais pas mettre au monde les bébés humains !

— Tous les Apprentis et quelques Maîtres seront évacués, et chaque site comptera au moins un Adepte. Les Guérisseurs seront également présents.

« Dès que tous les civils seront partis, les *kestra'chern* suivront, et beaucoup d'entre eux sont des Guérisseurs.

Gesten sentit la tension se dissiper un peu. Les hertasis considéraient les *kestra'chern* comme les humains les plus stables. Ils savaient pouvoir compter sur eux en cas de besoin.

— Très bien ! dit-il. Nous pouvons faire cela.

— Nous pouvons faire cela ! répondit la foule.

Après tout, c'était la devise des hertasis.

Ambredragon se frotta les yeux, puis continua de consulter sa liste.

*Protea s'occupera d'une crèche pour enfants tervardis. Loren aidera les Guérisseurs…*

— Ambredragon ?

Le *kestra'chern* leva la tête et vit Ventlion, le chef de son clan, les k'Leshya.

— Pourquoi n'êtes-vous pas couché ?

Ventlion s'avança, ses tresses se balançant au rythme de ses pas silencieux.

— Ce soir, le clan s'est réuni. Nous avons décidé de ne pas suivre les autres Kaled'a'in.

— Urtho n'acceptera jamais que vous restiez.

Un petit sourire étira les lèvres de Ventlion. Il s'assit avec grâce en face du *kestra'chern*.

— Nous ne souhaitons pas rester ! Nous avons décidé de suivre les griffons ! Nous avons aidé Urtho à les créer et la plupart des *trondi'irn* sont des k'Leshya... Nous les aimons.

« Les hertasis ne pourront pas leur apporter toute l'aide dont ils auront besoin. Ils détestent chasser et ne sont pas aussi forts que les humains.

Ambredragon entendit ces paroles avec un réel soulagement. Urtho avait prévu d'ouvrir un second Portail à partir du site d'évacuation des Kaled'a'in pour envoyer les griffons plus loin vers l'ouest. Une sage décision. Les griffons, gros mangeurs, ne pouvaient pas cohabiter avec une population humaine trop dense. Mais si les k'Leshya étaient volontaires pour les suivre, le problème serait résolu.

— Êtes-vous sûrs de vouloir faire ça ?

Ventlion haussa les épaules.

— Nous ne sommes sûrs de rien. Nous n'avons pas envie de fuir, mais moins encore d'être massacrés. Donc nous n'avons pas le choix... à moins d'un miracle de notre déesse — ou d'un éclair de génie d'Urtho. J'espère qu'il approuvera notre initiative.

— Il le fera, dit Ambredragon en se frottant les yeux. Je m'en charge.

Ventlion se leva et se pencha vers lui.

— Puis-je faire quelque chose pour vous ? demanda le *kestra'chern*.

— Oui... dormir ! C'est un ordre !

— Impossible ! Il reste trop de choses à faire...

Ventlion tendit le bras et lui toucha le front. Ambredragon se rappela trop tard que l'homme était un Guérisseur de l'Esprit en mesure d'imposer sa volonté aux autres.

— « La meilleure attaque est celle qu'on ne voit pas venir », *kestra'chern*, souffla Ventlion.

Les six portails permanents étaient énormes pour permettre le passage des grosses barges. Urtho les avait érigés à l'intérieur d'arches de pierre et reliés chacun à un node. Il était le seul à savoir comment réaliser cette dernière opération. Parmi ses secrets, c'était celui que Ma'ar désirait le plus lui arracher.

Pour la première fois depuis des années, Urtho avait emprunté un de ses Portails pour en ouvrir un autre. Il avait veillé au départ des familles de griffons, qui avaient rejoint la jolie petite vallée, à l'ouest, où se dressait jadis sa première Tour... On ne comptait pas un seul combattant valide parmi eux, mais ils ne seraient pas seuls. Les k'Leshya allaient les rejoindre.

De tous les clans kaled'a'in, les k'Leshya étaient les seuls à ne pas porter le nom d'un animal totémique. Ils étaient simplement « le Clan de l'Esprit ». Et si Urtho n'avait pas de clan préféré, celui-là regroupait un grand nombre de ses amis.

En dépit de son apparente jeunesse, son chef était un des hommes les plus sages qu'il ait connu. Mais comme Ventlion l'avait dit lui-même un jour, plaisantant à moitié, il était une « vieille âme ». D'un grand secours pour le jeune Ambredragon quand celui-ci était revenu parmi les siens, il continuait de l'aider... quand le *kestra'chern* acceptait, bien sûr.

Ventlion avait franchi, en tête, le premier Portail, monté sur sa jument de guerre efflanquée. Il n'avait pas regardé en arrière, même s'il devait savoir qu'il ne reverrait plus la Tour. Comme tous les Kaled'a'in, il avait déjà dit adieux à ses amis.

— Les séparations trop longues permettent à l'ennemi de frapper, avait-il dit à Urtho en lui serrant la main.

Alors qu'il les regardait passer le second Portail, le Mage du Silence songea que ces mots deviendraient probablement un proverbe kaled'a'in. En dépit de son chagrin, il faisait bonne figure, car il les avait envoyés en lieu sûr. Et les griffons pouvaient désormais se reproduire sans son aide. Quoi qu'il arrive, il y aurait toujours des griffons en ce monde.

*Une de mes créations subsistera à jamais...*

Etrange que ce soit les griffons ! Ses contemporains les avaient considérés comme les jouets d'un excentrique. Mais il avait toujours cru en eux.

Les derniers k'Leshya franchirent le Portail. Sentant que plus personne ne viendrait, celui-ci se referma derrière eux pour économiser son énergie.

Alors, Urtho s'avisa qu'il n'était pas seul.

Ambredragon n'était pas vêtu d'une de ses robes de *kestra'chern*, mais d'un pantalon et d'une tunique bleus défraîchis.

Urtho le regarda, un peu surpris. Il aurait parié qu'Ambredragon suivrait son clan. Tous les *kestra'chern* avaient choisi un site. Ils n'avaient plus besoin de lui pour les représenter, et personne n'aurait recours à ses services dans les jours à venir.

Ambredragon sembla deviner ses pensées. Il fronça un seul sourcil — un geste si gracieux qu'il devait être spontané.

— Vous vous demandez pourquoi je suis encore là.

Urtho acquiesça.

— Bichehivernale n'est pas partie et je refuse de la laisser seule dans un camp où elle peut rencontrer son ancien amant. (Urtho n'avait jamais entendu une telle dureté dans la voix du *kestra'chern*, mais peut-être avait-il réussi à la cacher jusqu'à aujourd'hui...) Skan et Zhaneel sont restés, ainsi que Gesten, pour les servir. C'est la seule famille qui me reste.

Urtho décida de faire également preuve de dureté.

— J'ai dit « aucune exception » ! Votre place n'est pas ici, *kestra'chern* Ambredragon !

— Je suis désormais un Guérisseur, Urtho. Vous pouvez vérifier auprès de Cinnabar. Je me suis porté volontaire pour intégrer son groupe.

La douleur et la peur voilèrent un instant le regard

d'Ambredragon. Urtho, qui connaissait son histoire, s'émerveilla de son courage. Le *kestra'chern* redoutait de devoir partager les émotions des blessés. Et pourtant, il était là pour rester avec sa « famille »…

— Veuillez m'excuser, Guérisseur Ambredragon, dit le Mage du Silence.

Admirant la bravoure du jeune homme, il décida de lui retirer une épine du pied.

— Un seul mage travaille encore pour la Sixième, à sa demande. C'est Conn Levas. Et je crois savoir que la Sixième est absente du camp.

Sur ce, Urtho s'éloigna sans attendre de remerciement. Son esprit était déjà ailleurs.

Comme celui d'Ambredragon.

*Les séparations trop longues permettent à l'ennemi de frapper.*

Et ils ne pouvaient *rien* permettre à l'ennemi.

## CHAPITRE XVII

Les ailes d'Aubri étaient douloureuses. L'air lourd et humide de la vallée avait toujours compliqué les vols des griffons, mais ce n'était pas la raison de sa fatigue. Il jouait les éclaireurs depuis l'aube et le soleil allait bientôt se coucher.

Une seule consolation : les civils étaient en sécurité. Les derniers, dont les *kestra'chern*, étaient partis trois jours plus tôt. Comme Urtho l'avait escompté, seuls les résidents du camp se déplaçaient. Les personnes évacuées avaient pris les directives au sérieux…

Les jeunes lui manquaient, mais Aubri préférait les savoir loin plutôt qu'en danger de mort.

Les muscles de sa poitrine protestaient à chaque battement d'ailes. Par chance, il n'avait pas vu de makaar depuis un bon moment ! Tout ce qu'il avait à faire, c'était de vérifier les positions de la Première et de la Sixième, pour que les mages de la Cinquième ne les bombardent pas d'un feu « ami ».

*« Il n'y a pas de feu ami », disent les Kaled'a'in.*

Les généraux de Ma'ar n'avaient pas fait pression sur leurs lignes et Shaikman n'avait rien tenté. Cela durait depuis deux jours. De chaque côté d'un ravin peu profond, les deux armées se regardaient en chiens de faïence.

Une impasse. Ici, du moins.

*Non… attend !*

Il avait surpris des mouvements à travers la brume.

*Il se passe quelque chose !*

Aubri monta en spirale, pour avoir une meilleure vue. Personne ne lui avait dit que Shaikman comptait bouger. Etait-ce une ruse pour tromper l'ennemi ?

Le griffon redoubla d'efforts pour prendre plus d'altitude. Quand il regarda de nouveau en bas, il ne constata rien d'anormal… jusqu'à ce que la brume s'effiloche.

*Que fait-il… Pourquoi… Il ne peut pas être stupide à ce point ! Non ?*

Les troupes de Shaikman s'étaient séparées pour laisser un passage là où le ravin était le plus facile à traverser.

D'accord, c'était une tactique classique. On laissait l'ennemi s'infiltrer, puis on resserrait les rangs et on le prenait en tenaille avec l'aide d'une autre compagnie. Mais il n'y avait *pas* d'autre compagnie ! Shaikman était là parce que ce n'était pas un point stratégique… mais de là, l'ennemi pouvait les atteindre tous.

*Il bluffe. Les généraux de Ma'ar ne s'y laisseront pas prendre. Il essaie de les occuper…*

Mais les deux groupes se retirèrent et les forces de Ma'ar pénétrèrent sur le territoire d'Urtho.

*Que se passe-t-il ?*

S'il avait pu parler par la pensée, il aurait pu avertir quelqu'un ! Le temps qu'il arrive à un relais, il serait trop tard…

*Il est déjà trop tard… Si je ne peux rien faire pour les arrêter, je vais au moins essayer de découvrir qui est à l'origine de tout ça. Shaikman aurait-il perdu le peu de cervelle qu'il avait ? A-t-il reçu des ordres absurdes ?*

Aubri piqua et atterrit près de la tente de commandement. Il se cacha dans un bouquet d'arbres, juste à côté.

*C'est bien de Shaikman ! Il se fiche qu'un ennemi se glisse jusqu'à lui, en profitant du couvert des arbres, pourvu qu'il puisse se mettre à l'ombre toute la journée ! J'espère qu'il a eu la visite d'une colonie de fourmis rouges qui ont grignoté certaines parties de son anatomie !*

Il s'était demandé pourquoi il y avait si peu d'activité autour de la tente.

*Maintenant, je le sais... Enfin, peut-être. Soit Shaikman a été assassiné, soit il a été envoyé ailleurs, soit... Il se passe quelque chose de bien plus sinistre.*

Imitant Skan et remerciant Zhaneel de ses cours, il rampa à travers le sous-bois. Écarter les buissons avec son bec en gardant les yeux fermés et les laisser glisser autour de lui, avancer avec les pattes antérieures, puis ramener les postérieures était devenu une seconde nature.

*Pourquoi diable n'y a-t-il pas de gardes autour de cette tente, après ce qui est arrivé à Farle ? Parce que Shaikman est absent ? Parce qu'il sait qu'il n'en a pas besoin ? Parce qu'il n'a pas assez d'hommes ?*

Il était si concentré qu'il estima mal la distance, percutant presque la toile de tente. Des voix montaient de l'intérieur.

*Eh bien, on dirait qu'il y a quelqu'un...*

Il ferma les yeux et écouta.

— ... se passe très bien, mon seigneur, chuchota une voix doucereuse. Et Ma'ar tient parole. Quand Judeth s'apercevra de la présence des troupes du Kiyamvir, il sera trop tard.

— Très bien ! (C'était la voix de fausset de Shaikman.) Dès que Ma'ar sera dans le Col, nous refermerons le passage derrière lui. Ses mages pourront faire venir leurs troupes par un Portail. Je me « rendrai » alors... et je garderai mes titres et mes terres.

« Sans vous, Levas, rien de tout ça n'aurait été possible.

*Levas ? Conn Levas ? Le mage avec qui Bichehivernale...*

— Merci, mon seigneur. Je m'assure toujours d'être

du côté des vainqueurs, et je suis ravi de voir que vous êtes aussi pragmatique que moi.

Shaikman éclata de rire.

— J'ai une autre tâche à vous confier. Urtho peut encore accomplir un miracle, comme il en a la mauvaise habitude. Mais sans lui…

— Je suis un mercenaire, mon seigneur. Vous le savez depuis toujours. Si vous voulez vous attacher mes services, il faudra payer.

— Dites-moi quel est votre prix, lança le général avec son arrogance coutumière, comme s'il avait les ressources du monde entier à sa disposition. Il sera le mien !

— Vingt-quatre mille pièces d'argent, mon seigneur, plus un prix en corps. Deux corps… et vivants, car je veux pouvoir m'amuser un peu… Vous me livrerez la *trondi'irn* Bichehivernale et le *kestra'chern* Ambredragon.

— Marché conclu ! répondit Shaikman. Ni l'un ni l'autre n'étant des combattants, ils devraient être faciles à enlever. Vous vendez vos services à bas prix, cher mage.

— Ils ont pour moi une valeur toute particulière…

Aubri ne put supporter d'en entendre davantage.

*Je dois les arrêter !*

Il bondit sur la tente, l'éventra avec ses serres et voulut s'attaquer à un des conspirateurs…

Au lieu de cela, il tomba lourdement aux pieds du général félon, incapable de bouger un cil. S'il l'avait pu, il se serait défendu, mais il n'était plus autorisé qu'à inspirer et à expirer.

Un sort de paralysie !

*Idiot ! Conn Levas est un* mage, *abruti de griffon ! Comment as-tu pu l'oublier ?*

Shaikman posa sur lui un regard inquisiteur, puis il fouilla dans ses poches. Enfin, il se tourna vers Conn Levas et lui jeta une pièce, que le mage attrapa au vol.

Un sourire fendit le visage bouffi du général.

— Pour vos services ! dit-il d'une voix satisfaite.

— Merci, mon seigneur. J'espère que les autres missions dont vous m'avez chargé seront aussi bien rétribuées.

Shaikman haussa les épaules et prit un air ennuyé.

— Ces deux idiots ne sont rien pour moi. Je vous les livrerai vivants. Ça ne devrait pas être très difficile.

— Et qu'allons-nous faire de... de ça, mon seigneur, demanda une voix qu'Aubri reconnut aussitôt.

*Garber.*

Le second lui enfonça douloureusement le bout de sa botte dans les côtes.

— Je peux le tuer, proposa Levas.

Shaikman écarta son offre.

— Non, dit-il. Je sais ce que je vais en faire. Ma'ar aime bien les griffons. Je crois que je lui offrirai celui-là... (Il fit signe à Garber, resté hors du champ de vision d'Aubri.) Emballez le paquet pour moi et remettez-le au général Poden, avec mes salutations à l'Empereur.

— L'Empereur est amateur de ces créatures ? s'étonna le mage.

— Oui, répondit Shaikman. (Il regarda Aubri.) Il va falloir que tu apprennes à obéir à certains ordres, animal. En dehors de « faire le mort », « danse » et « supplie », peut-être... Oui, surtout le dernier. Il te sera très utile. Plus tu amuseras l'Empereur, plus ta vie sera longue. C'est du moins ce qu'on m'a dit.

Urtho envoya valser son assiette à l'autre bout de la pièce. Elle s'écrasa contre le mur, mais cela ne fit rien pour améliorer son humeur.

— *Dieux !* s'écria-t-il.

Les messagers hertasis et humains ignorèrent son éclat. Il ne restait plus un seul oiseau-messager. Parmi les créatures d'Urtho, ils étaient les plus vulnérables, et le mage les avait évacués avec les griffons et les Kaled'a'in.

Urtho fit le tour de la table et donna ses ordres. Ça valait mieux que de s'arracher les cheveux. Mais, dieux, que c'était tentant !

Que s'était-il passé ? Comment les hommes de Ma'ar avaient-ils pu pénétrer leur défense ? Et atteindre le Col de Korbast sans que personne ne les voie ?

*Peu importe. C'est arrivé, alors il faut y remédier.*

Son pire cauchemar devenait une réalité. La Tour était encore pleine d'objets trop précieux pour être abandonnés et il n'avait pas fini de piéger les alentours. La Sixième et la Troisième étaient coupées des autres forces et Judeth essayait de ramener la Cinquième…

*Ils ont des mages. Ils peuvent revenir par les Portails.*

Il envoya les derniers messagers avec l'ordre de prévenir les Guérisseurs de leur départ imminent. Puis il s'efforça d'arrêter de faire les cent pas.

— Messire, dit un hertasi hors d'haleine, le mage Conn Levas veut vous voir.

Urtho sursauta.

Conn Levas avança, l'air de s'être frayé un passage à mains nues dans les rangs du Kiyamvir. Ses robes étaient froissées, déchirées et tachées de sang et ses cheveux adhéraient à son crâne à cause de la sueur.

— Va chercher Skan ! ordonna Urtho au hertasi.

Le petit serviteur s'en fut.

— Que s'est-il passé ? s'écria Urtho.

Levas fit un geste et Urtho sentit une multitude d'aiguilles se planter dans son visage, son cou et ses mains. Le mage félon éclata de rire en le voyant se frotter frénétiquement la peau.

— Ça ne vous aidera pas, souffla-t-il.

Urtho voulut crier, mais aucun son ne sortit de sa gorge.

— Ce sont des épines *miranda*, Urtho. Extrêmement toxiques ! Et il est impossible de les faire disparaître par magie. C'est une invention de mon nouvel employeur. Je crois que vous en connaissez les effets.

« Les mages ne pensent jamais à se protéger des attaques physiques…

Les genoux d'Urtho se dérobèrent. Il parvint à tenir debout assez longtemps pour tomber sur son fauteuil plutôt que sur le sol.

Son corps entier le démangeait tremblait. Plus un son ne sortait de ses lèvres. Autour de lui, les meubles et les murs commencèrent à tanguer.

— C'est un poison, dit Levas, sa tête flottant devant les yeux d'Urtho comme un énorme ballon. Vous devriez en apprécier les effets. Je sais que toutes les défenses de la Tour sont réglées sur vous, de même que le node situé au-dessous. Si je vous avais tué, je serais mort en même temps que vous. Je suppose que c'était ce que voulait Shaikman. Ainsi, il n'aurait pas eu à tenir ses engagements… Mais vous vivrez assez longtemps pour que je puisse m'enfuir et réclamer mon dû.

Urtho voulut pousser un hurlement de terreur, mais n'émit qu'un gémissement pathétique. La tête de Conn Levas fit le tour de la pièce, puis un nouveau corps poussa dessous, couvert de fourrure rose. Le Mage du Silence frémit en le voyant se hérisser de piquants. Quand Conn se secoua, tous pénétrèrent dans la chair de sa victime.

Des tentacules sortirent des meubles.

— Je constate que vous ne répondez pas… Ça n'a pas d'importance.

Il se retourna pour partir — enfin, sa *tête* se retourna, mais son corps ne bougea pas. À chacun de ses pas, des blessures sanglantes apparaissaient sur le sol et Urtho les sentait comme si elles étaient siennes.

Il gémit de nouveau ; Conn le regarda.

— Ah, j'oubliais… Au cas où vous vous feriez du souci pour votre griffon domestique — Kechara, je crois —, sachez qu'elle m'a suivi pour un malheureux quartier de lapin. J'en ai fait cadeau à l'Empereur. Ainsi, il saura ce qu'il me doit. Et il fera peut-être de moi un duc !

*Kechara ! Oh,* DIEUX *!*

Du sang commença à couler des mains d'Urtho. Conn éclata de rire et se tourna vers la porte, qui devint un caillot de sang dans une plaie ouverte.

Mais elle s'ouvrit avant que le mage ait pu la toucher et…

Skan courait derrière l'hertasi, ses serres cliquetant sur le sol de pierre.

— Aubri a disparu, la Sixième ne répond plus et toi, tu laisses Urtho seul avec ce salaud de mage ! lança Vikteren au petit serviteur.

— C'est lui qui m'a envoyé à votre recherche ! Je ne pouvais pas faire deux choses à la fois !

— Laisse-le tranquille, Vikteren ! cria Skan. Ce qui est fait est fait. J'espère…

Le jeune mage ouvrit la porte à la volée, sur… Conn Levas.

Skan était grand. Il ne lui fallut qu'un coup d'œil pour apercevoir Urtho sur son fauteuil… l'air terriblement mal en point. Conn suivit son regard et pâlit.

— Urtho, bafouilla-t-il. Il dit qu'il ne se sent pas très bien…

Mais l'ouïe du griffon était supérieure à celle d'un humain. Les lèvres craquelées et couvertes d'écume sanglante de son créateur formaient un mot :

— … poison…

Ivre de rage, Skan égorgea le traître avec ses serres sans lui laisser le temps de finir le geste qu'il avait esquissé. Puis il l'envoya bouler dans la pièce, où il percuta la table avec un bruit sinistre d'os brisés.

Le corps de Conn Levas atterrit sur la carte. Il commença à se vider de son sang, inondant la Tour et les plaines qui l'entouraient.

Vikteren arriva près d'Urtho avant le griffon.

— Il a été empoisonné, dit le jeune mage. Des épines *miranda*. Elles sont très rares. Et il n'existe pas d'antidote. Ce salaud devait en avoir assez pour nous contaminer tous les deux... et il aurait réussi, sans tes réflexes.

L'hertasi poussa un cri et sortit en trombe, probablement pour aller chercher de l'aide.

Skan n'entendit qu'une seule chose.

— *Pas d'antidote ?* tonna-t-il.

Urtho gémit et Vikteren tressaillit.

— Skan, je n'y peux rien ! répondit le jeune mage. Il n'y a pas d'antidote ! C'est un poison inventé par Ma'ar. Nous n'avons pas vu plus de deux ou trois victimes depuis le début de la guerre. Mais on peut gagner un peu de temps !

— Fais-le ! cria le griffon, posant ses serres couvertes de sangs sur son créateur.

Il s'ouvrit à Urtho, fouillant les recoins de son esprit où les épines avaient généré la douleur et les hallucinations. Aidé par Vikteren, il les combattit sans relâche.

Utilisant son chagrin et sa rage, il jeta toute son énergie dans la bataille. Mais ce n'était pas suffisant. Il le savait, comme il savait que Vikteren ne lui avait pas menti. Dans le corps d'Urtho, le poison se répandait telle une maladie douée d'intelligence.

Ayant épuisé ses forces, Skan rouvrit des yeux qu'il ne se souvenait pas d'avoir fermés. Vikteren aidait Urtho à s'asseoir. Le Mage du Silence leva vers le griffon un regard de nouveau clair.

— L'évacuation..., murmura-t-il. Faites venir... un Guérisseur. Je dois tenir...

Vikteren croisa le regard de Skan.

— Il doit vouloir dire que les défenses de la Tour sont réglées sur lui. Il ne peut pas la quitter ! Si tu penses que ce qui est arrivé à Jerlag était impressionnant, imagine ce qui se passera si les choses deviennent instables ici...

Le jeune mage ne termina pas sa phrase.

*S'il quitte la Tour... ou s'il meurt...*

*Dieux ! Il y a une demi-douzaine de Portails perma-*

*nents, sans mentionner les artefacts encore entre ces murs…*

Tout ce qui était dans les parages serait réduit en poussière…

Un bruit de pas attira son attention. Il prit aussitôt une position défensive, mais ceux qui accouraient étaient des amis. L'hertasi était revenu avec Tamsin et trois Guérisseurs chevronnés.

*Mais pas avec Cinnabar. Son époux a dû lui faire franchir le Portail avant de nous rejoindre.*

— Nous gagnerons tout le temps que nous pourrons, dit Tamsin.

Skan ne bougea pas. Les Guérisseurs l'ignorèrent comme s'il était un meuble.

Le Griffon Noir voulut parler, mais Vikteren lui intima le silence. Des larmes sillonnaient les joues du jeune mage. Il sanglotait en silence, pour ne pas gêner les Guérisseurs.

Skan ferma les yeux et enfonça ses serres dans le plancher. S'il avait pu tuer Conn Levas un millier de fois !

Il sursauta quand on lui tapota sur l'épaule.

C'était Tamsin.

— Nous avons fait tout ce que nous avons pu, dit-il. Il veut te parler.

Les quatre Guérisseurs sortirent, titubant de fatigue et se soutenant les uns les autres. Vikteren était debout à côté du fauteuil d'Urtho. Des larmes coulaient le long de ses joues et tombaient sur sa tunique, mais il ne semblait pas s'en soucier.

— Va chercher des griffons, dit un des Guérisseur à un hertasi. Il faut qu'ils emportent tout ce qu'ils pourront.

L'hertasi leva les yeux, sans pouvoir répondre.

— Va ! cria le Guérisseur. Les connaissances ne doivent pas se perdre. Elles sont la meilleure arme contre les tyrans… Et c'est la volonté d'Urtho.

L'hertasi s'en fut.

— Skan…, souffla le Mage du Silence. Il y a une arme. Je ne voulais pas l'utiliser, mais… maintenant, Ma'ar approche. La salle des Armes…

Vikteren l'aida à se lever et le soutint d'un côté. Le griffon se glissa de l'autre. Ils savaient où était la Salle des Armes, mais seul Urtho pouvait l'ouvrir.

Ils le portèrent, car il n'avait pas plus de force qu'un chaton nouveau-né, puis le laissèrent appuyé au chambranle pendant qu'ils allaient chercher l'arme.

— C'est comme… ce que j'avais confié à Zhaneel, mais en plus gros, murmura Urtho. Il y a le même dispositif sur le toit de la Tour. Il annule les sorts. Emporte celui-ci chez Ma'ar, Skan. Active-le. Il se produira la même chose qu'à Jerlag. Je l'ai conçu pour un griffon… Il suffira que tu enfonces toutes tes serres dans les trous.

Le Griffon Noir comprit que les perforations n'étaient pas décoratives.

— Tu as… cent secondes… pour t'enfuir. Il vaut mieux que tu prévoies… un Portail. Et referme-le vite derrière toi !

Le Mage du Silence voulut sourire, mais une quinte de toux l'en empêcha.

— Va ! murmura-t-il. Va, maintenant ! Tu dois survivre ! Tu pourras avoir Ma'ar plus tard !

Skan souleva la boîte et vit qu'elle était munie d'une sangle. Il la mit autour de son cou et se tourna vers le mage.

Les yeux d'Urtho trahissaient sa souffrance.

« Va », dirent ses lèvres.

Serrant les mâchoires pour ne pas crier, Skan sortit.

Alors que Vikteren aidait Urtho à atteindre une autre porte, les griffons arrivèrent pour vider la Tour.

*Les connaissances sont la meilleure arme contre les tyrans…*

Skan partit en hurlant à la mort.

Bichehivernale jetait les livres et les objets qu'apportaient les griffons par le Portail chaque fois que le passage était libre. Ils devraient avoir le temps de se mettre à l'abri avant qu'Urtho succombe.

Tous, sauf le mage…

Ses paupières se gonflèrent de larmes qu'elle n'avait pas le temps de verser. Elle le pleurerait plus tard, quand ils seraient en sécurité.

De l'autre côté du Portail, une deuxième *trondi'irn* récupérait ce qu'elle expédiait et le faisait passer aux k'Leshya *via* l'autre Portail. Il valait mieux que ces artefacts soient le plus loin possible de la Tour. La jeune femme refusait de penser à l'avenir, de se demander s'ils seraient en mesure de continuer cette guerre… ou simplement de se réunir.

La seule chose à faire, c'était s'enfuir et survivre.

Des griffons épuisés franchirent le Portail pendant qu'elle marquait une pause. Un flot continu d'humains, d'hertasis, de dyhelis et de kyrees était passé devant elle, puis s'était tari peu à peu. Tous ceux qui l'avaient pu avaient rejoint leur Portail d'évacuation.

Il ne restait plus que les fidèles, comme Ambredragon et elle. Ils attendraient jusqu'à la fin, pour sauver tout ce qu'ils pourraient.

Bichehivernale ignorait pourquoi Urtho était mourant. Ça ne pouvait pas être une attaque cardiaque, car les Guérisseurs auraient pu le sauver. Ma'ar avait-il réussi à lancer un assaut magique ?

Quand un couple de griffons et une meute de kyrees arrivèrent en titubant, elle s'arrêta le temps de les laisser passer.

Elle ramassait un autre paquet lorsqu'un humain apparut. Au lieu de se diriger vers le Portail, il approcha d'elle.

*Ambredragon !*

Elle avait failli ne pas le reconnaître. Le chagrin avait vidé son visage de toute expression et il était blanc comme un linge.

Elle le vit chanceler et elle se précipita à ses côtés pour l'empêcher de tomber.

— Que… ?

— Je viens de voir Skan, dit-il. Je lui ai fait mes adieux.

Quelque chose, dans le choix de ses mots, alerta Bichehivernale. Adieu ? C'était si… définitif.

— Nous devons conduire Zhaneel auprès des k'Leshya, continua-t-il. Il ne faut pas qu'elle sache que Skan est parti, sinon elle voudra le suivre. Urtho lui a confié une arme pour vaincre Ma'ar et il prétend devoir l'utiliser dès *maintenant*.

— Ne pouvais-tu pas l'arrêter ?

— J'ai essayé mais il a refusé de m'écouter. Il m'a dit que Shaikman, Garber et Conn Levas étaient passés à l'ennemi.

— Mais…

— Il a tranché la gorge de Conn Levas juste après qu'il eut empoisonné Urtho avec des épines *miranda*. Mais le mal était fait.

Bichehivernale sentait la douleur qui lui broyait le cœur comme si c'était la sienne. Il avait dix fois plus de raisons qu'elle de pleurer Urtho… Et son chagrin, à l'idée de perdre Skan, était dix fois supérieur.

— Je… Attends, elle est là.

Zhaneel arrivait, un paquet de livres dans le bec et un autre serré contre sa poitrine, courant sur trois pattes, les ailes écartées pour garder l'équilibre.

Bichehivernale lui saisit le bout de l'aile avant qu'elle ait pu déposer son fardeau.

— J'ai besoin de quelqu'un du côté k'Leshya, dit-elle. Il faut emporter ça le plus loin possible du Portail.

Zhaneel acquiesça et traversa sans poser de question.

— Suis-la, Ambredragon. Je vous rejoindrai dès que j'aurai fini.

— Tu vas bien ? demanda-t-il soudain.

Elle comprit ce qu'il voulait dire.

*Conn est mort. En traître…*

— Je suis heureuse que Skan ait fait le nécessaire, dit-elle enfin. Sinon, je m'en serais chargée… avec moins d'élégance.

Par-delà le chagrin, elle sentit poindre le soulagement. Ce fut suffisant. Elle poussa gentiment son amant vers le Portail.

— Je te reverrai de l'autre côté. Prends soin d'elle.

Il regarda une dernière fois en direction de la Tour, puis avança.

Bichehivernale ramassa un paquet et le jeta.

Skan savait à qui s'adresser : Étoileneige, l'Adepte kaled'a'in nommé porte-parole des mages par Urtho.

Étoileneige n'avait rien à envier à aucun de ses collègues, sinon au Mage du Silence. Et il travaillait avec lui bien avant que le haut roi meure.

Le jour où Cinnabar avait fait appel à Urtho, Étoileneige était à la Tour.

Il connaissait aussi bien le Palais que le griffon… En d'autres termes, il pouvait y ouvrir un Portail.

Après trois essais infructueux, Skan trouva l'Adepte dans les écuries de la Tour. Un endroit étrange pour un mage, mais pas s'il était kaled'a'in.

Étoileneige était venu sauver les précieux chevaux de guerre avant de partir.

Skan n'avait pas l'intention de le retarder trop longtemps.

Quand l'Adepte se retourna, le Griffon Noir écarta les ailes pour lui bloquer le passage.

— Que…

— J'ai une faveur à vous demander. Et vous n'avez pas le choix. J'ai besoin d'un Portail qui aboutisse dans le palais… Et tout de suite.

Étoileneige écarquilla les yeux et secoua la tête.

— Vous êtes fou ! Nous n'avons pas le temps !

— Si ! cria Skan. J'ai un cadeau pour Ma'ar. De la part d'Urtho.

Étoileneige pâlit quand ses yeux se posèrent sur la boîte que le griffon portait autour du cou.

Skan comptait sur sa notoriété, en temps que confident et « messager » du Mage du Silence pour faire croire à l'Adepte qu'il agissait sur un ordre d'Urtho.

Étoileneige ne perdrait pas de temps à vérifier. Peut-être penserait-il que le mage avait demandé au griffon de s'adresser à lui, sachant qu'il était un des seuls à connaître le palais.

— Bien, finit-il par dire avec une farouche détermination. Je ne peux pas ouvrir un Portail dans le palais. On ne sait pas qui Ma'ar y a posté. Mais je peux te faire aller dans un endroit où tu devrais rencontrer peu d'opposition…

— Les écuries, souffla Skan, ébahi par la vivacité d'esprit du mage.

— Exactement ! Le Portail te conduira dans la stalle du fond. Elle est coupée des autres par de vrais murs et elle n'a pas de fenêtre. Nous n'y mettions jamais de chevaux, sauf quand l'un d'eux avait besoin de calme et d'obscurité.

Cela semblait parfait. Skan acquiesça.

— Ouvrez-le, puis fermez-le derrière moi, dit-il.

— Mais tu… commença Étoileneige

Puis il croisa le regard du Griffon Noir.

La rage que Skan contenait à grand-peine devait être visible, car l'Adepte pâli un peu plus.

Sans un mot, il se mit au travail.

Étoileneige avait eu des décennies pour se perfectionner. Le Portail s'ouvrit sans provoquer de remous.

Skan franchit le seuil.

*Tu n'as même pas de plan, stupide griffon ! Mais Urtho ne doit pas mourir avant de savoir que Ma'ar l'a précédé.*

Il atterrit dans la paille. Comme Étoileneige l'avait prédit, la stalle n'était pas utilisée.

Skan tendit l'oreille.

Bizarre. Il entendait des voix… et un bruit de lutte. Que gardait-on dans ces écuries ? Un étalon sauvage ?

— Es-tu sûr que ça va la retenir ? demanda une voix effrayée. Je te le dis, ordre ou pas, si cette créature se libère, je ne resterai pas là pour la rattacher !

Cette remarque fut suivie par le bruit d'une gifle.

— Tu obéiras, lâche ! dit une autre voix. Si je t'ordonne de laisser cette créature t'arracher le bras, tu le feras !

*Ce n'est pas un étalon… Un taureau, peut-être ? Ou un monstre crée par Ma'ar ?*

Un juron étouffé. Un jet de salive atterrissant sur le sol. Un bruit de pas. Une lutte. Des cliquètements de chaînes. Un flot d'injures…

Puis le gémissement aigu d'un griffon.

— *Pèèèère !*

Il connaissait cette voix.

*Kechara !*

Il ouvrit la porte de la stalle et croisa le regard d'un garçon d'écurie, qui tenait sur sa bouche un chiffon ensanglanté. Le garçon n'avait pas plus de seize ans. Il vit Skan… et s'évanouit.

Skan approcha de la stalle que le gamin était censé garder et vit deux formes couvertes d'une bâche. La plus petite des deux avait la voix de Kechara.

*Comment est-elle… ? Un coup de Conn Levas ou de Shaikman…*

Il entra dans la stalle, mais ne libéra pas la petite femelle, se tournant vers l'autre forme. Elle sentait le sang, le griffon, et une odeur qu'il reconnaissait.

— Tiens-toi tranquille, murmura-t-il. C'est moi, Skan.

Aussitôt, la bâche s'immobilisa.

Skan étudia la situation. L'autre griffon était attaché avec des chaînes qui n'étaient pas reliées aux murs. S'il pouvait se courber suffisamment, le Griffon Noir pourrait faire glisser une boucle et le libérer sans avoir à couper le métal.

— Peux-tu te plier dans ce sens ? demanda-t-il.

Ce qui devait être la tête s'inclina et Skan put faire passer par-dessus unc partie de la chaîne. Il continua à la dérouler, avec l'aide de son congénère.

Finalement, il écarta la bâche et constata que son « contenu » était bien ce qu'il croyait…

— Bon sang, Skan, gémit Aubri. Tu en as mis du temps !

Ils ne furent pas trop de deux pour convaincre Kechara de se taire. Pour une fois, la barbarie des hommes de Ma'ar, qui lui avaient coupé les rémiges, joua en leur faveur : la petite femelle ne trébuchait pas sur ses ailes.

Kechara ne parvint pas à expliquer comment elle était arrivée là, mais l'image mentale qu'elle projeta — Conn Levas lui offrant de la viande — était très claire.

Skan lui assura que l'homme ne reviendrait pas.

*Pas dans cette vie, c'est certain.*

Aubri fut plus explicite, même s'il se contenta de quelques phrases. Seule une chose comptait à ses yeux.

— Urtho ? demanda-t-il

Skan secoua tristement la tête. Aubri serra les mâchoires, son regard brillant de la folie meurtrière des autours.

— J'ai eu Conn Levas, ajouta le Griffon Noir. Et *ça*, c'est un cadeau pour Ma'ar. Si nous pouvons l'atteindre… (Il regarda Aubri.) On m'a dit que j'avais jusqu'à cent secondes pour déguerpir. À côté de ce qui se passera, Jerlag n'a été qu'un feu de camp. (Il secoua la tête.) Crois-tu pouvoir emmener Kechara ?

Aubri eut un rire sinistre.

— Avec des ailes dans cet état ? Aucune chance ! Tout ce que j'ai toujours voulu, c'est me battre. Je suis désolé pour la petite, mais ce sera propre et net, n'est-ce pas ?

Skan acquiesça.

— Oui, et je peux vous expédier tous deux vers la Lumière si le besoin se fait sentir.

*Comme je l'ai déjà fait trop de fois... Ah Urtho, pourquoi devons-nous porter ce fardeau ?*

— Bien, grogna Aubri. Tu vas avoir besoin de moi et je suis sûr que Kechara se rendra utile. Et si cette boîte règle son compte à Ma'ar... (Il ne finit pas sa phrase, mais son sourire féroce était explicite.) Skan... Sang de démon, tu as toujours été le fils de vautour le plus chanceux que je connaisse ! Je crois qu'il vaut mieux que nous restions avec toi.

Skan soupira de soulagement.

— Bien. Le plus facile reste à faire...

— C'est-à-dire ? demanda Aubri.

Kechara poussa un petit cri ravi et plongea dans un coin. Quand elle se redressa, la queue d'un rat pendait de son bec. Elle s'empressa de l'avaler.

Skan regarda à l'extérieur de l'écurie.

— Oh, presque rien... Il va juste falloir que nous pénétrions dans le palais et dans la salle du trône.

Il restait quelques objets et quelques livres, mais pas les plus importants. Urtho avait réussi à persuader Vikteren de partir. À présent, il devait rester en vie aussi longtemps que possible, pour laisser une chance de s'enfuir aux derniers de ses fidèles.

Il avait ouvert toutes les portes, et les courants d'air gémissaient comme des fantômes. Jamais Urtho ne s'était senti aussi seul.

Heureusement, les mages et les Guérisseurs avaient réussi à éliminer la douleur, les convulsions et les hallucinations. Il ne restait qu'une faiblesse sans cesse croissante.

Il était si fatigué...

*Non !*

Il devait rester conscient et continuer de se battre. Chaque battement de cœur était vital.

*Après tout ce que j'ai accompli et tout ce que j'ai appris, je ne peux pas prolonger ma vie d'une heure...*

Il n'avait jamais été le genre d'homme à crier vengeance, mais il désirait faire payer ce dernier méfait à Ma'ar.

*Me venger... Non, je dois protéger mon peuple et mes enfants !*

Il avait toujours espéré attirer Ma'ar ou un de ses Adeptes dans la Tour transformée en piège. Le résultat aurait pu être suffisamment spectaculaire pour occuper le Kiyamvir, laissant une chance supplémentaire aux siens de lui échapper.

Mais il allait mourir et la Tour disparaîtrait dans une gigantesque explosion. Le bûcher funéraire le plus...

*Attends !*

Une idée germa dans son cerveau. Une idée... et un espoir.

*Ma'ar ne peut pas savoir que Levas a réussi. Qu'arriverait-il si je le défiais ?*

Dans la pièce d'à côté se trouvait un Portail permanent. Et en un instant, il pouvait le centrer sur la salle du trône... Il l'avait utilisé souvent pour passer de ses appartements à ceux du haut roi — laissant les courtisans bouche bée. C'était par-là qu'il était venu, le matin où Cinnabar l'avait appelé. Il avait ensuite ouvert un Portail plus grand pour Skan...

*Je parie que Ma'ar est dans la salle du trône, attendant des nouvelles de son armée. Je pourrais ouvrir le Portail et le défier...*

Quand une joie farouche l'envahit, il comprit ce que ses griffons ressentaient au moment de la mise à mort.

*J'ouvre le Portail. Il ne peut pas me combattre en restant de son côté, alors il vient du mien... Et je le referme derrière lui. Ensuite, je l'occupe, pour l'empêcher de le rouvrir. Et au moment où je meurs, il meurt aussi.*

*Dans d'autres circonstances, je n'aurais pas envisagé cette solution... Mais je suis déjà mort !*

La détermination lui donna la force de passer dans l'autre pièce et de s'asseoir sur son trône — un fauteuil confortable, monté sur une estrade. Il n'avait jamais jugé nécessaire d'avoir une véritable salle d'audience. Quand il voulait impressionner ses visiteurs, il se contentait de métamorphoser la pièce en utilisant la magie. C'était moins cher et infiniment plus facile à entretenir.

L'effort l'ayant laissé désorienté, il ferma les yeux et respira à fond. Mais quand il les rouvrit, il comprit que les hallucinations pouvaient revenir à tout instant.

*Il faut que je me dépêche. Si j'échoue... Eh bien, Skan essayera à son tour, un jour.*

Cela le réconforta. Skan vivrait pour mettre au point un plan avec les Kaled'a'in. Tant qu'il resterait des griffons et des Kaled'a'in, Ma'ar ne s'endormirait pas sur ses lauriers.

Urtho regarda fixement l'arche ornementale qui lui faisait face, l'enveloppa d'énergie magique et la *tordit*.

À l'intérieur, le mur disparut, remplacé par un voile de couleurs chatoyantes, et enfin par... la salle du trône du palais, une pièce si vaste qu'elle paraissait vide même quand toute la cour y était rassemblée. Aujourd'hui, elle abritait un homme seul. Mais il avait suffisamment de présence pour la remplir.

Ebahi, Ma'ar regardait fixement le Portail qui venait de s'ouvrir sous ses yeux. Il ne s'était jamais douté de son existence.

Si Ma'ar n'était pas né beau, au fil des ans, il avait pris l'apparence d'un jeune dieu. Son visage aux mâchoires carrées, avec des pommettes hautes et ciselées et une bouche sensuelle, était encadré d'une crinière de cheveux cuivrés. Son corps aurait fait pâlir d'envie un guerrier. Tout ce qui restait de l'ancien Ma'ar, c'étaient ses petits yeux chafouins, d'un drôle de jaune verdâtre.

— Kiyamvir Ma'ar, dit Urtho. Ça faisait longtemps.

Ma'ar recouvra son aplomb plus vite que le Mage du Silence l'aurait cru.

— Urtho.

Il s'appuya au dossier de son trône — un vrai trône, celui-là, très différent du siège d'albâtre qu'utilisait le haut roi. S'il n'était pas en or, il en avait l'air. Et le rubis enchâssé au-dessus de la tête du sorcier était le plus gros qu'Urtho ait vu.

— Êtes-vous venu m'offrir votre reddition ?

— Pas du tout. Je crois savoir que vous êtes joueur. Je vous propose une partie.

Ma'ar éclata d'un rire mauvais.

— Vous ? Qu'avez-vous à m'offrir que je ne puisse pas vous arracher ?

Urtho fit un geste de la main qui aggrava ses vertiges.

— Je ne vous cache pas que tout ce qui était transportable n'est plus là... Mais vous réalisez sans doute qu'il reste de nombreux objets dans cette tour, et ce que j'ai fait à Jerlag, je peux le recommencer ici...

Ma'ar se rembrunit.

— Cependant... (Urtho leva un doigt pour l'empêcher de l'interrompre.) ... je vous propose un défi. L'enjeu sera cette Tour et tout ce qu'elle contient. Si vous me tuez, je ne pourrai pas activer le sort de destruction.

*Contrairement à Levas, espérons qu'il n'a pas deviné que c'est l'absence de sort — et pas un sort — qui active la destruction...*

— Si vous me tuez, vous aurez cette Tour et tout ce que vous convoitez. Si je vous tue... Eh bien, je suppose que vos hommes ficheront la paix à mon peuple.

Ma'ar fronça les sourcils.

— Vous sous-estimez ce que j'ai accompli ici, dit-il. J'ai conquis un pays faible et rongé par les dissensions et j'en ai fait un empire qui nous survivra à tous deux ! Pourquoi risquerais-je tout ça ?

Urtho se pencha en avant, ignorant sa nausée.

— Pour la connaissance. Et pour le pouvoir.

Il se renfonça dans son siège et ferma les yeux.

— Réfléchissez-y, Kiyamvir Ma'ar. Vous gagnez ou je gagne. Toutes les connaissances et tout le pouvoir ! Votre armée est en route. Si je recentre ce Portail… sur un lieu plus *chaud*… elle aura une très mauvaise surprise.

Le Mage du Silence entrouvrit les yeux et vit Ma'ar se mordiller la lèvre.

*Il va le faire !*

— J'ai toujours dit que tu étais le plus chanceux des…, marmonna Aubri avant que Skan le fasse taire.

— La chance n'a rien à voir là-dedans. C'est une question de mémoire. Cinnabar jouait ici avec les princes et elle m'a montré les passages secrets. J'ai présumé que Ma'ar ne les avait pas tous découverts.

Il préférait ne pas penser à la façon dont Cinnabar lui avait transmis son savoir, le lui « imprimant » dans le cerveau. Cette expérience n'avait pas été plaisante.

*Elle a emprunté les petits passages et moi les grands…*

Ce n'était pas le moment de penser à cela. Il devait se concentrer sur le Kiyamvir.

*Pitié, déesse des Kaled'a'in ! Faites que ce fou soit arrogant au point de croire qu'il n'a pas besoin de gardes pour le protéger !*

Les griffons n'ayant pas de dieux, il se permettait d'emprunter la déesse des Kaled'a'in pour sa première prière.

*Et quand tout sera fini, conduisez Kechara auprès d'Urtho… Et faites q'Ambredragon et Zhaneel soient heureux.*

Le passage était dépourvu de judas. Impossible de savoir ce qui se passait dans la salle du trône.

Pour cela, il fallait y entrer.

*À moins d'être un griffon…*

Il se concentra pour n'être plus que deux grandes

oreilles capables d'entendre à travers les murs les plus épais.

*Il a un interlocuteur ! Sang de démon, c'est maintenant ou jamais...*

— Va ! siffla-t-il à l'adresse d'Aubri.

Son compagnon abaissa le loquet et flanqua un grand coup d'épaule dans la porte. Quand le panneau céda, il s'étala par terre.

Skan lui sauta par-dessus, Kechara sur les talons.

Ma'ar pivota, tournant le dos à...

*Urtho ! Oh, Dame aux Yeux Étoilés, est-ce vraiment un Portail ?*

Skan ne s'arrêta pas pour réfléchir à sa chance incroyable ni à l'expression hébétée d'Urtho.

— Aubri ! cria-t-il. Fais passer Kechara !

Aubri n'eut pas à se donner cette peine. Voyant Urtho, Kechara se précipita vers lui.

— Père ! cria-t-elle.

Elle franchit le Portail aussi facilement que si elle avait été lubrifiée de la tête à la queue.

Aubri la suivit... et resta coincé.

Skan saisit la boîte attachée à son cou.

Ma'ar les regardait tous comme s'ils étaient le fruit d'une hallucination.

— Tout ça pour sauver deux malheureux griffons ? dit-il enfin.

Le Griffon Noir leva la boîte et enfonça ses serres dans les trous, activant le mécanisme.

— Non. Pour nous sauver tous.

Il lança son « cadeau » sur Ma'ar, qui se baissa pour l'éviter. Mais cela ne suffit pas. Quand la sangle se prit dans ses pieds, il trébucha. La chute lui coupa le souffle, l'empêchant de réagir instantanément.

Ma'ar saisit la boîte à pleines mains et des étincelles en jaillirent. Sa stupéfaction s'effaça pour laisser place à de l'indignation, puis... à de la peur. Et enfin à une colère noire. Il se releva, tremblant de rage, et envoya valser l'objet au loin d'un coup de pied.

— Vous croyez que c'est la fin ? hurla-t-il. Ce joujou créé par Urtho est-il supposé me tuer, griffon ? *Regardez !*

L'Empereur sortit une dague d'argent et se l'enfonça dans la poitrine.

— Vous voyez, je sais des choses que vous ignorez. J'ai gagné ! Je vivrai *à jamais !* Et je vous haïrai pour l'éternité… vous et vos enfants et les enfants de vos enfants, et je ne vous laisserai pas en paix ! Vous m'entendez ?

*Skandranon Rashkae ! Réveille-toi stupide griffon ! Ma'ar est en train de gagner du temps pour que la boîte vous emporte tous avec lui !*

Ma'ar retira la lame de sa poitrine, le sang jaillissant à flots, et se la planta dans la gorge sans quitter le griffon des yeux.

Skan courut vers le Portail alors que le visage du Kiyamvir prenait la couleur du marbre. Malgré les cliquetis de ses serres sur le sol, il entendit le bruit que fit le pommeau de la dague en percutant le sol.

Ma'ar venait de s'effondrer.

Skan fonça sur Aubri.

*Si ça ne fonctionne pas, nous sommes fichus…*

Criant de douleur, ils franchirent le Portail. Celui-ci se referma si vite derrière eux qu'il dépluma le bout de la queue de Skan.

Kechara était aux pieds d'Urtho, ne comprenant pas pourquoi celui qu'elle appelait père était si mal en point.

Skan boitilla jusqu'au mage, qui leva sur lui des yeux pleins de larmes.

— Je n'aurais jamais cru que je te reverrais, souffla-t-il. Que croyais-tu faire ? Je voulais que tu sauves cette arme…

Avant que Skan ait pu répondre, il ajouta :

— Peu importe. Tu nous as *tous* sauvés, griffon vaniteux et brave. Tous ceux que nous aimons seront désormais en sécurité.

« Je n'ai jamais été aussi fier de ma vie. Et je ne me suis jamais senti aussi peu digne de mes enfants.

Skan ouvrit le bec, essayant de trouver une réplique mémorable.

— Père… je t'aime, réussit-il à dire.

Urtho leva une main et le griffon baissa la tête pour qu'il puisse la poser dessus.

— Mon fils. Fils de ce qu'il y avait de meilleur en moi. Je t'aime aussi.

Kechara les regardait tous les deux avec de grands yeux étonnés.

— Père ? osa-t-elle dire.

— Je dois partir, Kechara, répondit Urtho. Mais Skan sera ton nouveau père, d'accord ? Nous ne nous reverrons pas avant longtemps… Mais quand les mauvais hommes auront quitté cette terre, nous nous retrouverons.

Elle hocha la tête. Sa première rencontre avec les « mauvais hommes » lui avait suffi. Elle posa un regard plein de confiance sur Urtho, certaine qu'il tiendrait parole.

Aubri approcha.

— Excusez-moi, Urtho, dit-il. Pourriez-vous nous ouvrir un Portail ?

Le Mage du Silence ferma les yeux un instant.

— Je vais essayer…

Ambredragon pensait avoir accepté l'inévitable, mais quand une lumière aveuglante déchira l'horizon, à l'est, il sut que ce n'était pas le cas. Il refusait de perdre Skan, Urtho et le monde qui était devenu le sien. Une fraction de seconde, l'univers fut sens dessus dessous. Tout trembla et se distordit, comme entre les deux extrémités d'un Portail… Mais il n'y avait pas de Portail.

Puis tout redevint normal. Le ciel nocturne réapparut, scintillant d'étoiles… et perturbé, à l'est, par des cercles concentriques multicolores. La brise charriait une odeur de poussière et d'herbe écrasée.

Tout était normal…

Excepté que tout avait disparu !

— *Non !* hurla-t-il. *Non…*

Un cri de douleur lui déchirant la poitrine, il manqua tomber à genoux.

*Skan ! Urtho !*

Des mains le retinrent. Bichehivernale ! D'autres se joignirent à celles de sa bien-aimée et le secouèrent.

— Bon sang ! cria Vikteren, le visage sillonné de larmes. Je t'interdis de craquer maintenant, tu m'entends ? Nous ne sommes pas encore en sécurité. J'ignore ce qui s'est passé, mais ce n'est pas ce qu'avait prévu Urtho !

— Mais…, souffla le *kestra'chern.*

— Pas maintenant ! Tu pourras faire ce que tu veux quand j'aurai érigé un bouclier, mais pas avant !

Le jeune mage ponctuait chacun de ses mots d'une bourrade. Ambredragon hocha la tête, hébété, mais quand Vikteren le lâcha, il se reprit et afficha le masque serein du *kestra'chern…* malgré le chagrin qui le dévorait de l'intérieur.

Vikteren lui tourna le dos et leva les bras pour attirer l'attention générale.

— Écoutez-moi ! cria-t-il. Le piège n'a pas fonctionné comme prévu. Nous ignorons s'il reste quelque chose de l'armée de Ma'ar, à quelle distance nous serons en sécurité, et combien d'entre nous ont survécu.

« Mais nous savons que ce qui s'est produit est pire que ce que nous avions prévu, et qu'il nous reste environ deux heures pour nous y préparer. Nous appellerons ça… un orage magique. Je ne peux pas dire à quel point il sera mauvais.

« Écoutez, j'ai besoin de tous les mages, peu importe leur fatigue. Pendant ce temps, attachez tout comme s'il s'agissait d'un véritable orage.

Son discours fut relayé jusqu'au dernier rang par les hertasis. Les mages le rejoignirent. Les non-mages s'activèrent, non sans jeter parfois un coup d'œil vers les cercles concentriques de lumière qui approchaient.

Bichehivernale alla s'occuper de ses griffons. Ambredragon la laissa partir et se dirigea en titubant vers la petite barge flottante où étaient entreposées ses affaires.

Quand il l'eut atteinte, son courage disparut et le chagrin le priva de ses dernières forces.

Portant la main à sa ceinture, il caressa la plume que Zhaneel lui avait donnée, le jour de leur première rencontre. Comment allait-il lui annoncer la nouvelle ? Car elle ignorait encore…

Si triste qu'il ne pouvait même pas pleurer, il n'entendit pas approcher Zhaneel et Bichehivernale.

— Quand il ne m'a pas suivie, je me suis doutée de ce qui se passait, souffla Zhaneel.

Si Ambredragon avait cru que sa douleur avait atteint son paroxysme, il se trompait.

Les larmes l'étouffèrent. Il ne lui restait rien.

*Rien ?* demanda une voix dans sa tête, alors qu'une main se refermait sur la sienne.

— Rien ? demanda Zhaneel à haute voix. Ne sommes-nous rien ?

Ambredragon sentit ses deux compagnes plonger dans son cœur pour le guérir et le ramener avec elles vers la lumière. La grifaucon toucha du bout d'une serre la plume qu'il tenait toujours.

— Nous avons tant besoin l'un de l'autre, mon ami…

— Et tous ceux qui sont avec nous ont besoin de toi, Ambredragon, souffla Bichehivernale. Je t'ai entendu demander souvent : « Qui guérit le Guérisseur ? » Eh bien, je crois avoir une réponse !

— Ceux qu'il guérit, renchérit Zhaneel. Pour rembourser la dette qu'ils ont envers lui.

Il tendit un bras pour saisir une épaule humaine, un autre pour s'accrocher à une épaule griffonique, et s'abandonna à des sanglots réparateurs.

Ses larmes s'étaient momentanément taries quand Vikteren hurla son nom.

— Ambredragon ! *Le Portail est en train de se rouvrir !*

*Le Portail ?*

Il se leva en chancelant et courut jusqu'au terminal, une simple arche de pierre. Oui, Vikteren ne s'était pas trompé…

— Que se passe-t-il ? demanda-t-il au jeune mage.

— Je l'ignore… Ça ne peut pas être Ma'ar…

Au cœur du Portail, l'énergie frémit et s'agita.

— Quoi que ça puisse être, l'explosion magique crée des interférences. Crois-tu que Skan… ?

Le *kestra'chern* secoua tristement la tête.

Un éclair les éblouit… et Kechara franchit le portail en titubant. Bichehivernale et Zhaneel se précipitèrent au secours de la petite femelle. Mais elles n'eurent pas le temps de l'atteindre. Après une deuxième décharge d'énergie, Aubri arriva par le même chemin, dans une atroce odeur de plumes brûlées.

— Skan ! cria le griffon en pivotant vers le Portail. Il est toujours dedans !

Le Portail émit un autre éclair… puis s'effondra sur lui-même, emportant l'arche avec lui.

— Non ! cria Vikteren en levant les mains.

Ambredragon ignorait ce que comptait faire le jeune mage. Il n'était qu'un Maître et seuls les Adeptes pouvaient ouvrir et garder ouvert un Portail. Pourtant, le *kestra'chern* sentit qu'il jetait toute son énergie dans la bataille.

Ambredragon ajouta sa force à la sienne, bientôt rejoint par Bichehivernale et Zhaneel.

Le Portail « explosa » une troisième fois. La lumière fut si vive qu'Ambredragon cria de douleur.

Vikteren aussi, mais de triomphe, lui.

Après s'être frotté les yeux un long moment, Ambredragon les ouvrit et vit Skan. Le griffon était étalé sur l'herbe devant eux, inconscient et... plus vraiment lui-même.

Le Griffon Noir avait disparu pour céder la place à un Griffon Blanc comme neige... Mais c'était indéniablement Skandranon.

Le Portail s'effondra définitivement.

A l'est, l'horizon explosa une nouvelle fois.

Ambredragon sentit la mort du Mage du Silence et fut heureux d'avoir pu protéger les siens.

Ils eurent à peine le temps de lever leurs boucliers avant que le double orage magique les frappe, se déchaînant du lever au coucher du soleil. Mais leurs protections tinrent bon, et ils émergèrent de leurs abris pour voir un soleil rouge sang disparaître derrière un paysage en apparence normal.

Normal... jusqu'au moment où ils virent les endroits où les arbres avaient été aplatis. Puis ceux où d'étranges champs d'énergie dansaient au-dessus de cairns de roche fondue effroyablement tordus.

Normal... jusqu'à ce que la nuit tombe et qu'il règne au lieu de l'obscurité une étrange pénombre déchirée de volutes de brume scintillante et de boules de feu.

— Nous ne pouvons pas rester là, dit Bichehivernale en revenant sous la tente d'Ambredragon.

C'était la seule qui fut assez grande pour contenir quatre griffons : Aubri, Skan, Zhaneel et Kechara. Les deux premiers étaient là à cause de leurs blessures, et les deux autres parce qu'elles refusaient de quitter le Griffon Blanc.

— C'est ce que je craignais, dit le *kestra'chern*. (Il regarda son ami endormi, puis leva les yeux vers sa bien-aimée.) Nous devrons aller plus loin vers l'ouest. Mais ça m'est égal, si ça ne te gêne pas.

— J'aimerais savoir combien d'entre nous ont survécu... Mais les mages ne peuvent faire passer aucun message à travers cette... *cette chose*. Ce bruit et cette fumée magique, si tu préfères.

« Les oiseaux-messagers sont terrorisés, les kyrees ont aussi peur que nous, les hertasis tremblent, les tervardis refusent de partir en éclaireur et les griffons ne veulent pas voler. Tout ce que nous pouvons faire, c'est aller vers l'ouest en espérant que les autres se mettront eux aussi à l'abri.

— Nous n'avons plus que nos sens humains ordinaires. (Il lui prit la main et l'attira contre lui.) Ça n'est pas si mal, quand on y pense.

— Je ne me plains pas, souffla Bichehivernale en posant la tête sur son épaule et en caressant une plume blanche comme neige. Ou seulement d'une chose…

— Oh ?

*Elle aurait probablement voulu rester ici assez longtemps pour se reposer… Au moins, nous savons que personne n'est à notre poursuite…*

— Ça… (Elle désigna Skandranon.) … va le rendre deux fois plus vaniteux qu'avant.

— Bien sûr, répondit le griffon en ouvrant un œil bleu comme un glacier. Et à juste titre !

Ambredragon sourit puis serra sa bien-aimée contre lui.

Ils devraient affronter de nombreux dangers et verser beaucoup de larmes, mais certaines choses ne changeraient jamais.

Il y aurait toujours le jour et la nuit, les étoiles et le ciel, l'espoir et le repos, l'amour et la compassion.

Il y aurait toujours Skandranon !

Et pour l'éternité, dans le cœur des hommes des clans, survivrait le souvenir d'Urtho…

Et, en mémoire de lui, une éternelle minute de silence…

*Achevé d'imprimer sur les presses de*

BUSSIÈRE

GROUPE CPI

*à Saint-Amand-Montrond (Cher)*
*en mars 2001*

POCKET - 12, avenue d'Italie - 75627 Paris Cedex 13
Tél. : 01-44-16-05-00

— N° d'imp. 11868. —
Dépôt légal : avril 2001.

*Imprimé en France*